史上第一混亂

卷四 尋找岳飛

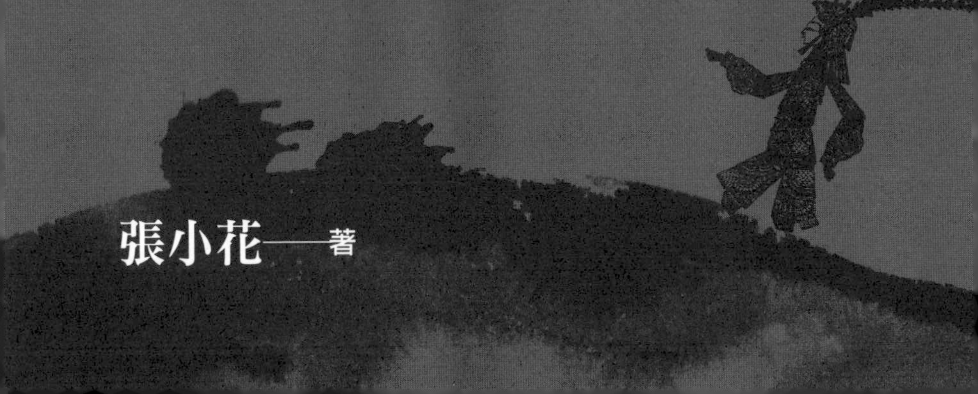

張小花——著

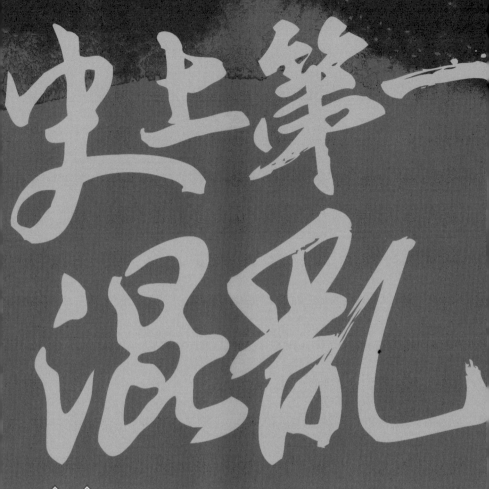

目錄

Contents

第一章

顛峰之戰

很多武術名家都對這場比賽三緘其口，

他們實在不知道該怎麼評價，也有人懷疑這其中有假。

這場顛峰之戰再次掀起巨大波瀾，

「小強秒殺段天狼」成為永載史冊的傳說，

育才文武學校從此名揚天下……

醫院離體育場並不遠，開六十邁的話七八分就能到，可是我開了沒有三分鐘就連六邁也開不了了。

因為現在是早上八點半，路上的車堵得一塌糊塗，我不停地按喇叭，把頭伸出去大罵前面的司機，朝想插進我前面的車吐口水，我雙眼通紅，頭髮凌亂，狀極可怖。

終於，一輛警車忍無可忍地把我引到了路邊，兩個巡警手按腰間向我走來，惡聲惡氣地罵我：「你吃火藥了，怎麼回事？」

我向他們大喊：「我趕著比賽，我是育才的領隊！」

一個員警說：「育才？聽著很耳熟。」

另一個員警顯然是散打迷，馬上說：「武林大會進了前四強的隊伍。」他看了我一眼，立刻認出我，「我在電視上見過你，『有我育才強』，今天不是有你們比賽嗎，你怎麼還在這裡？」

我把手扶在他肩膀上說：「來不及解釋了，我剛從醫院出來。」

那個員警一聽馬上就推斷出大致情況了，打開警車的後門：「走，我們送你。」

先前那個員警負責開車，散打迷則陪我坐在了後面，他朝我伸出手來說：「我可是你們育才的粉絲。」我跟他握了握手，發現就算是警車也快不了多少，前面還是有密密麻麻的擋道車。

散打迷看了我一會，討好地說：「我上警校那會散打全校第二呢，我認出你來了，你就是那個從沒上過場的領隊——今天你上嗎？」

我說：「那得取決於你們的速度。」

散打迷看了看車窗外，對這種蝸行速度也很不滿，使勁拍打著司機的座位說：「快，開警笛！」頭裡那個員警為難地說：「出緊急任務才讓鳴笛呢。」

散打迷叫道：「這還不算緊急？振興民族文化的事！」

於是一時間警燈大閃，散打迷抄起喇叭喊話：「緊急情況，緊急情況，前面的車讓路。」

但是前面的車也就扭扭屁股意思一下而已，我一把搶過那個喊話的小盒子，暴叫一聲：「我們車裡有炸彈！」

刷一下，前面兩排車立即讓出一條寬達五米的路來，我們旁邊的車幾乎都躥到馬路對面去了。

散打迷又把麥克風搶過去牢牢拿在手裡，呵斥我：「你這是在公共場合製造混亂！」然後他抱著小盒子繼續喊：「我們車裡有炸彈，我們車裡有炸彈……」

我愕然道：「那你呢？」

「我是以私人身分替你喊的，好讓你保持體力比賽。」

我們的車暢通無阻地來到體育場門口，我正要下車，散打迷離著老遠已經對門衛喊：「打開大門！」

門衛一看一輛警車風風火火地撲過來，以為出了什麼事，急忙跑進傳達室按開電子門，我們的車馬不停蹄地直接衝進會場，然後一個漂亮的飄移停在觀眾席的邊上。

我謝過兩位員警，鑽出車來，這才發現全場所有人的眼睛都盯在我身上，他們有的張口結舌，有的喜出望外，有的用手捂住了嘴，總之整個會場為之一頓，連主席臺的幾個評委也站起身頻頻向這邊張望。

看來想低調出場已經不太可能了，我有點抱歉地用手衝他們小招了幾下，驀地，會場裡爆發出一陣歡呼聲，我順著臺階走下去，到了場邊手扶著圍欄，一片腿就進了場，端地是乾淨俐落，觀眾們毫不吝嗇地為我齊聲叫了一個好。

那個開車的員警一直目送著我，這時評價了一句：「一看就經常跳馬路。」

擂臺很好找，四進二的比賽當然是單場進行的，擂臺上正在進行楊志的比賽，左邊是段天狼的徒弟同門們，右邊是眾好漢以及佟媛和老虎他們一大幫人。

我邊走邊觀察著擂臺上的形勢，楊志招式古樸，但威力不凡，已經完全佔據了場上的主動。我面帶微笑走到好漢們近前，本來以為他們會為我的新決定小小的興奮一下呢，結果一個個還是板著臉。

我拍了拍時遷的肩膀說：「勝利就靠你了，有問題嗎？」

時遷瞪著小眼珠說：「我倒是沒問題……」

「有問題的是我，」張清忽然站到我面前，鄭重地說：「我第二場輸了。」

我很快就判斷出他們不是在和我開玩笑，我顫聲問：「怎麼會輸的？」

張清說：「你的電話打得太晚了，那時已經是第三局，我已經讓出了太多的分，而且對手很強。」

我一屁股坐在地上，看著四周人山人海的觀眾說：「怪不得他們那麼高興呢，原來是想看老子屍橫當場。」

前面輸了兩場的意思就是：我們想贏就必須連勝三場，意味著：我必須上，那也就是說：我準死。

我踢了一腳土說：「那還打個雞毛啊！」我一骨碌爬起來，指著臺上的楊志喊：「讓老楊下來吧，也好省點力氣準備下一場比賽，那樣我們還能得第三名！」

吳用見我血灌瞳仁，形似癲狂，問道：「小強你怎麼了，為什麼突然想開了？」

我低聲把老張的事情和好漢們一說，這群鐵一樣的漢子都默然無語。

李逵叫道：「都到現在了，還管他別的，我們一起趕將過去，把段天狼的人殺個片甲不留，咱們育才自然就贏了。」

扈三娘立刻道：「我同意！」兩個人第一次有了默契，相對一笑泯恩仇。

我瞪著他們兩個道：「你們也知道自己代表的是育才啊？」

林沖過來按住我的肩膀，語重心長說：「小強，正因為這樣，我們才更不能放棄，你也不缺胳膊不少腿，拼一把力，未必就會輸。」

我也把手按在他肩膀上，語重心長地說：「沖哥——你說得輕巧！」

這時楊志的第二局打完，他滿頭大汗地下臺，高呼道：「痛快！好久沒遇到這樣的對手了。」

有人上前跟他把情況一說，楊志道：「別的我不管，反正我這場一定要打完。」他看了看我，又說：「對手其實也強不到哪裡，讓林沖哥哥臨時教你幾招，說不定還能管事呢。」

我沒好氣地說：「你以為我是張無忌啊？」

佟媛這時終於看出了端倪，鄙夷地說：「原來你真的不會功夫？」

林沖看看眾好漢，說：「現在先什麼也別管，把這兩場贏下來再說。」

這時楊志的第三局開始了，他繼續佔據著場上的主動，時遷穿戴整齊，摩拳擦掌，我一把拉住他問道：「遷哥，你也要湊這個熱鬧嗎？」

時遷指著段天狼隊伍裡一個小個兒說：「看見那個人沒，我注意他很久了，也是練輕功的，非得和他比個高下！」

「那你贏了以後，我倒是上不上啊？」我愁眉苦臉地問。

其實我現在特希望楊志敗下陣來，那樣對我也算個解脫，事已至此，育才明顯是回天乏術了。

但觀眾們並不這麼想，自打我出現以後，他們就變得特別亢奮，沒有人比他們更想看我下場比賽的了，這種情緒甚至愛屋及烏到了楊志身上，楊志一得點，他們就跟著歡呼雀躍。

老虎看了看沸騰的觀眾，捅捅我說：「這麼多人都是為了看你來的，我要是你，就算被打死也願意上！」

我端詳了一會兒他貼滿膠布的臉，說：「我要是你我就上，問題是你是你，我是我——我要上去肯定被打死！」

就在楊志的第三局將將結束的時候，他終於一個重拳把對手打倒在地。

時遷和對手往臺上同時一站，觀眾就一片哄笑聲，這兩個人，一個又瘦又小那是時遷，一個又矮又胖，都是堪堪高過擂臺的欄杆，人們想要看清楚，非得踮起腳尖。

裁判也不禁失笑，核對選手名字之後，低著頭看了看兩個人，叫了聲「開始」。話音未落，一紅一黑兩條影子已經躥了出去，眾人眼前一花，二人已經糾纏在一起。

這兩個人交起手來，巴掌大的擂臺得到了充分利用，臺角欄杆無一不是戰場，甚至在裁判頭上肩膀上也展開了戰鬥，裁判不時地像趕蒼蠅一樣在頭上揮手，最後只得站在臺邊上，遠離是非之地。

他們動作雖快，還是可以明顯看出時遷局勢不利，矮胖子在速度上不吃虧，那就扼住了時遷的制勝之道，而且他出手兇狠，兩人在點數上雖然不相上下，時遷所吃進的拳腳要沉痛得多。第一局下來，時遷被揍得眼歪嘴斜，矮胖子卻只是出汗較多。

第二局一開始，這兩個人變本加厲地快了起來，時遷固然是來去如風，身後掛著一趟虛影兒，那矮胖子居然並不慢多少，只見一團黑風裹住時遷，那一片紅怎麼也掙不出來，接著砰砰作響，時遷顯然吃了大虧了。

片刻之後，擂臺上那股旋風轉到我跟前時，我忽然感覺到臉上一涼，伸手一摸，是滴血珠，我一抬頭間，腮幫子上又染了一滴，我雖然看不清臺上的情形，但也猜測出這血八成是時遷流的，沒等我說什麼，這團風已經鬥到了另一邊去，那片紅始終是被黑霧挾持著，只有偶爾奮力一跳，才能隱約看見。

如是幾次轉來轉去，只聽砰砰聲不斷，當他們再次打到我面前時，我感覺到這次濺出來的血不再是滴，而是一小簇一小簇地噴射到了我臉上，我再也忍不住，大喊道：「遷哥，別打了！」但兩人已經又遠遠跳開。

我忽然記起時遷每次比賽之前都會把一條白毛巾放在臺下，還要千叮嚀萬囑咐林沖，一見不對馬上扔上臺去，我四下一看，果然有一條，我毫不猶豫地過去撿在手裡就要往臺上拋，時遷忽然躥到我前面的欄杆上，只說了一句話：「不要扔。」然後身子一栽，被矮胖子掃了下去，接著二人繼續大打出手。

第二局一完，時遷跳下擂臺，看樣子已經有點不那麼麻利了，他衝我一伸手：「毛巾。」

我愕然道：「現在才想起來投降？」

時遷瞪我一眼，把毛巾搶過去擦著臉上的血，一屁股坐在凳子上，我肅然起敬道：「還打啊？」

時遷喘著氣說：「他沒我快，而且我發現他的弱點了。」他含了口水，把嘴裡的血漱出來，小眼珠子炯炯地瞪著對面他的對手。

觀眾們這時又開始給育才加油，剛才的兩局看得他們膽戰心驚，幾乎都忘了出聲，誰都能看得出時遷屢屢命懸一線，他們最怕的就是時遷一輸，比賽就此終結，我相信現在裁判就算直接吹黑哨宣布時遷勝利，這幾萬人絕不會有一個去舉報他，弄不好連主席他們都等我上完場再說。

開局哨響，時遷一起身就打了個趔趄，旁人要扶他時，他說了一句「沒事」就跳上了臺，盧俊義看著他的身影感慨道：「我還從來沒見過他這樣。」

段天狼一直抱著膀子坐在那裡，神色木然，裁判一吹哨，他輕輕在矮胖子背上推了一把，意味深長地看了我一眼。

兩人再一出手，場面依然如故，胖子還是壓著時遷打，但奇怪的是，時遷這次卻沒吃多少虧，雖然那一團黑風還是包住了他，但剛才那團黑是像霧一樣，人們根本看不到裡面有什麼，現在這團黑卻失了神，遲滯得像塊破舊的幕布，人們不時能看到幕布後時遷那鮮紅的盔甲，幾個來回之後，胖子體力越來越不濟，漸漸地，他跟不上時遷了。

讓所有人想不到的是，時遷卻偏偏又貼了上去，他利用慣性把胖子閃在自己身前，伸出小拳頭在他肋下一托，胖子疼得怪叫一聲，回身一拳，時遷又靈巧地鑽到他另一側，照舊是那麼一托，胖子哇哇怒吼，使了一個迴旋踢，時遷這時才人如其名，像個伶仃古怪的跳蚤一樣，他就那樣屢屢貼在胖子身側，胖子居然束手無策，兩個人一個使勁要往對方身上貼，一個使勁要擺脫，攻守之勢逆轉，又在臺上打起了圈圈。

我見時遷又占了主動，剛想喊聲好，想到他要是贏了我怎麼辦？馬上又一咧嘴。

這時那兩個人在臺上又開始飛跑起來，只不過這次是胖子在前，時遷在後，按點數來說，胖子已經領先頗多，現在他只要再拖半分鐘就能贏，所以拼上了所有力氣，這倆人一旦盡力，擂臺上再次一團繚亂，我感覺就像被人在臉上拍了一板磚一樣金星亂冒，只一眨眼的工夫，臺上就只剩下時遷一個人了。

我驚悸地叫道：「我靠，太快了，我看不見胖子了！」

林沖拍拍我，用手點指說：「在那兒呢。」

我低頭一看，胖子掉到臺下去了。原來在最後時刻，時遷終究是快了一步，趕在胖子之前等著他，照舊是那麼一托，加上巨大的慣性，胖子以一個肉眼幾不可辨的速度飛出了擂臺——這個時候，比賽結束的哨聲吹響了。

分數定位在十一比十五上，時遷落後四分，按規則，將對手擊出擂臺一次得三分，時遷最終輸掉了比賽。

我第一個歡呼了起來，這正是我想要的結果，便宜也占了，比賽卻輸了，現在我要回賓館洗把臉睡一大覺，我現在形象極其不佳，張清一把拽住了我的脖子把我翻過來，然後我就看見裁判蹲在矮胖子前大聲喊：「四、三、二、一……該選手退出比賽，育才文武學校獲勝！」

胖子暈過去了，他不遲不早在這個關鍵的時刻暈過去了！

所有的人都呆住了，失望溢於言表的臉上慢慢爬上了一絲喜悅，和我的滿面驚愕相映成趣，不知哪個曉得我名字的大喊了一聲：「小強，來一個！」

這一聲喊異軍突起，當人們知道我叫小強以後，他們毫不保留熱情地喊起來，那個聲音無比有煽動力：「小強，垮垮（跺腳聲），來一個；小強，砰砰（捶胸聲），來一個！」

就連主席臺上的幾個評委都相擁而泣，連聲說：「太好了！」

我第一次體驗到了人性的險惡……

蕭讓摟住我的肩膀，用手平推著觀眾席，用沉厚而有鼓惑力的聲音緩緩說：「看看，他們都是為你而吶喊，為你而激情澎湃，他們現在簡直可以為你去死，你呢，願意為他們而奮鬥嗎？」

我說：「不願意——」

張順一腳踢飛蕭讓，捏著我脖子說：「那行，你走吧，你看看這幾萬人能不能把你吃了！」

我跳著腳嚷道：「好了好了，死就死吧，我去還不行麼！」

眾好漢都笑：「還是張順瞭解小強。」

他們七手八腳地幫我穿防護服，觀眾都跟著歡呼了起來，我隨意地往對面看了一眼，只見段天狼也在有條不紊地穿護具，我忍住巨大的驚悚感輕輕拍了拍林沖，小心翼翼地問：

「哥哥，你看段天狼在幹什麼？」

「準備比賽呀。」林沖很自然地回答。

我的眼淚奪眶而出：「他不是跟你打的嗎？」

林沖說：「當然不是，我也很奇怪他怎麼會排在最後一個，好像知道這場比賽要打滿五局一樣。」

我邊擦眼淚邊傷心地喃喃自語：「永別了，爸媽……永別了，包子……」

佟媛終究是善良一點，關切地說：「真不行就別打了。」我還沒來得及感動呢她又說：

「段天狼那一腳不管踹在你哪兒，我包子姐也得守活寡。」

這時項羽不知道從哪個角落冒出來，他撥開人群，表情堅毅地對我說：「小強，還記得倪思雨比賽的時候，我跟你說的話嗎？」

他還沒說完，我已經跳著腳咆哮起來：「少跟我說你那套狗屁理論，老子贏不了就是贏不了！」

項羽一呆之後樂了：「對對對，上陣之前要的就是這種氣勢。」

當我最終和段天狼面對面站在一起的時候，我發現高手就是高手，他的眼神平靜得簡直可以漾出水來——我的已經漾出來了。

他的手很穩定，腳步也不多不少，好像是怕多走了一步路就浪費掉力氣似的——我一直在蹦。

裁判也為能為此場比賽執哨而感到榮耀和興奮，他帶著顫音核對完名字之後又看了我們一眼，看段天狼時充滿了敬畏，而打量我的眼神裡則全是莫測和崇拜，我討好地對他笑了笑，希望一會他能認真履行好他的職責，盡可能在我倒下去的第一秒就終止比賽。

當裁判的手高高舉起時，我也索性把心一橫，緊緊地握住了拳頭，幾萬人看著我，也不能太丟人，就算你最後能把老子打死，起碼老子也得狠狠給你一下。

裁判的胳膊在我們眼前揮下去了。我想也不想一拳就打向了段天狼，我沒想到的是他擋也不屑擋，就任憑我的拳頭砸中了他的胸脯，人家紋絲沒動，看來我和人家差得比想像得還要遠啊。

就在我抓狂地要轉身逃跑的時候，一件誰也沒想到的事情發生了：

「噗——」

段天狼噴了一大口血之後，漸漸萎頓了下去。

我眼睜睜地看著段天狼倒下去，血沫子不停從他嘴角溢出來，臉色慘澹，我下意識地想上前看個究竟，被呆了片刻的裁判一把推開，他把雙手交叉在頭頂連連揮舞，大聲宣布：

「比賽終止，育才文武學校蕭強勝！」

原來他真的很盡職——在段天狼倒下的第一秒就結束了比賽。

段天狼的弟子們蜂擁上來護住他，一邊呼叫一邊搶救，他們看我的眼神又驚又懼，我還是第一次被人這麼看著，我自己也很茫然，四下裡看了看，這才發現整個體育場幾萬人像集體石化了一樣，有的把拳頭舉在頭頂，有的正鼓著腮幫子吹喇叭，還有的明明站在那裡卻還保持著向上躍起的姿勢，像一幅幅動態素描。

再看主席臺上，在前一分鐘，主席大概還在慢條斯理地喝茶，現在他把茶杯舉在嘴邊卻忘了喝，滾燙的茶水已經順著脖子流到了衣服裡，那位苦悲大師繼續保持著入定狀態，只是眼睛瞪得比趙薇還大。

好漢們自打我上去以後就相互擠眉弄眼的，誰都知道我肯定連第一局也打不滿就得滾下來，除了幾個心地特別善良怕我真受什麼傷的以外，他們都幸災樂禍地等著看我的笑話，我一拳把段天狼打吐血以後，他們都不樂了，而且用難以置信這四個字來形容他們的表情都很不過癮——張順本來把胳膊支在阮小二肩膀上斜靠著他，阮小二被唾沫嗆得彎下了腰，張順就那樣像根棍兒似的直挺挺倒了下去，甚至還在地上彈了幾下。

我從不知所措的裁判手裡拿過本子簽上我的名字，然後慢慢走下臺去，渾身散發著一股王霸之氣，所過之處，都不斷有緩過神來的好漢使勁拍我後腦勺：「行啊你小子——」

我只能無語問蒼天：散發著王霸之氣的主角難道就是這種待遇嗎？

就在這時，兩條人影飛一般向我撲來，當前一人正是老虎，身後緊跟著一瞇瞇眼的美女，看著這兩個熱情似火來為我慶祝勝利的朋友，我淡淡笑道：「我只抱女人……」

然後老虎一腳就把我踢躺下了。隨後衝上來的佟媛愕然道：「你到底會不會功夫？」原來這倆人一般心思，都是來試探我的。

我一骨碌爬起來，眾好漢們立刻圍上我，一個個躍躍欲試的樣子，看來他們也懷疑我一直以來藏著掖著，我帶著哭腔喊：「我真不知道怎麼回事。」

安道全拿住我的脈瞧了一會，忽然「咦」了一聲，眾人齊問：「怎麼？」我的心也跟著一提，難道無意間我已打通任督二脈，真的成了絕世高手？

安道全說：「上次我給你把脈，你的身體雖然就那麼回事，但陽氣充足，今天再把，怎麼隱隱有腎虧之象？」

我不好意思地說：「最近我不是一直和包子在一起麼？」

這時觀眾們開始竊竊私語，評委們也在交頭接耳，主席慘叫一聲，丟開熱水杯，拼命抖摟領子，看來他的外門功夫還沒練到家。

我跟眾人說：「咱們走吧。」我帶著好漢和老虎他們迅速退場，留下目瞪口呆的觀眾們和評委。

事後很多武術名家都對這場比賽三緘其口，他們實在不知道該怎麼評價，自然也有人懷疑這其中有假，但大會派遣的醫療隊給出的結論是：段天狼心率不穩，吐血是真。這場虎頭蛇尾的顛峰之戰像是一個惡意的玩笑，在短暫的平靜之後再次掀起巨大波瀾，「小強秒殺段天狼」成為永載史冊的傳說，育才文武學校從此名揚天下……

我們回到觀眾席，我看看好漢們，好漢們看看我，一時話頭都無從找起，這次事情太突然了，連我們自己都說不上這種感覺是打擊還是振奮，四進二的第二場比賽已經開始了，紅日武校和雲南的高手們殺得天昏地暗，若論精彩，比起我們又打假賽又是秒殺的當然好看很多倍，但觀眾們顯然還在緩衝情緒中，只有寥寥幾聲喝彩，搞得我感覺很對不起他們兩支隊伍。

最終還是林沖先發話了，他說：「小強，下一場比賽你準備怎麼打？」

我盤腿坐在桌子上說：「事已至此，也沒什麼好顧慮的了，放手一搏吧，只是……」我看了看老虎和佟媛，欲言又止。

他們倆顯露出了好奇和猜疑。本來如果今天這場比賽要是輸了的話，好漢們現在已經可以動身去梁山了。

林沖和盧俊義交遞了一下眼神，盧俊義說：「出去玩的事不是當務之急，咱們另說。」有兩個外人在場說話確實是不方便。

我往斜對面段天狼他們那看著，只見段天狼靠在椅子裡，他的徒弟們忙著給他端茶倒水，他只是無力地擺手，看樣子傷的真是不輕，幾個大夫只能拿著聽診器一氣胡聽，他們大多是外科大夫，檢查出段天狼身體完好之後就剩手忙腳亂的份了。

安道全看了一會兒說：「要不我去看看？」

盧俊義點頭道：「也沒多大仇，安神醫去幫幫忙也好。」

林沖道：「我陪你去。」

安道全一擺手：「我一個人去比較好。」他打開小藥箱檢查了一遍背起就走，我從兜裡掏出他送我的那張壯陽秘方遞過去說：「這個還是送給最需要的人吧。」

安道全瞟著我說：「你是信不過我的秘方，還是想把他直接氣死？」

安道全下了觀眾席，向對面走去，他雖然沒有上過臺，但段天狼的徒弟們也認得他，遠遠看去，他們表情不善地推搡了安道全幾下，最後還是段天狼阻止了他們。

安道全來到他近前，把過脈，從藥箱裡拿出兩粒丸藥給他，段天狼也不疑有他就服了，不用片刻看來是藥效發作，向安道全微笑示意。

董平看了一會，說道：「段天狼這人雖然有點討厭，但還算磊落。」

安道全回來之後，大夥把他圍在中間，都問：「什麼情況？」

安道全先時不說話，微微搖著頭，像是有什麼問題想不通，最後才說：「段天狼確實是受了重傷，看情形是被剛猛之力震動了心脈。」

好漢們聞聽此言，一起打量著我，然後紛紛搖頭，都說：「不對，肯定不對。」

吳用忽然說：「你看他會不會在比賽之前就跟人交過手受了傷？」

一句話點醒夢中人，大家這次一起看向項羽，項羽攤手：「自從上次以後我再沒見過他，而且我不擅路戰，上次要不是他心神亂了，我也沒那麼容易抓住他。」

佟媛失聲道：「那還能有誰把他打成這樣？」

好漢們想了一會，齊齊搖頭。

好漢們研究不出結果，都決定回去睡覺，他們原本的計畫是今天比賽一完就走呢，所以昨天晚上興奮得都沒怎麼睡。

老虎非拉著董平吃飯，董平對他的態度確實好了不少，可對吃飯這種事情明顯提不起興趣，老虎靈機一動，說他們門口的魚市進新品種了，董平立刻拉著他飛奔了出去。

扈三娘和佟媛照舊殺往打折精品店，我問她們什麼時候才會履行許諾好好打一場，兩個女人異口同聲說：「打架什麼時候不行？打折千載難逢！」說罷暴走而去。

段景住伸著懶腰往外走，邊愜意地說：「我就說晚幾天再走麼，怎麼也得等我把八點檔的電視劇看完了呀。」

我拉住他，說：「明天單賽八進四，段天狼那個樣子了，你豈不是自動進四強了？」

段景住一副小人得志的樣子拍掉我的手：「什麼話嘛，好像他不受傷我就怕了他似的。」

時遷走在最後一個，我問他：「遷哥，沒事了吧？」

時遷擺擺手，他的傷口上像不要錢似的塗滿了淡黃色的藥粉，幾乎把臉都遮住了，我一聞，笑道：「你哪來的雲南白藥？」

「偷的。」

「……在哪，什麼時候？」

時遷指了指場邊上站著的幾個大夫：「他們給胖子做檢查的時候，我順手拿了點。」

……

等他們都走了，一夜沒睡的我絲毫沒有睏意，我站在觀眾席的最前面，從上往下打量著數以萬計的觀眾，現在還有不少人在頻頻回頭張望，見我出現立刻呼朋喚友地指點，我叉著腰得意地想：或許是該把內褲穿在外面的時候了。

段天狼在兩個徒弟的攙扶下慢慢退場，他這麼要強的人如果不是情非得已，絕對不會這麼狼狽，不過安道全也說了，他的傷就是被震的，並沒有傷到根基，日後完全可以復原。

我下意識地擺弄著手機——我非常想知道他現在在想什麼。這時我忽然一震：讀心術在旁人看來不可理解，於我卻是真實存在的，因為那是我作為神仙預備役第一個月的工資，那麼段天狼的傷……

天吶，我第二個月的工資會不會是天賜神力？我壓抑住興奮的心情在牆壁前站好，深深的吸了一口氣，然後一拳打了出去！

結果讓我大吃一驚：牆沒事，手破了。這麼丟人的事情幸虧沒人看到，我撿起時遷用剩下的雲南白藥抹了一氣，悻悻回賓館補覺。

我睡之前給包子打了一個電話，問她醫院那邊的情況，包子有些疲倦地說：「手術完了，我一會回去。」

我又問了她幾句，她也說不清，只說醫生把老張推進手術室以後很快又推了出來，不過也沒說「對不起我盡力了」之類的話，老張也還活著……

後來我才知道手術其實是失敗了，醫生打開老張的肚子以後，發現癌細胞已經在老張體內擴散，手術根本無法進行，說句白話，老張現在只能等死了。

我沒能顧得上難受就一覺睡了過去，再一睜眼天都黑了，包子不知什麼時候已經回來了，在我身邊睡著，衣服也沒脫，臉上還有淚痕，我還是第一次見沒心沒肺的她這個樣子，以前看韓劇哭是哭，可是一抹眼淚她就說：「今天黃瓜又漲價了。」

這時有人敲我的房門，我出去一看，是個很樸實的中年農民，帶著一臉憨厚的笑，雖然沒說過話，但這人我也算認識：他是紅日的領隊。

我輕輕掩上門，問：「有事嗎？」

鄉農領隊為打擾了我很不好意思，他抱歉地說：「蕭領隊，能不能把你的隊員叫齊，我想和大家說幾句話。」

我叫過一個服務員把他帶到會議室等我，然後我挨個把好漢們翻騰出來。

我們到了一樓大會議室一看，紅日的人原來全到了，大概有二十多個，包括他們團體賽的固定陣容，好漢們對紅日印象一直不錯，見面之下相互寒暄起來，我把他們的領隊和盧俊義還有吳用都請上主席臺。

盧俊義這個時候非常識大體，他一直管我叫蕭領隊，我把麥克風放到鄉農面前，他站起身，拘謹地衝下面的人陪個笑，理了半天思路這才說：「打擾各位睡覺了，我們來冒昧得很……」

盧俊義在旁笑道：「這位老哥，有什麼話就說吧，咱們江湖豪傑不用太客氣了。」

鄉農衝他笑笑，又朝底下抱了抱拳這才說：「育才的各位朋友，對你們的身手我非常欽佩，今天列位贏得漂亮，而我們經過一番苦戰，終於也僥倖過關。」

我這才知道今天第二場比賽的結果，原來紅日果然進了決賽。

鄉農繼續說：「這也就是說，後天的決賽就要在你我之間展開，我看得出眾位大哥都是紮根紮底練出來的，跟那些只知道打麻袋的毛頭小子們不同，而我們紅日的這些人呢，不怕大家笑話，也是打小練的功夫。」

李逵忍不住道：「你這人，有什麼話痛痛快快地說不成麼，繞得俺頭也暈了。」他這話雖然失禮，但大家都看出這人有點缺心眼，憨直得可愛，不禁笑了起來。

鄉農也是一笑，說道：「好，我就直說了吧，後天要打決賽，咱們就得上那個擂臺，你們也看見了，上了那個臺必須穿得像個醜婆娘，規矩也多，這也不許那也不許，從小學的玩意兒能用上的不過是兩三成。」

他這句話一說，好漢們都大感熨貼，紛紛稱快。

「所以我們有個不情之請，咱們兩家今天私下裡好好地幹他一場，不要理會什麼規矩，一切按江湖上的來，這才不枉來武林大會一趟。」

好漢們齊道：「這樣最好。」

土匪們好武成性，這樣的要求自然是隨口應承，盧俊義見是這種小事，站起身道：「那就讓蕭領隊主持吧，我們不相干的人先走一步了。」這事居然就這麼定了。

盧俊義帶著吳用、蕭讓、金大堅等幾人回房，剩下的好漢們都是滿臉迫不及待，他們都知道紅日那邊也是高手如雲，這高手見高手就好比是色狼見蕩婦，不切磋一下實在心癢難忍，最最重要的是他們要的就是隨心所欲，不必再穿上那滑稽的護具，戴上笨拙的拳擊手套。

可是我看了看，外面天已經黑了，為難地說：「去哪兒比好呢？讓人以為我們聚眾鬥毆就不好了。」

鄉農笑著說：「以蕭領隊的面子，讓體育場方面行個方便應該不難吧？」看來他是早就算計好了。

我無奈地說：「那走吧。」

其實我現在最想要的是——一碗牛肉麵，我中午飯沒吃！我在一家小賣部買了個麵包和一瓶牛奶，三兩口吃喝完發現不頂事，在下一個小賣部我買了兩個麵包，還不行，再走一個再買，從賓館到體育場也有一段距離，路過一家商店就進去買點吃的，一直到體育場門口這才算飽了。

不知就裡的紅日領隊驚道：「好漢武松醉打蔣門神走一路喝一路，蕭領隊是走一路吃一路，難怪神力驚人！」

我這才想起「神力」這碼事來，我幾乎忘了在外人眼裡我是一個絕世高手了。糟，一會兒這幫農民找我打這怎麼辦？也不知他們還按不按五局三勝來了。

我憑著劉秘書下達過「要盡一切可能給蕭主任提供方便」的指示，順利勒令體育場管理人員打開了外場地所有的燈，這裡頓時亮如白晝，成了一個很好的燈光球場。

紅日的人和我們的人很自然分站兩邊，他們的領隊站出一步，肅穆道：「在下程豐收，今天能領教育才各位同仁的功夫非常榮幸。」

好漢們都看得出他語氣頗為真誠，均笑著回道：「客氣客氣。」

我也湊在好漢堆裡啃著麵包地說「客氣客氣」——然而程豐收馬上朝我一抱拳說：「慚愧得很，恕我冒昧想先領教一下蕭領隊的蓋世神拳。」

我對他的印象立刻徹底改變了，給他下了八字評語：貌似忠良，心存奸詐。

最後還是厚道的林沖不願我太尷尬，挺身而出，道：「程大哥，兄弟陪你走幾趟拳腳。」

程豐收看了我一眼，又見我身後的好漢們都笑咪咪的，還以為他們是在笑自己的不自量力，捫心自問，他也知道自己絕沒有實力在五六分鐘吃完八個麵包五根熱狗五瓶牛奶，打也是白打，索性借坡下驢向林沖抱了抱拳：「請！」

兩人再不多說，拳來腳往戰在一處，這樣打，沒有拳擊手套也沒有時間限制，放得開也收得穩，一開始倆人誰也沒有使出殺招，看似打得激烈，其實都是些試探性的攻防。

程豐收沒說假話，他們這些人都是從小練武，而且是一個村的，跟著一個老教師學從祖宗上就傳承下來的玩意兒，真正屬於是科班出身，這才是高手。所謂高手，不是說你打比賽能得多少分，而是一旦把你扔在殘酷的生存環境裡，你馬上能靠著拳腳打出一片天地來。

只見程豐收像隻大蝴蝶一樣，看得出他的功夫是大開大闔一路的，手腳都抻得很直，至剛至猛，林沖是使槍的大師，招數也透著飄逸，兩個人打了半天，對不上路子。

程豐收這種剛猛的路數簡單明瞭，若想在實戰中發揮最大的威力，需要極其豐富的經驗，不過現在是和平年代，他也只不過是一個尋常武術教師，平時拆招無非是幾個師弟，哪裡去找那麼多經驗？而林沖家學淵源，所練的功夫中正之中透著大氣，這種精妙的武學本來是要窮一生去琢磨的，林沖沒那個時間，偏偏卻有無比豐富的搏殺經驗。

這兩個人相互一對上才顯出各自的缺點來，一個是威猛卻生澀，一個是圓滑卻突兀，兩個人又打了一會，不約而同地跳出場外。

程豐收笑道：「這場算平局如何？」

林沖也是一笑，說：「如果在擂臺上，程大哥的剛猛路子剛好克制住我，這局算我輸吧。」

程豐收一擺手：「說好了只按江湖規矩。」他左右一掃，忽道：「咦，那邊好像有兵器，咱們索性加賽一場如何？」

第二章

秦朝的遊騎兵

「你們這是要拍什麼呀？」

「記錄片，《秦朝的遊騎兵》。」

我說：「喲，那我找個人幫你們吧，道具呀隊伍呀什麼的，你可以問他。」

口袋嗤之以鼻：「我們有顧問。」

我笑：「你們的顧問見過遊騎兵嗎，還秦朝？」

武林大會的場地裡，有一排排的兵器架，那是做擺設用的。當下有幾個人跑過去搬到近前，程豐收選了一條棍，林沖也拿照例拿了一根木棒。

這下兩人再鬥在一起，高下立刻分出來了，程豐收依舊是宏大的路數，棍上虎虎生風，而林沖那條棒，像有靈性一樣掃盤撥打，真正是精合了棍術的要旨，難為的是他沒有帶出一點用槍的套路來，更難為的是，這條只做擺設用的棍子被他使得像頭惡龍。

堪堪十招之後，程豐收就被林沖的棍頭點了不知多少下，程豐收抽個空擋跳開去，把棍一扔道：「這回沒什麼可說，我輸得心服口服。」末了又說，「想不到現在還有人能如此使棍，佩服！」

林沖謙遜道：「你我一勝一負，還是算平手吧。」

程豐收連連搖頭：「兄弟你再這麼說就是瞧不起我了，咱們上第二組吧。」

紅日隊中又出一人，張清上前迎戰，那人功夫自然比不上程豐收，而張清也不擅長拳腳，這兩個人鬥在一起別有一番看頭，只是也不知什麼時候才能有個結果，這時從紅日的五人陣容裡又走出一人，他認得楊志是我們這邊的團賽選手，說道：「這位大哥，現在也不是比賽，非得等有了分曉才能繼續，他們打他們的，咱們打咱們的吧。」

楊志跳上場說聲「甚好」，兩人便戰在一處。

下一刻，紅日的第四個選手和時遷同時站出一步，兩人相視一笑，也交上了手。

當對方最後一個人站出來的時候，我哧溜一下鑽到了李逵身後，那人茫然四顧找不到我，一眼看見了董平，抱拳道：「這位大哥，你個人賽編號是〇〇二嗎？」

「對啊。」董平納悶地說。

那人說：「我是〇〇七，明天的個人賽正好是你我兩個打，不如今天提前比試一下如何？」

董平一聲長笑：「正合我意！」兩個人暫態之間躥上場去，以快打快過起手來。

我正為自己找了李逵這麼個掩護而慶幸，誰知他往前狂奔幾步，大叫：「你們玩得快活，俺怎麼辦？」

紅日那邊正也有人手癢，呼應道：「大個子，我們切磋一下。」

李逵大喜，如猛虎下山般，邊衝邊一拳就掄了過去。

這下，以扈三娘為首的其餘好漢可不幹了，紛紛嚷道：「那我們呢？」

紅日那邊人也不少，一起湧上來隨便找個對手便加入混戰。一時間體育場裡塵土大作，這快一百號人都捉對廝殺起來，但好漢們終究人多，有不少腿慢的就沒了對手。

扈三娘倒是夠快，可人家一見她是女流之輩都像躲瘟疫一樣躲了開去，扈三娘氣急敗壞，想出手卻又怕落個以多勝少的名聲。

我藏在最後邊，吃光最後一口麵包，悠哉遊哉地看著他們比武。就在這時，忽覺有人在我肩上拍了一把，回頭一看是在單人賽裡輸給過張順的鄉農，他靦腆地衝我一笑說：「蕭領隊，我知道不是你的對手，可還是希望你能賜教幾招。」說著擺了一個架勢，眼看就要揍我。

我大驚失色地跳開，連連擺手：「不行不行，我不能和你打。」

他眼神裡閃過一絲失落，揪著自己衣角說：「你看不起我麼？」

我忙說：「沒那個意思，事實上……是我的內傷還沒好。」我本來想告訴他實際情況的，但又怕他多想，索性信口胡說。

「內傷？」他迷茫地看著我，忽然恍然道：「是走火入魔吧？」

「對對，還是上次那樣。」

鄉農雖然貌似憨直，卻心思縝密，脫口說：「那你還能一拳把段天狼打成那樣？」

我面色凝重地告訴他：「我這次走火入魔非同一般，身體並沒損傷，就是控制不了自己的內力，我其實沒想要把那姓段的小子打成那樣，但一沒小心走火了，用了五成內力就險些鑄成大錯，現在還內疚呢。」

鄉農嘆道：「蕭領隊真是內力強勁。」他馬上醒悟道：「你不跟我交手就是怕誤傷了我吧？」

我慚愧地點點頭，看他失望的樣子實在不忍心，一把拉過正在跳腳的扈三娘說：「你跟她打。」

「她？」鄉農懷疑地打量著扈三娘。

扈三娘正在氣頭上，見有人居然敢輕視自己，一掌就拍了過來，鄉農低頭閃開，奇道：

「喲，這姑娘倒是好氣力。」扈三娘也不跟他廢話，二人過了幾招，正堪匹敵。

我擦了一把額頭上的冷汗，披著狼皮的小羊多難當吶！更難的是在外人眼裡這隻小羊披的還不是狼皮而是虎皮。

這時張清他們那組比出了結果，和林沖他們一開始大同小異：若是打套路，兩個不打調，但如果張清要不留手，鄉農選手也早死了好幾次了，所以張清的對手也坦然認輸。

兩人意猶未盡，也學著程豐收和林沖加了一場兵器賽，張清在馬上也是用槍，他抄起一條鏽跡斑斑的鐵槍和對手單刀鬥在一處，打著打著趁一錯身的工夫，張清不知掏出個什麼東西「啪」丟出去正中對手面門，哈哈笑道：「這才是我的殺手鐗。」

對面那人被打得頭暈腦脹，仔細一看，打中自己的原來只不過是一張揉成團兒的廢紙，不禁駭然。

場上的其餘人也圖有趣，紛紛拾起自己趁手的兵器再開戰局，這下頓時全亂了，有的去取兵器的空檔，原來的對手不知跑哪去了，於是再隨便挑一個人開打，那人可能是赤手空拳，於是就展開空手奪白刃的功夫；有的本來是擅長用刀，一時找不到，就端起條方天畫戟，而跟他交手的人可能恰好是喜歡用長兵刃，手裡卻綽著把劍，鬥了一會不爽，再交換過來接著打；還有的剛把對手摔倒，結果迎面有人遞過來一柄斧，於是隨手接過來個單斧戰雙鉤……

打到最後，所有人都陷入亢奮狀態，也不管是誰，只要照了面就動手，更沒了團隊概念，正在大打出手的兩個人可能都是紅日的，也可能是好漢們「自相殘殺」，這時也再沒有勝負之說，就好像喝醉酒以後在雷射燈底下狂歡，對面和你扭著的固然可能是一起的朋友，更有從沒見過的陌生人，也不用管舞技好壞，反正就是圖一個爽。

這種癲狂的場面持續了四十多分，紅日的人和好漢們這才一起大笑著住手，紛紛喝道：「痛快，痛快。」

我確定他們肯定不打了，這才從操場的另一頭潛伏過來。程豐收拉著林沖的手笑了一會，很認真地說：「服了，真的服了，能看到今天的場面三生有幸，不過這場比賽我們紅日也是輸得不能再輸了。」

林沖一擺手：「咱們兩家一見如故，何必說什麼輸贏。」

程豐收道：「可是後天的決賽終究得打不是麼？」

林沖道：「上了那個臺勝負難料。」

程豐收也不玩虛的，他點點頭說：「現在看來上了擂臺反倒是我們還占著便宜，可是你我心裡都明白，論功夫，我們紅日是拍馬也趕不上的。」

林沖笑了一笑：「也不是那麼說。」

程豐收忽然正色道：「兄弟，我把話說在頭裡，咱們交情歸交情，後天上了那個臺，我們可是絕不會手軟的。」

「正該如此。」林沖說。

他們倆一說這個話題，各自的隊員都頗為尷尬，一時間陷入了冷場，張順從人群裡鑽出來，大聲說：「以後的事以後再說，現在去喝酒才是正經！」眾人一片哄笑。

朱貴一看錶，跟我說：「這個時候『逆時光』恐怕站都站不下這麼多人。」

我說：「現在就打電話，讓孫思欣清場。」

當紅日的人們得知我一晚上損失了幾萬塊就為了招待他們，無不拍手稱道。

我讓朱貴帶著他們去酒吧，朱貴問：「你不去？」

我說：「我還得回去看看包子。」

張順湊上來賊兮兮地說：「安神醫的秘方真的這麼管用？」

我踹了他一腳：「老張剛做完手術！」

這次沒人再跟我開玩笑了，老張跟好漢們接觸不多，但他的事卻照樣能感動這些土匪們。

程豐收插口問：「誰是老張？」

林沖說：「一會兒我告訴你。」

我走到賓館門口的時候，正見包子在對面的小攤上吃米線，我過去坐在她身邊，要了一瓶啤酒，我先給包子倒了一杯，問她：「你走的時候老張醒了沒？」

包子情緒已經平靜了很多，她一口喝下半杯啤酒說：「還迷迷糊糊的。」

「那他第一句話說的什麼？」

包子想了一會說：「好像是『難受死老子了』。」

我鬆了一口氣，他要第一句話就問孩子們那也太假了，包子又說：「他神智清醒以後的第一句話，是問你們育才贏了沒。」

我愕然道：「你們怎麼跟他說的？」

「有個醫生跟他說贏了，還說最後一局特別精彩。」包子看了我一眼，忽然問：「你們是怎麼贏的？」

這裡靠近體育場，還有不少人在議論白天的比賽，看來也終於引起了包子的關注。

我不知道該怎麼跟她說，一直以來我都覺得就這樣瞞著包子不是辦法，畢竟她得陪我過一輩子呢。

包子見我支吾半天不說話，瞟我一眼說：「就知道你們這裡頭有貓膩，給裁判送禮了？」

我：「……」

包子忽然有點為難地說：「對了強子，你那有錢嗎？」

我們倆雖然在一起兩年了，但又沒結婚，而且賺那點錢也不值得一攢，所以向來是各花各的。

我說：「要多少，幹什麼用？」

包子用筷子慢慢劃拉著碗裡的菜葉說：「張老師現在挺困難的，他這次住院，除了保險報銷的，還有將近兩萬多的虧空，張姐手頭也不寬裕，我想咱們能幫多少幫多少吧。」

我說：「錢的事你別管了，我就問一下，你跟老張怎麼這麼親？」

包子像嘆氣似的說：「說不上，就是親，我就記得我們那時候開運動會，大夏天坐在操場上，別人都買冰棒吃就我沒錢，張老師就買了一根冰棒悄悄塞給我，然後沒事人一樣背著手走了。」

我說：「嘿，這冰棒可值錢了，就為這個呀？」

包子搖頭說：「一根冰棒五分錢，人心那可就無價了，全班同學哪個不拿張老師當親爸似的，很多外地安了家的，逢年過節就為看他也要往回趕。」

我嘖嘖道：「真難得，我們的語文老師自打教會我用字典，我就忘了他姓什麼了。」

第二天一早我們在會場聚齊，今天是單賽八進四，不出所料，段天狼的人一個也沒出現，算棄權，段景住自動晉級。

不過選手集合還是得去，因為一共才四場比賽，所有的選手都待在場地裡，可是不一會兒，董平和段景住就都背著手回來了，一問，原來是原本和董平比賽的那名紅日隊員也棄權了，理由是為了團體榮譽，打算全力準備明天的決賽。

董平回來之後埋怨張順他們三個人：「昨天讓你們少喝點，還是一碗一碗勸酒，搞得和我比賽那小子今天一起床還在吐，讓人家以為咱們是故意下的套呢。」

張順不好意思地說：「實在是聊得投機，沒把握住分寸。」

敢情紅日的選手是被他們灌倒了。

這樣一來，四強裡我們占了兩個名額，又吸引了一把眼球。不過已經到了這個地步，我也再沒什麼好顧忌，隨之目標也很簡單了，那就是拿第一。

賽場上只剩兩場比賽，孤零零地沒用半個小時都打完了，董平和段景住再去抽了籤，居然又各自得了一個對手，段景住抑制不住興奮道：「下場再贏，說不定『散打王』就是我的。」

他見董平在斜睨著他，馬上哭喪著臉說，「是你的還不行麼？」

好漢們一陣大笑，董平也笑道：「既然你這麼想當第一，那我答應你，只要你能和我在決賽裡碰上，我就故意輸給你。」

段景住眼睛一亮：「這可是你說的。」

吳用扶了扶眼鏡說：「明天你們想拿團賽第一，這事還得好好籌畫一下，現在看來紅日對這場比賽也是志在必得呀，我聽林教頭說，如果在擂臺上打，我們並沒有十足把握。」

林沖憂心道：「如果我不碰上程豐收，可以確保拿下一局，但其實沒什麼區別，程豐收那一局我們必丟，這麼算來還是一比一。」

張清道：「我也夠嗆，除非把拳擊手套改裝一下，能讓我在關鍵時刻扔出去。」

楊志接口道：「如果我遇到的是老對手，倒是還有把握。」

這下眾人都把目光集中到了時遷身上，他細聲細氣道：「咱的對手都不以輕功見長，上了臺我反倒吃不了虧。」

好漢們齊鬆一口氣：「這三局不就有了著落了麼？」

宋清不愧是管帳的，對排列組合非常敏感，他一擺手說：「不對，凡事都要按最壞的情況考慮，林沖哥哥固然能得一分，是在不和程豐收碰面的前提下，如果楊志哥哥對上程豐收，再按張清哥哥對上他原來的對手算，我們已經負了兩局，這就成了二比二，最後一局怎麼辦？」

吳用技高一籌：「你這樣算也不對，現在咱們得分是林教頭、楊志和時遷三個人，那個程豐收只要對上這三個中任意一個，咱們就只能得兩分了。」

張清聽了半天才明白過來，暴跳道：「你們什麼意思，我好像倒成了累贅一樣！」

我鬱悶地拍了拍他說：「那你也比我好，我直接被無視了。」

好漢們齊說：「你本來就該被無視。」

這時神機軍師朱武說道：「紅日的比賽我都看了，我注意到那個程豐收習慣在第一或第三個出場，按田忌賽馬的辦法，咱們只要把……」

他本來想說把張清放在第一個，一看張清正在瞪他，急忙理智地閉了嘴。

我嘆口氣說：「行了行了，我來當那匹下等馬，把我放在第一個吧。」

張清鄙夷道：「是真的才好。」

我忙改口：「還是放第三個吧。」可轉念一想，不管第一還是第三都必須得上場，這頓揍是跑不了了。

這時，一直混混沌沌的李白終於說出了在本書客串以來最有營養的一句話，他捅了捅時遷說：「你不是會偷嗎，今天晚上把他們的出場名單偷來不就行了？」

時遷大驚道：「這個辦法我都沒想到，你是怎麼想到的？」

李白呵呵一笑：「偷中也有雅人嘛，聶隱娘、空空兒、盜帥楚留香……」

盧俊義道：「這個法子不用最好，一來有失光明，二來我們跟紅日也算是朋友，這麼做恐怕不太合適。」

我其實是挺支持李白的想法的，從這一點可以看出落拓文人有時候比土匪更邪惡，不過李白要是一個循規蹈矩的衛道士，也就寫不出那麼多大氣磅礴的詩了。

我一看時間還早，能把人聚這麼齊也不容易，而且以後在一起的時間也越來越少了，便說：「咱們幹點什麼去吧，要不我請你們看《復仇者聯盟》吧？」

讓我想不到是的是，林沖忽然說：「趁著人都在，咱們去看看老張吧，畢竟他還算我們的校長。」好漢們表示同意。

因為人多沒法搭車，我們就當散步溜達著去。

到了醫院門口，其他人見我們攜老帶幼的，以為是和醫院打官司來的，議論紛紛，我也覺得這樣上去有點不合適，就讓大部隊先留在下面，我和盧俊義幾個人上去，叫他們一會兒從窗戶上看我手勢分批探望。

我們進了走廊，我打聽到病房，進去一看，給老張陪床的是他女婿，一個斯文乾淨的小公務員，同病房還有兩個老頭，不過看樣子快康復了，正坐在自己的床上晃悠著胳膊做運動。

老張今天已經完全清醒了，不過胸上的刀口讓他非常不便，整個人精神也不如上次好，他見是我，先衝我笑了笑，當他看到盧俊義他們的時候，我向他微微點了點頭，老張跟他女婿說：「小謝呀，你先出去一會兒，我和蕭主任有話要說。」

同病房那倆老頭一聽也知趣地退了出去，老張挺了挺身子，盧俊義忙過去把他扶起來靠在被子上，說：「老哥哥，保重啊。」

老張用詢問的眼神看著我，我低聲說：「這位就是盧俊義哥哥。」

老張一把拉住盧俊義的手，激動地搖了兩下說：「不該招安啊——」

我滿頭黑線，原以為知道內情的老張見了梁山好漢要說什麼呢，他劈頭先來了這麼一句，難得的是作為知識分子，也像鄰居二哥似的對招安恨之入骨。

盧俊義正尷尬得不知說什麼好，老張又拍拍他的手：「招安了也好，要不你們也不會在這兒了；你們不來，小強的比賽也就贏不了，這事得謝謝你們呀。」

盧俊義拉住老張的手說：「難為老哥哥你現在還在惦念著孩子們。」他從林沖手裡拿過報紙裡包的兩萬塊錢放在老張枕頭旁，「你現在就一心養病，其他的事情都別操心，有我們呢。」

老張打開報紙的一角看了看說：「錢我可不能要，你們現在也沒有經濟來源吧？」

盧俊義：「我們……有！」

老張一把抓住盧俊義胳膊：「你們可不能給國家添亂呀。」

盧俊義：「……」

我急忙說：「不是還有我嗎？」老張這才多少安下心來。

接著吳用和林沖也過來見過老張，老張問了不少當初帶兵打仗的細節問題，由二人耐心解答。

他們幾人出去以後，我在窗口示意下一批人進來探望，這次來的是董平張清戴宗李逵他們剩下的天罡，老張剛問了楊志幾句賣刀的事，只見一人貓腰從窗戶裡鑽了進來，嘴裡說道：「按次序來，輪到我非中暑不可。」

老張愕然地看了這人一眼，馬上說：「你是時遷吧？」老張的病房在三樓。

時遷蹲在窗臺上衝老張招了招手說：「老爺子，我實在是曬得受不了了。」

老張問我：「下面還有人？」我點點頭。

「快請上來呀，讓人在外面等算怎麼回事！」我只好招手讓好漢們都上來。

這下可熱鬧了，幾十號人蜂擁進來，都奔著老張的病床，這個喊一句那個叫一聲，土匪們都是熱情奔放的性格，又對老張十分佩服，所以格外親熱，老張也聽不清誰在說什麼，也認不住誰是誰，躺在那裡只是笑。

就在這時，一個人奮力撥開眾人擠到老張床前，顫聲道：「老杜，是你呀？」

老張見這人年紀比自己還大，也是一頭稀疏的白髮，神色間頗有幾分瀟逸，不禁納悶道：「我不姓杜，你是哪位？」

「我是你太白兄啊，老杜！」

老張吃驚地說：「你是李白？」

李白傷心地說：「你這是怎麼了，真的不認識我了？當年我們攜手遊神州，詩歌滿天下，雖然會面很少，但相交於心。」

老張是教國文的，熟知歷史名人的典故，他把李白的話琢磨了一會兒，脫口道：「你說的是杜甫！」

李白一拍大腿：「你可不就是杜甫嘛！」

好漢們見倆老頭聊得投機，紛紛告辭，病房裡就剩下我們三個人，李白抓住老張的手不放，問道：「老杜，你是什麼時候來的？」

老張哭笑不得地說：「我真不是杜甫，我叫張文山，是西元一九四四年生的，從小在本地長大，家住石子路八弄三號。」

李白搖著老張的肩膀說：「那我問你『丞相祠堂何處尋』下一句是什麼？」

老張想也不想便答：「錦官城外柏森森。」

李白：「會當凌絕頂——」

老張：「一覽眾山小——」

李白又問道：「朱門酒肉臭——」

我終於慢悠悠地說：「路有凍死骨，這句連我都知道。不用問了，你和杜甫都是大神，就連你們在人家牆上刷的小廣告，在後世都是膾炙人口的名篇，這並不能證明什麼，張校長可能只是長得像杜甫而已。」

李白失望地說：「你真不是杜甫？」

老張比他還失望：「我倒希望我是。」

李白嘆息道：「真不知道我那老弟最後怎麼樣了？」

我說：「誰讓你一天不看正經書，書上不是都有嗎？」

老張說：「杜甫結局並不太好，一生潦倒，不過被後世稱做詩聖，影響力是很大的。」

李白又嘆一口氣：「我這個老弟有點一根筋，但畢生憂國憂民，心懷天下，比起我的牢騷詩來要強很多。」

老張道：「太白兄也別這麼說，其實我一直很好奇你怎麼能寫出那麼多大器的詩來？」

李白不屑道：「喝醉了吹牛唄。」

兩個老頭相對大笑，李白說道：「不管你是不是他，總之，咱們兩個老東西也到『白頭搔更短，渾欲不勝簪』的年紀，也算是緣分一場。」

我說：「太白兄，咱們讓張校長休息吧。」

李白像趕蒼蠅似的揮手：「你走吧，我就留這兒了。」

我看看老張，老張也說：「那你還不快滾?!」

我只好一個人走，當我走到門口的時候，老張忽然喊了我一聲：「小強！」

我一回頭，見老張正在用感激的眼神看著我，說：「謝謝你告訴我一切，我還有最後一個要求：我想看一眼新校舍，所以你得抓緊時間了。」

我點點頭，出去跟好漢們會合了。

對於老張就是杜甫的說法，激起了我的一點疑惑，短短不到一個月時間，我已經見了兩回這樣的事情，張冰的事還沒弄明白，現在又出來一個杜甫，不過這回我的態度也很明確：老張鐵定不能是杜甫，很難想像沉鬱委婉的詩聖跟老光棍似的，得了絕症還這麼底氣十足。

我到了一樓大廳，見好漢們個個沉默不語，我問：「怎麼了？」

宋清過來低聲跟我說：「哥哥們心裡都不好受，在商議明天的比賽呢。」

原來老張跟他們話雖不多，卻數次提到明天的比賽，話裡話外對孩子們的殷殷關懷顯而易見，土匪們也覺得不拿下這場比賽不合適了。

時遷道：「要不我今天晚上就走一趟？」

好漢們一起看著盧俊義，盧俊義沉吟不語，顯然也在為難。

最後林沖長嘆一聲說：「還是算了，明天的比賽我們盡力，求個問心無愧就好。」

晚上我回賓館的時候，赫然見前面走著兩個大個和一個女孩，看背影是項羽和張冰，他們聽到身後有腳步，下意識地回頭看了一眼，我急忙回身就走，就聽項羽在背後喊道：「小強，別躲了。」

我只好尷尬地擰回身，見張冰正笑盈盈地看著我，目光裡透出一絲意味深長，我衝她乾笑數聲：「你都知道啦？」

這時另一個大個也轉過頭來，居然是張帥，我顧不上難堪，愕然問：「你來幹什麼？」

只見張帥緊緊貼著張冰，不甘示弱地說：「我為什麼不能來，不是公平競爭嗎？」

張冰則是緊緊貼著項羽，無視張帥的存在，她帶著嘲諷口氣對我說：「項宇有你這樣的朋友可真是幸運呀。」她拍拍張帥對我說：「什麼時候你幫我們這個小弟弟也泡個妞？」

張帥不滿地說：「我不是你們的小弟弟，我只喜歡你。」

亂，真亂……

現在看來張冰已經對項羽情根深種，而張帥則利用項羽的愧疚心理，正好對張冰窮追不捨，再看項羽，果然是滿臉滄桑——得忍著看別人泡自己的妞，雖然是上輩子的，能不滄桑麼？

就在這時，包子剛好開門，一見我們，奇怪地說：「咦，有人來了？進來坐。」

這會反正也到了蝨子多了不咬的程度，我把他們讓進屋裡，包子拉著張冰的手說：「這就是大個兒的女朋友吧？」

一屋子的人都哼哼哈哈地不知道該怎麼說，只有張帥篤定地說道：「不是！」

包子看看他，納悶說：「這又是誰？」

張帥理直氣壯地說：「我目前是第三者。」

包子：「……你們這怎麼比八點檔還亂呀？」

我趁他們聊著，把項羽拉在一邊說：「羽哥，現在就讓你用一句話說明張冰是不是虞姬，你怎麼說？」

項羽呆了半天說：「我不知道。」

我抓狂道：「你知道什麼？」

項羽緩緩說：「我只知道兩個人即使模樣再像、甚至舉止習慣都相同，但相處久了之後，總有些細微的地方能感覺出異常來。」

「什麼意思？」

「比如上次我救佟媛，如果依阿虞的性子，她一定會拍手稱快，然後衝上來親我一口。」

我說：「就從一件事上輕下結論不好吧？」

項羽看看我，忽然笑道：「再拿你做個比方，假如有一個人跟你長得絲毫不差，但接人待物彬彬有禮大方得體，出去買趟菜都穿得正正經經的話，那麼我就會由此斷定：這個人不是小強。」

我：「切！你肯定不是我羽哥，他從來不會這麼擠兌人。」

……

第二天一大早，我與眾好漢在賓館的餐廳集合，一同前往的還有老虎和佟媛等人，變態項羽三人組也在其列，我覺得很有必要把倪思雨也叫來湊成四人組，這樣至少看上去比較和諧，說不定四人重組以後能出現完美的兩對，可惜倪思雨最近忙著參加集訓。

好漢們也第一次出現了軍容整肅的局面，因為這是他們第一次去打沒把握的仗，這反而激起了他們的熱情。

我們往體育場走的時候就明顯感覺到了氣氛不一樣，三三倆倆或成群結隊的同路人絡繹不絕地進入我們的視線，等我們到了會場以後又吃了一驚，今天的體育場座無虛席，而現在才七點一刻，各家媒體記者肩扛手拿著各種機器，有很多後來的根本插不進腳去，不少記者冒險的爬到牆頭上進行直播。

我們在人們的注目下進了貴賓席，定了名單，決定：張清打頭擂，接著是林沖、楊志、時遷，這個次序是他們討論了半夜才排出來的，為了這場比賽，他們也稱得上盡心盡力了。

七點半的時候，紅日的坐席還是空無一人，體育場門口因為出現混亂情況，組委會抽調三百部分戰士去維持秩序。

八點差一刻的時候，體育場門口再次出現小小混亂，原因是某攝製組牽了六十多匹馬要進來，組委會工作人員莫名其妙，後來才知道攝製組已經跟體育場方交涉過了，該劇組拍的是一個記錄片，這六十多匹馬作為道具要演出一隊騎兵的坐騎，在比賽結束以後，這裡的場地也將暫時徵用。

這不過是一個小小的插曲，很快攝製組就進來在室內體育館門口安頓下來。

又過了幾分鐘，紅日那邊還絲毫沒有動靜，觀眾們開始小聲議論，因為往常比賽的隊伍現在已經該集合了。組委會方也很著急，想盡辦法聯繫程豐收他們，八點剛過，一個工作人員滿面惶急地跑上主席臺，把一封信交給主席，主席只看了一眼，立刻匆匆離開主席臺。

我正在納悶的時候，主席通過內線電話找到我，要我馬上去見他。我知道出事了，小跑著來到上次的辦公室，只見主席正拿著那封信發愁，見我進來，一言不發地把信塞給我，我下意識地問：「怎麼了？」

主席說：「紅日文武學校的人忽然宣布棄權了。」

我吃了一驚急忙看信，信一看就是練武的人寫的，字跡潦草力透紙背，口氣十分敦厚真誠，像是程豐收說的，他言簡意賅地把那天我們私下比武的事說了一遍，然後表示：雙方實力相差甚遠，再打也沒有意義，雖然遇強而退不符合武道精神，但紅日代表隊還是放棄這場比賽，而且作為此次大賽的亞軍，獎金如果還有效的話，願意捐給育才辦學，最後，代問老張好，祝他早日康復云云。

主席背著手，沉著臉問：「你們真的私下裡比試過了？」我點頭。

主席跺著腳說：「這是違背大會規則的你知道不知道，往好說你們是一見如故，說不好聽點就是聚眾鬥毆！」

我忙說：「沒有沒有，這的工作人員可以作證：我們當時很好很有愛。」

主席快步走到窗口，指著外面幾萬觀眾低吼道：「那你讓我跟他們怎麼交代？這可是決賽，結果被你們弄成了一場江湖式的鬧劇！」主席又問：「對了，這個老張是誰？」

這時我腦子裡才突然清明一片：一定是好漢們跟程豐收說了老張的事，這才使他下了這個決定。

其實若論打，林沖他們贏面還是很大的，現在程豐收賣了這麼大一個人情給我們，這可難還了。不過我還是挺感動的，要知道程豐收他們的學校規模也就是個鄉鎮私立學校，跟老虎、精武會他們根本沒法比，十萬塊對他們來說不是一個小數目。

我跟主席把老張的事粗略地說了一遍，當然蓋過了打假賽之類的曲折，在整個敘述裡，我們就是一幫為了好校長而戰的熱血青年。

主席聽完以後也是感觸良深，他搓著手道：「可是你們這麼一來，我怎麼跟其他人交代，武林大會豈不是成了笑柄麼？」

就在這時，外面的觀眾終於開始起鬨，他們使勁吹喇叭，間或一起發出噓聲，主席再次走到窗前看著外面，憂心忡忡地說：「想讓他們就這麼走，只怕很難。」

我說：「要是不打一場不足以平民憤的話，那就把以前淘汰掉的隊伍隨便找一支來打不就行了？」

主席一頓足：「作為一個練武的人，你腦袋裡淨是些污七八糟的東西？」

我邊擺手邊往後退，說：「您別著急，我這就找人商量辦法去。」

我又一溜小跑回到貴賓席，把情況一說，林沖他們也紛紛感慨，對紅日的仗義深表領情。

我急道：「哥哥們，現在的當務之急是怎麼搞定觀眾，萬一現在有人懷疑這裡頭有黑幕，再一煽動，這幾萬人隨時能把我們吃了。」

這時的觀眾們早已失去了耐心，開始亂丟垃圾，罵髒話，已經隱隱有爆發之勢，徐得龍他們在礦泉水瓶飛舞的場地邊上巍然不動，那些人在他們眼裡都是「百姓」，看樣子一會就算真的暴動了，他們也不願意全力維持。

段景住下看了一會，吸著冷氣說：「一會兒這些人要衝上來，咱們就奪馬而逃，我數了一下，那邊有六十四馬，剛夠。」說著他往那邊一指。

吳用沉思了一下，忽道：「有馬就好辦了，這些人誰見過騎在馬上打擂的？」

林沖眼睛一亮：「對，我們來一場誰也沒見過的表演賽！」

張清一下來了精神，叫道：「同意！」

董平：「頂！」

吳用跟我說：「你去跟大會的領導說一聲。」

我說：「來不及了，直接幹吧——宋清兄弟，你去告訴徐得龍，讓他們儘快把場地騰出來，我去解決馬匹的事情。」

我看了一眼那個攝製組，他們剛從野外的山地趕回來，根本不知道武林大會是什麼東西，看樣子等得很是不耐煩，就想著大會早早散場，他們好趕拍片子。我有點擔心地說：「就怕這事不好辦。」

段景住說道：「這有什麼難的，他們不給咱就偷！」

時遷：「頂！」

對於段景住和時遷的建議，我很感憤慨。並不是我不贊成偷，而是對現在這個大環境下偷馬毫無信心，在他們那個年代，偷匹土馬跟偷輛自行車沒什麼兩樣，就算段景住偷了「照夜玉獅子」，其性質也就相當於偷了一輛藍寶基尼；可是換言之，如果我往南宋搞了六十輛裕隆被人偷走了，就算有人會開，我想破案那也是立馬可待的事情。

所以我對段景住說：「你的任務不是偷，而是挑選幾匹好馬。」

我帶著他去找劇組的人商量，我剛想問他們誰是頭，馬上一眼就盯住了一個渾身是口袋的傢伙，我搶過去跟他握手：「你是導演吧？」

口袋橫了我一眼，慢悠悠地說：「我是副導，什麼事？」

「沒別的事，就是想借幾匹馬。」我把打算進行一場表演賽的事一說，原本以為他會滿口答應，誰想口袋打著官腔說：「這個可不好辦，我們的馬需要養精蓄銳應付一會兒的拍攝呢，再說，這些寶貝一匹好幾十萬，磕了碰了算誰的？」

不看武林大會還真是個問題，這場子裡不認識我小強的，大概也就這十來個人。

我給口袋點了根菸，陪笑說：「我們的人可都是行家，不可能出問題的。」口袋抽著我的菸又橫了我一眼，不說話。

我只能沒話找話：「你們這是要拍什麼呀？」

「記錄片，《秦朝的遊騎兵》，以後那可是要上中央台的。」

我說：「喲，那我找個人幫你們吧，道具呀隊伍呀什麼的，你可以問他。」

口袋嗤之以鼻：「我們有顧問。」

我笑：「你們的顧問見過遊騎兵嗎，還秦朝？」

「這不廢話嗎？」

我說：「我給你們找的這人就見過。」我見他用異樣的眼神看我，急忙說：「這樣吧，我先把他給你們找來再說，對了，我怎麼光見馬沒見人呀？」

口袋：「道具和演員後邊過來。」

「那你也別叫什麼演員了，我有現成的，一會兒讓他們幫你拍，不要你錢。」

口袋不屑地說：「你以為找倆人兒坐上面就行了？那得會騎！」

段景住從來就一直在馬群裡逡巡，聽到口袋的話哈哈一笑：「屁話！」說著翻身上了一匹黑馬，口袋大驚道：「你下來，馬鞍子還沒上呢，摔死你！」

段景住在馬臀上一拍，也不見他撥轉馬頭，就在小場子裡漂亮地跑了兩圈，他跳下來，拍拍馬脖子說：「這馬最近拉稀了吧？」

口袋奇道：「你怎麼知道？」

段景住用手梳理著馬脖子上的毛，說：「挺好一匹馬讓你們餵壞了，以後給料的時候稍微晾一晾，而且這馬沒怎麼調教過，打不了仗，不過湊合能用。」

口袋丟掉菸頭，服氣地說：「行啊你。」這下他對我的話也開始信了，問我：「你說的那些人都會騎嗎？」

我說：「放心吧，讓他們騎著馬幫你考駕照都沒問題。」我聽徐得龍說過，他們背嵬軍騎在馬上是騎兵，下了馬是步兵，那是沒得說。

口袋這回開始給我敬菸，陪笑說：「那你說的那個顧問……」

我本來是想給秦始皇打電話呢，後來一想找胖子還不如問項羽，嬴哥雖猛，終究嬌生慣養，不及項羽和秦軍交戰過無數次，我抽著口袋的菸，說：「一會我讓他過來，借馬的事能成嗎？」

「你隨便挑——」

段景住選了六匹最好的馬，上了鞍子，牽著來到操場中央，好漢們已經到位，觀眾們見先是有人把擂臺拆了，然後又拉上馬來，都在奇怪，也顧不上鬧事了，紛紛交頭接耳。

林沖他們一見了馬，就跟張順他們見了水一樣親，他走到一匹馬前，站在牠的側面，先用手摸摸馬鼻，再讓馬好好地看了看他，我想他這大概是在跟馬交流感情。

在戰場上，一員主將如果沒有了馬，不但會成為對方的砍殺對象，更加指揮不了戰鬥，所以在戰前和馬培養感情那是必需的，這就好比一個要跑長途的司機上了一輛新車，得先試試離合器的高低一樣。

然後林沖一個箭步跨上馬背，騎著牠跑了一個大圈，說：「還算聽使喚，可惜馬力不足。」

段景住道：「是啊，所以我一次牽來六匹，輪換著騎吧。」

這時董平也選好了馬，遛了一圈之後回到場中，在馬上抱拳道：「林沖哥哥，那我可就得罪了。」

林沖還一禮，笑道：「賢弟手下留情。」說罷催馬急馳，路過兵器架時，略一探手就取了一條長槍，董平則提起兩桿短槍，兩人備好兵器，又催馬繞了一圈，然後面對面站好。

觀眾中有聰明的，一開始就猜測到了我們的用意，現在見兩員大將果然是要在馬上交手，新奇中透著納悶，都靜等著看戲。

董平一催馬，揮舞著雙槍衝上來，像隻展翅雄鷹一般，林沖微一撥轉馬頭調整好角度，兩人錯馬間交上了手，董平一槍直刺對方前心，另一槍高高舉起留有後招，林沖用槍頭挑開董平的第一槍，槍桿亂顫，像條扭曲的銀龍一般，董平的第二槍戳下來正好被磕開，端的是妙到顛峰，眾好漢紛紛喝彩，都道：「林沖哥哥的功夫真是一點也沒放下。」

二人於剎那間交了一招，各自回馬，場上的觀眾大多都是外行，看不出其中的妙處，只是見兩人馬術精絕，也就只給了幾下稀疏的掌聲。

林沖和董平見狀，互相使了一個眼色，這次二馬一錯鐙，林沖先抖出一團槍花，董平則也是莫名其妙地把雙槍舞得車輪相仿，觀眾們這才叫起好來，兩人耍完花活又殺在一處，林沖把條槍扎得像面圓錐體，董平自覺抵敵不住，哧溜躲在了馬肚子下，突然間斜刺裡從下到上刺出一槍。

人們只見董平憑空消失，然後一條超級大馬鞭一樣的東西從馬肚子下面扎出來，當真是又險又狠，不禁都發出了「喔——」的一聲驚嘆。

林沖早有預料似的一手抓住刺過來的槍頭，自己手裡的槍往馬肚子下一攪，那槍像啄木鳥的舌頭似的靈且刁，一下把董平攪了上來。

張清見董平力怯，搶過一匹馬，舞動長槍叫道：「董平哥哥，我來助你！」

三個人四條槍馬打盤旋戰在一起，項羽看得心癢難搔，在兵器架上拔下一桿槍來，掂了掂扔在一旁，又選了幾桿，失望道：「這槍怎麼跟筷子似的？」最後只得綽了一條分量稍沉的，片腿就上了一匹馬。

結果人們都笑了：這劇組的馬被項羽騎著，就像普通人騎了一條大狗，腿幾乎都要支上地了，他一催馬，那馬腰一塌，險些把項羽扔下來，要不是項羽用槍支著地趕緊跳到地上，這馬只怕非吐血不可。

這時那三個人已經越鬥越凶，四條槍舞得人眼花繚亂，觀眾們也漸漸進入狀態，平時看電視馬上砍人，好像是誰勁大，誰就把誰「一刀斬於馬下」，現在再看根本就不是那麼回事，因為在馬上身子凌空，高度增加，所以出招要想穩準更難，但也更有發揮的餘地，招法的巧妙、兇狠、惡毒也更甚。

吳用看了看四周都捏了一把汗的觀眾，說道：「現在要能添一把火就好了。」

話音未落，扈三娘也終於騎馬殺了出去，其實依著她的性子早就想上了，只是她用的雙刀一時間不好配齊，她舉著雙刀殺出來，這下觀眾譁然了：「看，兩把刀！」

而且看點還不僅僅如此：扈三娘今天戴著一頂披肩假髮，穿著一身淺粉色T恤，這樣騎著馬操著雙刀殺過來，震撼之極，也詭異之極。

其實林沖他們何嘗不是如此，張清還穿著休閒服呢，董平則是穿著皮鞋踩在馬鐙上跟人動手，這種壯觀的場面，大概真正稱得上是曠古絕今了。觀眾們早把自己為什麼來這忘得九霄雲外，跟著一會驚叫一會傻笑，其情其景非常酷似氣功大師的發功現場。

觀眾的視線被轉移後，這時有人通知我主席有請，我進了辦公室，見這裡已經坐了一家人，主席很隨便地給我介紹：「這幾位有國家經濟規劃署，土地管理局還有教育部的同志，其他的先不介紹了，以後你們自然會打交道……」

主席邊說話邊偷空往外面瞄著，看來他實在是不想錯過這場精彩的馬戰，他雖然嘴上說著話，心思卻不知道溜到哪去了，他說完一個節骨眼上，終於再也忍不住輕輕叫道：「好槍法！」屋裡的人相互看看，都發出了無奈且會心的笑。

主席又看了一會兒，這才發現大家都在等他的下文，他尷尬地咳嗽了一聲，言簡意賅地對我說：「這次找你來，是想跟你商量商量擴建育才的事。」

聽主席說完這句話，我只覺兩眼一摸黑，往前栽了半步，這可能就是傳說中的幸福的暈眩吧，我習慣性地掏出菸來抖出一排，見人就散，可惜領情的很少。

我先抓住一個老教授，興奮地說：「您是……」沒等他說話，我又握住一個中年幹部的手：「那……」最後我帶著顫音回頭問主席，「我說我到底該先跟誰說呀？」

一個三十歲出頭的青年人往前邁了一步，微笑著說：「你就先跟我說吧，我負責擴建貴校的統籌規劃工作，其他部門的同志會配合咱們。」

我拉住他的手搖著：「年輕有為呀，怎麼稱呼？」

青年微笑道：「我叫李河，國家建設部設下的一個小職員，你叫我小李就行。」

他旁邊的老教授跟我說：「這位小李可算得上咱們國家最年輕的處長了。」

李河急忙謙虛：「哪裡哪裡，那都是同事們開玩笑叫的。」

看李河為人，精明幹練，我也不知道他是怎麼個處長，國家建設部我也陌生得很，這個部門好像真正是高屋建瓴的一個所在，在我想來負責的都是大手筆，想不到擴建一所學校連國家都驚動了。

李河把我拉在桌子前，嘩啦一下展開一張地圖，指著上面用筆劃出來的一塊說：「貴校在這裡，占地兩千三百畝……」

我小聲說：「沒那麼大吧，加上周圍的野地一直到城鄉結合部還差不多。」

李河看了我一眼說：「都擴進去了。」

我：「……」

李河指著地圖繼續說：「按照計畫，頭批工程一點五億將分三階段完成，就包括蕭主任說的擴邊，剩下的就是主建築，包括教學樓、宿舍樓等等；第二批工程暫定為兩億，主要是綠化校園和添置硬體設施……」

李河越說我越暈，很難想像從進門連口水都沒喝馬上跟人談幾億的事情，要不是主席就在一邊，我真以為自己進了哪家神經病院了。

我拍了拍李河，迷愣地問：「國家就這麼直接把我們育才接管了？」

李河笑說：「什麼接管？是贊助。」

我叫道：「可是為什麼，俗話說無利不起……呃，沒有無緣無故的恨，也沒有無緣無故的愛。」

李河點頭：「國家花這個錢，當然是要成效的，年底在新加坡有一場國際公開賽……」

我抓著頭道：「又是比賽！」

李河繼續說他的計畫，他用指頭點著地圖說：「按我們想的，現有的校區索性推倒重建，不這樣的話，它的風格會跟建起來的新校區格格不入——在我們的規劃裡，新校區沒有六層以下的建築。」

我奇道：「你已經去過我們學校了？」

李河說：「昨天去的。」

昨天——昨天決賽不是還沒打嗎？難道他早知道紅日會退出比賽？為什麼他準備得如此充分，我看那張地圖，比軍事地圖也差不了多少，連我們學校的每塊草坪都標注得清清楚楚，我的心裡開始有一絲隱隱的不安，每當有人為我的事情付出巨大的勞動成果的時候，我都會有這種感覺。

我忽然拉了拉說得很投入的李河，用不大不小的聲音說：「不好意思，如果是贊助性質的話，我是不是有權不接受？」

這句話一出口，所有的人都瞬間石化，兩個老工程師手裡拿著尺規，愣在當地；老教授本來正在扶眼鏡，現在那隻手也放不下來了，就連主席也驚愕地回過頭來。

只有李河依舊微笑著說：「什麼意思？」

我吭哧了半天才說：「……因為我還沒說我的條件，不知道國家能不能接受？」

一個大肚子中年幹部詫異地說：「你們還有條件？」

李河呵呵一笑：「沒關係，說說看。」

「……只有一個條件，那就是學校建成後，按我們的標準接收學齡兒童，而且是那些上不起學的孩子。」

李河想了一下，總結道：「你的意思是，把國家投資幾億擴建起來的武術基地給你用來辦成一個全國最大的希望小學？」

我看了一會屋頂，點點頭說：「差不多。」

第三章

八大天王

張順嘆了一口氣，示意我坐下，緩了一緩才說：

「其實很簡單，打傷我的人是厲天閏！」

在場的幾人一齊低呼了一聲，我納悶地問：

「厲天閏？這名字很耳熟呀，他是誰？」

董平喃喃道：「方臘手下八大天王之一。」

在場的人都錯愕地笑了起來，只有主席明白我的意圖，他深深看了我一眼，用不太引人注意的語調說了一聲：「其實武術人才從小培養確實是很有必要的。」

我忽然感覺輕鬆了，因為我知道他們不可能答應這種變態的要求，這其實未嘗不是最好的結局：比賽我們贏了，老張那算是有了一個交代，風險也不用擔了，好漢們可以想去哪就去哪了，順便還還了紅日一個大人情。

說到底其實是因為我害怕了，對方一甩幾億出來，而且代表的是國家，捲進如此巨大的漩渦裡，我唯一的下場好像只能是粉身碎骨，明明是一隻小耗子，現在有人要給牠移植熊心豹膽，耗子招誰惹誰了？

李河不說話，用筆不停敲著桌子，最後索性捲起了地圖，我以為事情到此就算結束了，誰知他說：「你的要求我們會考慮的，明天給你答覆。」

李河走到窗前，站在主席身邊，望著操場上說：「現在能騎馬打仗的人不多了吧？」……我剛要走，主席叫住我，把一張三十萬的支票給我，開玩笑地說：「這是你那些學生的勞務費，大會已經接近尾聲，從明天開始就用不著來那麼多人了。」

我拿著支票出來，林沖他們已經結束了戰鬥，好漢們意猶未盡，可那六匹馬已經通體是汗，支持不住了，大會通過廣播說原定於今天的決賽取消，理由是紅日文武學校選手傷病嚴重退出比賽。觀看了一場精彩絕倫表演的人們也不覺得遺憾，開始退場。

這時劇組的道具和導演也趕到了，正導演就是正導演——身上的口袋比副導多多了，大口袋找到小口袋，吼叫道：「是你擅自做主把特技演員都退了？」

小口袋露出了畏懼的神色，左右一掃正看見我，像撈著救命稻草一樣指著我說：「他有辦法！」

大口袋繼續教訓小口袋：「什麼人的話你都信嗎？」他隨意地瞟了我一眼忽然說：「我認識你，我們在公司見過！」

我看他卻面生得很，不禁問：「你以前也是賣保險的？」

大口袋說：「你是叫強子吧，你還記不記得你去過我們公司——我是金廷影視的。」

我愣了一下馬上想起來了：上次找金一賭馬，我穿著大褲頭去的，給全公司的人留下了深刻的印象。

我一拍腦袋說：「我想起來了，你們少總是金少炎。」

「……現在是老總了，他父親已經退休了。」

我說：「可以呀這小子，被我拍了一磚還出息了。」

大口袋尷尬得不知道該說什麼了，我和金少炎的恩怨不是那麼容易解釋得清的，他現在可能還恨我呢，我寬慰大口袋說：「放心吧，你的戲我找人幫你拍。」

回頭一看，已經有六十個小戰士在道具的幫助下穿戲服了，然後又一人拿了一把弩飛身上馬，大口袋還是不放心，低聲問我：「他們會騎嗎？」

我衝戰士們喊：「騎上遛一圈去——」

戰士們紛紛撥馬，就在體育場的四周飛跑開來，大口袋興奮得直搓手：「比我們請的那幫特技可強多了——誒，你不是說還有一個顧問嗎？」

我把項羽推到他跟前說：「有什麼不懂的你問他。」

大口袋抬頭看了看項羽，沒看出他哪裡像學富五車的樣子，不過還是說：「我們要拍的這個記錄片叫《秦朝的遊騎兵》……」

項羽看了一眼穿著戲服的戰士們，隨意地指點著說：「把馬鐙卸了，身上皮甲脫了。」

大口袋急忙叫人記下，又問：「還有呢？」

項羽說：「這就是秦朝的遊騎兵，拍吧。」

大口袋汗了一個說：「沒有馬鐙我們是知道的，可是……作為戰士，一點防護也沒有就不像話了吧？」

項羽不耐煩地說：「你是拍騎兵方陣還是遊騎兵？遊騎兵就是負責偵察，有的連武器也不拿，你見過麼？」

大口袋又說：「那騎兵方陣裡的戰士穿的是什麼？」

「你就想靠這六十來個人拍騎兵方陣？」

大口袋可能第一次覺得不好意思，說：「做我們這一行不是經常這麼拍嗎？六十個人拍千軍萬馬也不算很難吧？」

項羽冷笑一聲：「你見過千軍萬馬嗎？」說著再不搭理我們，獨自一個人走了。

大口袋看著他的背影，感慨：「嘿——他比我還像個導演呢，我又不是張藝謀，哪找真的千軍萬馬去？」

我跟他說：「你問他秦朝的事，他當然不高興了，下回你拍《霸王別姬》再找他，興許就對你熱情了。」

大口袋拍著戲，我拿著那張五十萬的支票把它塞在徐得龍的手裡，徐得龍眼圈立時就紅了，說：「我們怎麼能要你的錢呢？」

我說：「我知道，你們的隊伍也不能收百姓一針一線，可你們不是要走了嗎？再說這錢是你們自己掙的，拿著吧。」

徐得龍激動地說：「我們欠你的……」

我問他：「你們要走的事，顏景生知道嗎？」

「……我們不知道該怎麼跟他說。」

我點點頭說：「瞭解，讓我來跟他說吧。」我打量了徐得龍幾眼，還是忍不住問：「你們的事真的不能跟我說？」

徐得龍尷尬道：「其實也沒什麼不能說的，就是很複雜，而且跟你也沒關係——你放心，我們不會做任何有損育才名譽的事的。」

我把手放在他肩膀上說：「保重吧哥們，歡迎你們隨時回來，育才就是你們的家。」

徐得龍低著頭，老半天才說：「其實我還有一個問題要問你。」

「儘管說。」

徐得龍為難了半天，最後終於毅然地抬起頭，把那張支票舉在我眼前：「這裡面的錢怎麼拿出來？」

處理完手頭的事情，我跟好漢們說，比賽可以告一段落了，打了這麼長時間，也不算全白忙活，至少拿到了五十萬獎金，所以我跟他們說打完個人賽，他們就可以走了。

個人賽比團體賽慢著一個節拍也是大會特意安排的，原因很簡單，在所有人的心裡都有一種個人英雄情結，誰能奪得「散打王」的稱號，在一般觀眾眼裡遠比誰拿團體冠軍更有吸引力。

晚宴上，眾好漢又是一副依依惜別的光景，只不過這次他們已經離心似箭，李雲把我新房的鑰匙給我，說全按包子的喜好裝修好了，尤其是客廳，弄得跟得了黃疸病似的，爆發戶氣派十足。

特地被張順他們叫來的倪思雨笑道：「小強，你結婚我當伴娘好不好？」

張順他們要走的事她還不知道，張順也不打算告訴她，這個精靈古怪的小徒弟真是牽動著三兄弟的心，離別的話實在不知道該怎麼說。我見三人表情不自然，插科打諢道：「你再沒大沒小，我可真打你屁股了。」

倪思雨咯咯笑道：「我叫大哥哥揍你。」說著眼睛四下逡巡。

我說：「別找了，你大哥哥陪你大嫂嫂去了。」

倪思雨立刻露出了失望的表情，雖然喝醉以後揚言要橫刀奪愛，但這種事情顯然不是她這個小女生能幹得出來的。

晚上回了房間，我跟包子說：「明天你下班直接回家吧，這麼長時間沒住人，也該回去看看了。」

睡到半夜的時候，一陣急促的電話鈴聲把我吵起來，接起來一聽是朱貴，他惶急地跟我說：「小強你快來，出事了。」

我頓時睡意全無，邊披衣服邊悄聲問：「你們在哪兒？」

朱貴說：「你先來酒吧吧。」

包子皺了皺眉頭，在夢裡抱怨了幾句又睡過去了。

我出了賓館，心裡七上八下，開上破麵包趕到酒吧，剛要往裡走，被從暗處躥出來的杜興嚇了一跳，他說了聲「跟我走」在前面帶路，原來他們不在酒吧裡，全在酒吧後面那條小街上。

盧俊義、吳用、林沖還有董平都在這裡，我見地上還躺著一人，安道全正在照顧著，這人臉色慘白，身下流了一灘血，正是張順。

我見狀不由得大吃一驚，搶上前問：「這是怎麼了，張順哥哥——」

張順還保持著清醒，見我來了勉強衝我笑了笑，我這才多少放下心來，又問：「怎麼回事？」

朱貴說：「我們也不知道，吃完飯大家都來這喝酒，散場以後都回賓館了，張順還要送小雨回家，就單獨一撥走，沒過多長時間就給我打電話，讓我們去接他，見到他時就已經這樣了。」

我急道：「怎麼不送醫院，是誰幹的？」

安道全抬起頭來慢悠悠地說：「你慌什麼，他不過是失血過多外加肋骨折了幾根，我還能應付得了。」語氣頗為不滿，好像對我忽視他這個神醫的存在很介意，我由此判斷張順沒有大礙，又問：「你們怎麼不進酒吧呢？」

朱貴道：「酒吧人多嘴雜，招來公差於你於我們都是麻煩。」

我說：「那回賓館。」

吳用說：「回賓館是一樣的，店小二非報官不可。」

我在手足無措中忽然碰到了褲兜裡的新房鑰匙，靈機一動說：「有了，跟我走。」因為座位不夠，我們留下杜興居中策應，其他人都跟我回新房。

在抬張順的過程中，我發現他的血主要來自腿上的傷口，他的大腿外側被削去一塊，幾乎能看到肌理了。這種傷我們當年打群架也經常見，只是誰能把張順傷成這樣可真蹊蹺了，憑他的功夫，就算喝醉了酒，七八個混混還是近不了身的。

我顧不上多問，開車往別墅急奔，半路上在一家廿四小時營業的藥店買了一堆消炎藥，快到的時候我問：「其他人呢？」

「還沒驚動，等我們安頓下來再說。」林沖說道。

過了警衛，我打開房門，眾人七手八腳把張順抬進來，放在一塵不染的沙發上，這裡裝修好了以後我還是第一次來，客廳裝得確實挺金碧輝煌的，只不過我們現在走到哪裡，哪裡就一片狼籍和血跡。

我抄起茶几上的水果刀把張順的褲腿全割下來，見他傷口處抹滿了黑不黑黃不黃的藥粉，大部分都已經凝結，我從買的一大堆東西裡拿起一瓶雙氧水就要往上倒，安道全一把拉住我：「你幹什麼，這藥很難配的。」

我掙開他的手說：「傷口不處理的話容易感染，用不了半個月就得敗血症而死！」

林沖驚道：「我來這以前就是這樣，張不開嘴，渾身抖個不停。」──我現在才知道林沖死於破傷風。

我舉著那瓶雙氧水，看了看張順，從沙發角那拿起一根木雕遞給他：「需要咬著點不？」

張順勉強一笑，虛弱地說：「古有關二爺刮骨療毒，今有我張順──啊！」

我不等他說完，一個節骨眼就把雙氧水倒在他傷口上，把裡面的汙血沖乾淨，然後在他傷口周圍打了一圈針，包括消炎的，破傷風，能打的都打上了，張順現在就跟吃了蛤蟆的段譽和喝了蛇血的郭靖一樣，百毒不侵。

處理完傷口，我再把安道全配的外傷藥拿過來敷好，用紗布包紮起來，安道全看得直乍舌：「小強的手段不比我差啊。」

我不好意思道：「久病成良醫嘛。」

張順費力地在我後腦勺上拍了一把，罵道：「你就說你小子以前經常被人砍唄！」這一下卻馬上牽動了肋骨，疼得直吸冷氣。

我看他有了說笑的力氣，知道他傷情已經穩定，這才長吁一口氣，癱倒在椅子裡。

朱貴見他嘴唇乾裂，給他倒了一杯水，問：「到底怎麼回事，現在說說吧。」

盧俊義、吳用他們都拉過椅子，圍著張順坐成一圈，個個表情嚴肅。

只見張順喝乾一杯水，皺著眉頭沉默了半晌，好像有什麼為難之處，最後，他終於看著我說：「小強，你能不能先出去一下？」

他說完這句話，所有人第一個感覺是莫名其妙，對我而言，他們好像沒什麼秘密，而且在這些人裡，我和張順關係也算最鐵的，我覺得自己被排斥在外，失神地站起來，想往外走卻忍不住還是看了盧俊義一眼。

盧俊義也覺得有點不太合適，沉聲說：「張順，有什麼話儘管說，小強也是咱們的兄弟。」

張順嘆了一口氣，示意我坐下，緩了一緩才說：「其實很簡單，打傷我的人是厲天閏！」

在場的幾人一齊低呼了一聲，我納悶地問：「厲天閏？這名字很耳熟呀，他是誰？」

董平喃喃道：「方臘手下八大天王之一。」

我吃驚道：「方臘？他也來了？我沒見過他呀。」

林沖問張順：「你確定是他？是不是看花眼了？」

張順微微搖著頭說：「絕對沒錯，我送完小雨剛要往賓館走迎面碰上，他一張口就叫出了我的名字，然後二話不說我們就動上了手，他先把我胸口打傷，又用刀子劃了我一下，要不是有捕快（警察）巡街，我大概就死了。」

董平一拳砸在茶几上。

我見他們都沉著臉不說話，小心翼翼地問：「這個厲天閏厲害嗎？」

朱貴道：「萬夫不當之勇。」

林沖說：「無庸諱言，方臘手下八大天王個個萬夫不當。」

我終於知道這幫人是怎麼了——嚇的。想當年方臘八天王大戰梁山一百零八將，雙方殺了個勢均力敵；換句話說，八大天王每一個人都應付了十個以上的好漢，這次梁山來了五十四人，如果方臘那邊八大天王齊聚，再打起來，好漢們只有吃虧的份兒。可為什麼好好的又跑出別的古人來，我真是百思不得其解。

盧俊義忽然問我：「小強，除了你以外，還有誰跟你一樣，能接觸到我們這樣的人？」

「沒聽說呀，劉老六電話也不通……」

盧俊義看看吳用，只見他正在若有所思，不禁輕喚了一聲：「吳軍師？」

吳用緩過神來，說：「我在想另外一件事。」

「怎麼？」

「段天狼的傷，能用重手法把他打成那樣，說不定就是厲天閏，或者寶光如來鄧元覺之輩——」

眾人齊聲道：「不錯！」想到這一步，頓時覺得與段天狼同仇敵愾，也不那麼討厭他了。

吳用道：「明天我和小強去拜訪他一下大概就有結果了，張順兄弟你只管精心養病，其他的事情自然有我們辦妥。」

張順點頭，我說：「各位哥哥不管樓上樓下，自己找地方睡吧，被褥都是現成的。」我又拿過一條毛毯蓋在張順身上，「你就在這待一夜吧，等傷口長住些再說。」

張順看看被他弄得一片血污染的新家，抱歉地拉住我的手說：「小強，剛才不想讓你知道，是怕把你捲進去，沒別的意思，你別多想。」

我知道他們對這場未知的仗毫無把握所以怕連累我，朝他點了點頭。

盧俊義他們誰也沒有去睡覺，也沒有再討論張順的事，而是有一句沒一句地聊著，在等其他兄弟前來會合。

這些人喋血一生，現在仇人找上門也不當一回事，還是該幹什麼幹什麼，朱貴在我的冰箱和廚房的櫥櫃裡翻來翻去，埋怨道：「這麼大的屋子連個鳥也找不出來，餓死我了。」

我說：「廢話，這地方我十月才打算用呢，現在放堆吃的養老鼠啊？」

過了大概四十分鐘之後，杜興給我打電話，說好漢們已經接到了他的通知正在往這兒趕，估摸著快到了，讓我去接應一下。電話剛掛，我的門前已經停了一排車，好漢們在李雲的帶領下到了。

他們大概聽說了大致情況，一個個面帶焦急，最先衝出車的是阮家兄弟和李逵，張順人緣向來不錯，眾好漢都跟著爭先恐後地湧進來，看到沙發上的傷患頓時大躁起來，搶到張順身前七嘴八舌地問這問那。

盧俊義攤開雙手往下虛按說：「大家稍安毋躁，張順兄弟已無大礙，你們都坐下聽我說話！」

我留在門口，把好漢們都讓進去，老虎最後從一輛車裡鑽出來，他安頓好司機們，邁步急往裡走——這些車都是他叫來的。

我站在他身前，叫了一聲：「虎哥。」

他胡亂答應了一聲還要往裡去，我索性擋住門口，老虎明白了，問我：「我不方便進？」我只能點頭。

老虎問道：「聽說咱的人讓削了？要真是那樣，這事交給我，碰我老虎的朋友，那就是抽我的嘴巴子，你告訴我是誰！」

我遞給他一根菸，自己也叼上一根，邊打火邊說：「真正的江湖恩怨，咱們插不上手，你師父他們也肯定不想讓你插手。」

我一個「咱們」一個「你」，把他很巧妙地摘出去了——我肯定是跑不了了。

老虎也是個聰明人，況且這麼長時間的相處，他也覺察到這幫人絕非尋常，便很直接地問我：「我還能幫什麼忙，需要錢嗎？」

我說：「暫時不需要——你能幫我們弄點吃的嗎？」

老虎苦笑道：「成，我一會兒讓人送來，再有什麼事就吱聲。」

老虎領著車隊走以後，我回到客廳，盧俊義已經把事情說了一遍，好漢們均是又驚又怒，隨後開始破口大罵，有不少人馬上就要衝出去找厲天閏報仇去，吳用安撫了幾次，這才平息眾怒。

單有一人還是遏制不住地暴跳，不停吼道：「厲天閏在哪，誰知道他在哪？」

正是張清，我聽見旁邊有人輕聲議論：「當年張清哥哥就是死在厲天閏槍下的。」

戴宗和李雲把他按住，勸道：「我們先聽吳軍師有何計議。」

吳用往人群裡看了一眼說：「時遷兄弟……」

時遷搶先道：「我知道我該幹什麼。」

吳用點點頭，又說：「剛才我想了一下，段天狼傷得蹊蹺，一會兒天亮了，我就和小強去看看從他那能不能問出什麼來，其他兄弟也別回賓館了，分頭去打探消息，晚上在學校聚齊，但是切記！就算發現敵蹤也不要衝動，速速回來報我。」

好漢看情況只能是先這樣，好在張順沒有性命之憂，眾人坐等天亮無聊，有不少人就在我的新房隨意溜達起來，結果這個碰翻一隻瓶子，那個打碎一個鏡框，等他們樓上樓下連帶屋頂小平臺轉遍了，我這已經白蟻穴一樣了。

天快大亮的時候，段景住忽然一拍大腿道：「今天還有比賽呢！」

董平冷冷道：「還比個鳥賽，要去你一個人去。」

他當年和張清先後戰死獨松關，和厲天閏有很大的關係，而且他和張清就個人情誼而言，也是那種不打不相識的死黨，現在親身仇加兄弟恨，沒什麼別的事情再能牽動他的心了。

盧俊義對段景住說：「武林大會的事跟我們再沒關係，現在主要對付八大天王。」

段景住悻悻地應了一聲。

沒過一會兒老虎的人就送來早點，油條加粉湯，還有兩大鍋雞蛋，好漢門唏哩呼嚕地吃喝完，轟然站起，互道珍重，然後分頭打探消息去了。我忽然感到熱血沸騰，這才是真正的梁山好漢，面對戰鬥，激情昂揚，像打了五千CC雞血的野豬……呃，這句形容詞不用了。

作為一百零八加一，我感到很榮幸。

吳用小口小口吃完一根油條，扶扶眼鏡說：「小強，我們走吧。」

盧俊義道：「你們看找哪位兄弟陪著？」

吳用擺手道：「不必了，那樣反而不好。」

我們留下朱貴和安道全照顧張順，我和吳用一組單獨出發。

想找到段天狼並不是難事，武林大會掌握著每位選手的下榻資料，我順便告訴主席單賽棄權的事情，原本以為他又要跟我跳腳，沒想到主席只隨便問了幾句便接受了這個事實，於是當天的半決賽就變成了決賽——武林大會的兩場決賽看來就要這樣虎頭蛇尾地結束了。

我開著車，帶著吳用來到段天狼他們住的招待所，由此可見段天狼他們財力並不雄厚，不過這也跟他們來得人多有關係，這是一個靠近城郊的地方，由一圈小二樓和一個大院子組成。

我剛一進門，就看見有兩個很面熟的天狼弟子蹲在臺階上刷牙，樓上人頭湧動，也全是他們的人。

我不熟識他們，可他們全都認識我，兩個弟子一見我進來，馬上驚覺地站起身，其中一個還下意識地拉了個架勢，吳用笑咪咪地一抱拳：「我們是來拜訪段館主的。」

臺階上那位見我們只有兩個人，似乎沒有惡意，牙膏沫子也顧不上擦，口氣不善地說：「等著，我說一聲去。」說著跑上了樓，不一會站在二樓陽臺上衝我們喊，「上來吧。」

他這一喊，樓上樓下又探出十幾個腦袋，其中包括和我們打過比賽的矮胖子他們，都挑釁地瞪著我們。

吳用泰然自若地上了樓，我低眉順眼地跟在他身後進了中間的屋子，段天狼正坐在椅子裡，面色蠟黃神情木然，單從外表看不出受過傷的樣子，但是屋裡飄著股中藥味，他揮退弟子，淡淡道：「兩位來什麼事？」

吳用從角落裡撿起一小撮藥渣聞了聞，說：「嗯，是我們那位安老哥親自配的方子，段館主覺得還行嗎？」

段天狼蠟黃的臉上閃過一絲紅暈，但馬上恢復了正常，抱抱拳道：「替我謝謝他，已經無礙了。」

吳用自己找了張椅子坐下，收斂了笑，說：「段兄弟，實話說吧，在那天比賽之前，你是不是就已經受了傷？」

段天狼也不隱晦，瞟了一眼吳用說：「你怎麼知道？」

吳用用手輕點桌面，又指了指我說：「我們這位兄弟義氣是深重的，但在武學上有幾斤幾兩，大家都心知肚明，如果段館主不受傷，恐怕他現在還在床上躺著呢。」

我愕然道：「你說事就說事，損我幹什麼？」然後又補充一句，「雖然你說的是實話。」

吳用這句話明著是捧段天狼，暗裡也諷刺他出手狠毒。不過段天狼聽了這句話臉色見緩，這才盯著我說：「我真沒想到你一點功夫也不會。」看來我那一拳雖然迫使他吐血，但他還是由此識破了我的底細。

吳用道：「段館主之前是如何受的傷，其中細節能否告知？」

段天狼面無表情地說：「你問這個幹什麼？」

吳用很乾脆地說：「我們一個兄弟也受了重傷，而視方今天下，能打傷段館主的寥寥無幾，我們是想由此判斷我們的仇人是不是傾巢出動了。」

段天狼聳動道：「你是說你們的仇人武藝更強？」他頓了頓說：「其實我一直想不通這世上哪裡來了你們這麼多強人，你們到底是什麼人？」

吳用微笑不語。

段天狼嘆了口氣說：「告訴你也沒什麼，打傷我那人確實武藝精絕——我是一個喜歡獨來獨往的人，比賽前一天，我心情不爽，獨自找了個小飯館喝酒，偏偏電視上也在播我和新月隊那場比賽，當時那飯館裡有條漢子，已經喝得紅頭脹臉，看到最後一節時居然拍掌叫好，說什麼好男兒當如此，我一時氣急，就呵斥了他一句，沒想到此人脾氣火爆，看了看我，忽然丟了一個碗過來。我們練武之人本來不能隨便和人動手的，我也是氣得狠了加上又喝了酒，就想著給他點小教訓，哪知一動手才知道這漢子拳腳犀利，沒過十五個照面就在我胸口上印了一掌，就此離去。」

吳用和我都聽得有些發呆，能在醉酒之後還只用十五招就把段天狼打成內傷的人，那得是一個什麼樣的恐怖所在啊？

吳用問道：「那人樣貌如何？」

段天狼端起茶杯喝了一口說：「也沒什麼稀奇，身材雄偉濃眉大眼。」

吳用又問：「有沒有什麼特點？」

段天狼想了一會，說：「當時天熱，這人穿了一件短袖襯衫，可以看到左臂上有一顆黑痣。」

吳用臉色大變，竟然顯得無措起來。

段天狼問：「果然是你們仇家嗎？」

吳用申辯似的連說了幾個「不是」，這才覺得自己失態，少停，站起身說：「多謝段館主，我們這就告辭了。」說著使勁拍了我一把，快步往外走去。

我跟在他身後，覺察到他和平時大為異樣，等我們走出大院門外上了車我才問：「到底怎麼了，你知道那人是誰？」

吳用平靜了半晌，終於用低低的聲音說：「段天狼說的那人——好像是武松！」

我也跟著吃了一驚，急忙發動車子，上了路半天才問：「會不會是巧合，有痣的人可不在少數。」

吳用默然，我也馬上醒悟到巧合的可能性很小，胳膊上有痣固然不稀罕，但能三拳兩腳擺平段天狼者，唯武松一人耳——嘿，瞧哥們這文采！

我說：「如果真的是二哥，他不可能從電視上看到你們又不來相認的道理吧？」

吳用擰著眉說：「現在我也想不通，咱們先回你那再說。」

在一個十字路口等紅燈的時候，武林大會組委會人員給我打電話，沒等我問什麼事，那人就急匆匆地說：「你們的選手被人打傷了，趕緊來。」末了又說：「平時你們人不是挺多的嗎，今天都上哪兒去了？」

我納悶道：「我們的人今天不比賽啊。」

對方不耐煩地說：「張小二（段景住比賽用名）是不是你們的選手，一頭黃毛？」

這下可以確定是段景住了，紅燈一換，我掉頭往體育場走，吳用問我怎麼回事，我只說了三個字：「段景住！」

到了體育場，比賽已經結束，觀眾席裡只有稀稀落落的幾個清潔工在打掃，一問工作人員才知道那個受傷的選手已經做過簡單的處理，現在被佟媛接到新月隊的貴賓席裡去了。

我和吳用三步併兩步跑進佟媛那裡一看，鼻子差點氣歪，只見段景住這個王八蛋腿上打著繃帶，悠閒地躺在兩個美女隊員的懷抱裡，手裡還拿著一根香蕉吃著，滿臉享受的樣子，一邊和周圍的女孩子們調笑。

我過去一腳踩在他肚子上，段景住哀號了一聲，香蕉落地，女孩子們都咯咯笑著跑開了，佟媛微笑著看著我們，說：「要不要我們先出去一下？」

我說：「多謝了妹子。」

佟媛他們走後，我把段景住扔在地上，一屁股坐進椅子裡，順手撇了根香蕉剝著，喝道：「不是不讓你來嗎，怎麼回事？」

段景住笑嘻嘻地說：「再給我一根香蕉吧。」

我把香蕉皮扔在他臉上，訓斥他：「快說！」

吳用先看了看段景住的傷腿，說：「你的對手夠狠的，真斷了。」
段景住忽然拉著吳用的手，正色道：「軍師，跟我對打的人是王寅！」
吳用倒吸一口冷氣：「你說的是真的？」
我急忙問：「誰，又是八大天王裡的？」
吳用道：「八大天王第一名，綽號尚書王寅，智勇雙全，折了咱們不少弟兄。」吳用轉過頭問段景住，「怎麼回事詳細說來。」
原來早晨眾好漢散場以後，段景住因為打不成比賽很不甘心，索性一個人偷溜回大會，反正他確實是參賽選手，很順利就上了台，他的對手把頭盔壓得很低，而且比賽伊始還故意示弱，就在第一局馬上就要結束的時候忽然發起猛攻，段景住的一條腿本來就有傷，一沒留神被對方毫不留情地踹斷了——只用了一腳。
但是在最後關頭，段景住也揮拳打落他的頭盔，認得正是尚書王寅。
吳用問道：「那他認得你嗎？」
段景住喊道：「那還用說？我就沒見過打個比賽這麼狠的，我估計要不是我腿斷，裁判結束比賽，命都保不住了。」
我說：「你活該！」
吳用道：「那就沒錯了，看來王尚書知道我們也參加了武林大會，早早的就在這等著我們呢，在臺上要了你的命確實會少很多麻煩，只是他也夠有耐心的，居然等到現在才動手。」

段景住道：「是呀，平時哥哥們都在一起，他一動手不就露餡了嗎？」

我說：「我去查查，選手們都有資料的。」

吳用擺手：「沒用了，一擊得手功成身退，資料肯定都是假的。」

我找人查這個叫王雙成的登記資料，再按上面的住址一問，根本就沒有這麼個地方。而且這場半決賽打完，想必他不會再出現在決賽場上，便宜了得冠軍那小子：就進了個四強然後輪空兩場，直接得了個「散打王」的稱號——難怪後來有很多人不服，他們寧願承認一拳KO段天狼的育才領隊，即：小強，才是真正的散打王。

吳用摘下眼鏡用衣角擦著，喃喃道：「八大天王已經出現了兩個，情況不妙啊。」

我隨口說：「難道他們要把我們當小日本一樣，打個各個擊破？」

吳用忽然面色一冷：「壞了，沒想到這招，小強，你趕緊聯繫所有能聯繫到的兄弟，速回學校，我們也馬上回你那兒把張順他們接過去。」

我急忙邊打電話，邊在佟媛她們的協助下把段景住弄到車上，我剛要走，忽然看著佟媛說：「你不是學保鏢專業的嗎，怎麼收費的？」

吳用咳嗽了一聲，我隨即也想到：給每個好漢配倆女保鏢確實不倫不類的，再說他們面子上也下不來呀。

可是他們不需要我需要呀，就算幫不上忙，在身邊放倆美女提提神也是好的嘛，尤其我和包子在一起的時候，不過我馬上否定了——領著倆小女生去見包子，不用別人殺我就得死，再說我只要和包子在一起，雙碍合璧，天下無敵。

想到這裡，我先在操場邊上撿了塊板磚揣包裡，這才跟佟媛她們道別直奔別墅。

我們接上張順等人，夥同吳用、段景住，回到育才在階梯教室集合，隨著時間越晚，好漢們都漸漸歸來，盧俊義和吳用的臉色才好看起來，到最後除了時遷，總算一個也不少都到齊了，在此，好漢們一聽說段景住的事又是一陣躁動，當吳用說完以後出行必須結幫時，眾人終於大嘩起來，一個個像受了侮辱似的氣急敗壞，階梯教室裡頓時雞飛狗跳。

就在這時，我的電話又響了，說實話我現在有點怕它，一響準沒好事。

不過這次是例外，包子問我啥時候回去吃飯，跟我說了幾句話，最後不在意地說：「這麼久沒回來，咱家還真讓人偷了。」

「啊？」我頓時感覺全身汗毛都豎了起來，不祥的預感籠罩在頭頂。

包子依舊不當回事地說：「沒丟啥值錢東西，可能是小孩子爬進來胡鬧。」

我掛了電話，跳著腳指著頂棚大罵：「劉老六！我操你祖宗！」

好漢們一下全愣在當地，過了半天有人悄聲說：「小強怒了……」

我指著他們大聲吼：「你們都聽吳軍師的，別再給我找麻煩了！」

這下土匪們都噤聲了，吳用林沖等人忙過來問我怎麼了，我緩了緩口氣說：「我家裡被偷了。」林沖說：「找幾個兄弟跟你回去吧，你要出點事我們於心何安？」

我嘆了口氣說：「不用了，家裡有荊軻和項羽，對方要沒個萬兒八千的還圍不死我。」

這回好漢們都圍上來寬慰我，我也表示理解他們，一天之內連傷兩名兄弟，連對手的毛都沒碰到一根，誰不窩囊呀？

告別他們，我開著快車往家趕，最讓我安慰的是至少包子沒事。

一路上我也在整理線索，八大天王不管來了幾個，至少已經證明他們確實是跟梁山對著幹的那些人，按理說，他們到這唯一的途徑只能是做我的「客戶」，但為什麼我一點也不知道？還有武松，如果他是因為看電視才跟段天狼動起手的，那他肯定也見到梁山眾人了，為什麼不去相認？

我急急火火地衝進家，在各屋飛快地轉了一圈，秦始皇和荊軻還有趙白臉都在，屋子已經被包子收拾整齊了，我跑到廚房問包子：「都丟什麼了？」

包子不緊不慢地說：「沒丟什麼，電視冰箱不是都在嗎？」

我看了一眼案板，被火燙了似的問：「軻子那把刀丟了？」

包子隨意地翻了一翻，說：「呀，剛發現，看來是丟了。」

「還有什麼？」

包子說：「我回來的時候，衣櫃翻得亂七八糟的，幾件舊衣服沒了。」

「舊衣服？」我馬上跑到臥室打開衣櫃，秦始皇他們換下來的衣服以及項羽的黃金甲都不翼而飛，我失魂落魄地念叨：「這下完了！」

包子還在外邊說：「可能是小孩進來搗亂，幸虧我把現金都藏在破鞋裡了。」

我拉開抽屜，稍微鬆了一口氣：李師師送給包子的珍珠還在，它和一大堆小玩意在一起，那個賊應該是被蒙蔽過去了。

現在丟的東西有：荊軻劍、霸王甲，秦始皇劉邦和李師師換下來的衣服以及幾枚刀幣，這個賊的考古眼光絕不比古爺差！

嬴胖子邊打遊戲邊問：「都丟了些兒撒（啥）？」

我低聲說：「你們來時的衣服都沒了。」

胖子不以為意地說：「歪（那）丟了就丟了氣（去）麼，有撒捏（有什麼呀）。」在他看來電視和遊戲機沒丟比什麼都強。

包子也跟著說：「就是——」

我罵道：「是個屁！你是怎麼進來的，鎖被撬了？」

「沒有，我進來以後才發現被盜了，窗戶都開著。」

當鋪的窗戶都在二樓，而且是獨立的，旁邊也沒有別家的陽臺可以攀爬，你見過誰家小孩一蹦四米高能爬上二樓？所以我對包子的腦袋徹底絕望了。當然，這跟她以為沒啥損失有關係，要是她藏在破鞋裡的千把塊錢丟了，她早就暴走了。

不怕賊偷就怕賊惦記，可是我想不出在外人眼裡，我這個地方有什麼可惦記的，事實上，以前就算樓下沒人看店，我也經常敞著大門都沒出過事，而且如果是一般的小偷，他不可能有這麼高的水準——荊軻劍扔在土豆堆裡，那些衣服都被我放在櫃子最下面，普通賊就算翻出來，也就看看裡面有錢沒錢而已，霸王甲看上去跟一塊鐵皮沒什麼兩樣，現在偏偏是這些東西丟了，說明這個賊是知道我底細有備而來的，知道我底細的人對我同樣沒什麼秘密可言，也就是說，這個人不可能是我認識的。

現在有兩種可能，一種是這是一個雅賊，可能還是出身書香門第，在一流的大學裡讀考古科系，因為自己青梅竹馬的女朋友跟開寶馬的跑了，遂受刺激從而嫉世憤俗改行做了江洋大盜；第二種可能：和八大天王的出現有關係，我小強有仇家了！

其實我最怕的不是那些東西消失，而是再次出現。它們每一件都不能用簡單的價值連城來形容：沒有一點氧化的秦朝短劍，完好無損的漢王皇袍，絲絲入扣的黃金甲……每一件都不止於考古價值，它們像一顆顆重磅炸彈，只要爆一顆就會要很多人的命，當然包括我的。

可氣的是，包子把家收拾得比狗舔了還乾淨，現在就算叫時遷來也沒線索可查了。

我正六神無主的時候，電話響，一看顯示是劉邦的姘頭黑寡婦打的，她找我能有什麼事？不過，我對這個女人印象不錯，雖然是山寨貨皇后，但對劉邦沒得說，人也挺仗義的，項羽借人家車開那麼久，連句二話也沒有，還幫了我不少忙。

我笑著接起電話說：「喂，郭姐，你把我劉哥怎麼了，就算榨成藥渣也得再讓我們見一面吧？」

黑寡婦郭天鳳沒有理會我的玩笑，用還算平穩的聲音說：「小強，劉季遇了點麻煩。」

「怎麼了？」

「他打牌輸錢讓人扣住了。」

我一聽屁大點事就說：「哎呀郭姐，他怎麼說也算你男人了，你幫他墊幾個小錢怎麼了？」

郭天鳳說：「……不是小錢，對方要一百萬。」

我這時才聽出來她是強壓著語調跟我說話，我的心一下提了起來：「到底怎麼回事？」

對面一個男人搶過郭天鳳的電話，一副無賴腔說：「強哥是麼，你這位姓劉的朋友輸給我一百萬，沒錢還我只能找你。」

「你誰呀？」

「你別管我是誰，拿著錢到『祥記』找我，給你半個小時時間，要見不到你人，我們可就按規矩辦事了。」還沒等我再說話，他很快告訴我一個地址就掛掉了。

劉邦自從來了就不務正業，他愛賭錢我是知道的，但進出不過幾百塊，怎麼能輸一百萬？我感覺這事不簡單，當務之急還得去。

可叫誰跟我去呢？好漢們自己的事就夠頭大的，項羽更不用提，別說不在跟前，就算在，他也絕對不會為了劉邦去跟幾個潑皮計較，眼前好像又只剩二傻了。

我走到荊軻面前，對他說：「軻子，跟我走。」

「幹嘛去？」荊軻和趙白臉倆人正趴在床上聽收音機呢。

我看了一眼包子，說：「玩去。」

趙白臉率先跳下床說：「我也去。」

我說：「你不能去。」

二傻說：「他不能去，我也不去。」

我：「……」

現在我明白了，比面對一個傻子更恐怖的是面對倆傻子。我沒時間多說，帶著他們倆往樓下走，到樓梯口那兒，包子忽然說：「強子，把包提上——早點回來。」

我把藏了板磚的包夾上，看了一眼包子說：「劉季出事了。」

包子說：「我都聽見了，你小心點，打不過就跑，再想辦法。」

到了車前，我對趙白臉說：「小趙你先回去吧，我們不是去玩，我們跟人打仗去。」

趙白臉已經坐進車裡，面無表情地說：「打仗好啊——」

我愣了愣，沒時間再廢話了，只能拉著倆傻子往他們說的地方開。像上次一樣，我還心存幻想，覺得去了未必就能打得起來。

第四章

尋找岳飛

他們居然是要去找岳飛？

去哪裡找，岳飛是穿越而來還是投胎轉世？

徐得龍所謂的承諾，是指岳飛還是在說我的對頭？

這些無從得知，不過既然是找岳飛的話，

那也就是說三百出去以後不會大開殺戒，我多少放了點心。

那地方是一片凌亂的民居，民風頗為剽悍，光著膀子穿大褲衩的漢子拎著醬油瓶慢悠悠地擋在路上，我放慢車速，找來找去只有一家餛飩鋪叫「祥記」，我下了車拎著包，身後跟傻子兩名，進了店裡，還沒等我開口，一個繫圍裙的後生就斜著眼問我：「你就是強子？」連哥也不叫了。

在得到確認以後，他前面帶路，把我們從後門領了出去，再一出門我就傻了：這是一個足有三個籃球場大的後院，站站坐坐的有十七八條漢子，院當中擺著一張桌子，四五個人正詐金花呢，在一個角落裡，黑寡婦抱著肩膀站著，畢竟是經過事的人，神情還算鎮定。

再看她身邊的劉邦，斜坐在一條長木凳上，一隻腳踩在凳面上，手裡端著塊西瓜正啃，見我來了還揚了揚瓜皮，把我給氣的，他倒是在哪兒也不吃眼前虧，不知道的人還以為他是這流氓頭子呢。真沒想到這餛飩鋪子後面居然是個地下賭場。

當中那桌上一個跟我差不多大的混混可能是終年打牌耗了心力，年紀輕輕一頭白髮，他掃了我一眼，把手裡的牌一扔，懶洋洋地說：「錢帶來了嗎？」同桌幾個人聽說，都離桌站在兩邊。

我走過去坐在少年白對面，把包往桌上一放，少年白眼睛就是一亮，我由此斷定他們真的是一幫小混混，這包再鼓也裝不下一百萬，看來他們就是想隨便訛幾個。

我說：「怎麼稱呼？」

少年白大剌剌說：「你叫我六哥就行了。」

我心裡暗罵了一句，現在我對「六」啊「劉」啊什麼的過敏，我說：「我朋友怎麼得罪你了？」

小六一攤手：「沒得罪呀，只不過賭牌輸了沒錢還而已，你帶錢了嗎？」

我扭臉問劉邦：「你們玩的什麼能輸一百萬？」

劉邦把西瓜皮一扔說：「說好了五塊錢一把的廿一點，我剛輸一把就跟我要一百萬，我身上兩千多塊都掏給他們了也不行。」他擦著手，暗含玄機地說：「這幾位我們平常玩得都挺好，今天這是裡邊有事啊——」

劉邦見我只帶了荊軻，所以話說得不軟不硬，但是事情已經很清楚了，我猜應該是劉邦平時贏了他們不少錢，所以這幫混混隨便找了個理由要訛回來。

我問劉邦：「你一共贏了他們多少錢？」

「差不多也就是兩千左右。」

我看著小六說：「錢也都退給你們了，人我領走怎麼樣？」

這時黑寡婦插口說：「還有我身上的五千多也給他們了。」

我盯著小六：「哥們，差不多了吧？」

小六稍微有點不自然，但馬上變色說：「少廢話，總之今天不留下一百萬，你們誰也出不去！」他話音剛落，那十七八個人都站起來了。我一看壞了，沒想到今兒還碰了個死局。

現在就剩一個辦法，那就是找個臺階一起下，能都不傷面子最好——如果不行，那恐怕傷的就不是面子了，我對荊軻實在沒底，何況還帶著個累贅趙白臉。

我說：「這樣吧，你們剛才不是玩的廿一點嗎，我跟你玩，一把定輸贏怎麼樣？」

小六疑惑道：「一把？」

我說：「既然是賭嘛，那還得看運氣，難不成來個一萬把五千零一勝？」

小六想了想說：「你已經欠我一百萬了，再輸了怎麼辦？」

「那簡單，我給你兩百萬。」

小六上下打量著我：「你有那麼多錢嗎？」

我高深地笑了笑：「你可能不認識我吧？」

「你誰呀？」

小六身邊一個後生低下身子在他耳邊說：「這人看著確實挺眼熟，好像上過電視。」

小六扭回頭看著他：「法治節目吧？」

我趁熱打鐵地把臉湊上去說：「你好好看看我。」

那個小子終於認出我來了：「好像是散打王！」

我這個得意呀，我說嘛，打了這麼長時間的比賽，不能一點收穫也沒有。

小六盯著我疑惑地說：「散打王不是……」但他馬上恍然說：「你就是一拳把段天狼打吐血那個！」

此言一出，所有人包括小六都往後挪了挪了身子，警戒地看著我。

我貌似寬厚地呵呵一笑：「都是出來混的，應該彼此照應，人我先領走了，改天咱們吃飯。」

小六的眼光最終回到我的包上，狠了狠心說：「不是這麼說，我們有我們的規矩。這樣吧，你不是說要跟我賭一場嗎，好，你要是贏了，二話不說走你的，輸了也沒關係，這包留下怎麼樣？」

媽的！倒楣倒在這板磚上了，不過我這「散打王」的名頭到底是起了作用，小六已經退了一步。我邊掏手機假裝看簡訊邊說：「那開始吧。」

旁邊一個混混警惕地問：「你幹什麼？」

我回頭瞪他：「我能幹什麼？要叫人我早叫了。」

他想想也是，又縮了回去。

小六把桌上牌收齊扔在我面前：「你洗吧，要不放心，換副新的也行。」

我直接把牌扔給旁邊的荷官：「沒問題。」因為我看見劉邦沖我微微點了點頭，知道這幫人大概不會做鬼。

荷官把牌洗好了，看著小六，小六指了指我說：「強哥是客，先來吧。」

荷官把一張牌扔到我面前，我抓起一看是張方塊八，小六那邊也拿了一張，因為說好一把定輸贏，也不用加碼，第二張直接發下來了，是張紅桃九，這樣我就有十七點了，現在最好來一張四，讓我湊成王廿一點，可萬一來張四以上的，那就成廢牌了。

每人兩張牌到手以後，荷官問我：「還要嗎？」

我可不敢隨便開口，對我有用只有A、二、三、四，也就是說，除了倆鬼牌之外的五十二張牌裡，只有十六張是對我無害的，這個機率……呃，反正挺小的。

我假裝想著，不知不覺地朝小六使了一個讀心術——你以為我掏手機做什麼，賭博不用讀心術，那我就真成了傻瓜了。

小六正在想：十五點，還得要一張。

可是知道這個訊息對我沒有用，我現在最需要知道的是荷官手上的下一張牌是什麼，這可就難了，因為如果不作假，就算荷官自己也不知道。

就在這時，我忽然發現荷官握牌的手很隨意地支在桌子上，這樣最底下一張牌的牌面就露在了外邊，只不過我和小六誰也看不見，而街頭混混發牌，都是習慣用手指摳最下面那張，我順著那牌面的輻射角度看去，嘿，有一混混正好兩眼直勾勾地看牌呢。

那還客氣？使一個，得到我想要的答案後，我篤定地對荷官說：「我要。」然後我果然得到了一張A，唯一一點多出來的資訊就是那是張梅花。

現在我有十八點，贏面中上。

小六毫不遲疑地又要了一張，然後喜形於色地把牌背在桌上，大聲說：「我不要了。」然後勝券在握地瞪著我看。荷官再次問我：「還要嗎？」

這時我終於發現我犯了一個致命的錯誤：讀心術應該放在關鍵時刻再用，上張牌實在應該冒險要上再說。

全場的人都在看我，三個讀心術已經用了兩個，而且不能在同一人身上，我連小六是什麼牌也不知道了，看他的樣子應該不會比十八點小，但也有可能他已經爆牌了所以在詐我，想拖著我一起死。

荷官的手還是習慣性地反蜷著，剛才那個混混依舊能看見底牌，但我現在已經不可能從他那裡得到資訊了。

我想到了半天遲遲沒有做出回應，荷官不耐煩地說：「你到底要不要了？」

我的手一哆嗦，原本衝著那個混混的手機再次撥了出去，我不經意地一掃間，居然發現螢幕上又出現了一排字：怎麼又是一張A？

我愕然地看了他一眼，發現他正全神貫注地盯著底牌看。我敲了敲桌子說：「我還要。」一眾痞子都輕咦了一聲，四張牌爆牌的可能性已經很大了。

牌發到我手裡，我一陣激動：果然是張A。

十九點，贏面又大了很多，按一般規律，再要爆掉的可能性也大了一倍，荷官拿著手裡牌問我：「你還要？」

要不要先看看再說——當然不是看手裡的牌，而是通過那個混混看荷官的底牌。因為我知道我的讀心術已經自動升級：它每天可以用五次，而且能用在同一個人身上了。

那個可憐的小混混到這會兒還不知道他充當了我的幫凶，他的腦袋構造應該只比荊軻稍微複雜一點，因為手機很快就顯示出了他在想什麼：不會這麼巧吧？

根據顯示內容，我猜測荷官的底牌又是一張A！

「我還要。」

這下眾痞子騷動起來，小六冷冷道：「你不是想把剩下的牌都要回去，好拖延時間吧？」

這張牌要回來是二十點，要在平時已經算仁至義盡功德圓滿了，不過，我既然有一個不要錢的內線，而且還有一次機會當然不肯錯過，用肉眼就能看出那個混混看著底牌有些發呆，他在想：我靠，居然有這種事？

我也不敢相信下一張牌還是A，這次我主動把手伸向荷官說：「再給我一張。」

小六沉著臉警告我：「如果開了牌讓我發現你早就爆了，別怪我對你不客氣。」

我把最後一張牌接過來，連同手裡的一起扔在桌子上說：「廿一點。」

順手把小六的牌也翻開：七、八、五，二十點，難怪他剛才笑得那麼燦爛（作者按：像小強這樣的做法現實中不大可能，勿深究！）。

我拿起包，跟劉邦和黑寡婦說了聲「走！」，我多希望就這樣息事寧人地走出去，可事實證明，天總是不遂人意——

「站住！」小六抓過我那把牌：「六張剛好湊了廿一點，你沒出老千，我把頭揪下來給你！」

我回身說：「牌和人都是你的，你還想怎麼樣？」

小六一拍桌子：「反正這門你出不去！」

我很狂地仰天長笑一聲：「難道你還想跟我動手？」

小六為之一滯，馬上囂張地說：「散打王又怎麼樣？我就不信你一個人能把我們二十個人都撂倒。」

我淡淡一笑，胸有成竹地往身後一指：「我還有倆兄……」再回頭一看，沒人了！

這時，就聽我腳下有一個聲音說：「你說牠死了沒？」

另一個聲音：「死了……」

我低頭一看，只見趙白臉蹲下身子，正全神貫注地觀察著地上一隻已經死翹翹的蜜蜂，荊軻乾脆就跪在地上，雙手撐著地，眼睛也盯著那隻死蜜蜂。

不但我愣了，在場所有人都愣了，兩個加起來六十歲的男人，撅著屁股觀察蜜蜂，當年令狐沖他們看到東方不敗繡花肯定就是這種感覺！

然而倆傻子根本沒有覺察到外界的變化，趙白臉撿了兩根草棍夾起那隻死蜜蜂，說：「放在螞蟻洞旁邊，一會兒就能有一堆螞蟻。」

荊軻：「嗯……」

我終於崩潰了，知道我們大勢已去，馬上換了一副神色，嬉皮笑臉地跟小六說：「其實我這包裡……」

我話還沒說完，一個混混一腳踢在荊軻屁股上，罵道：「原來是兩個傻子。」荊軻拍拍屁股，回頭看了看，順著那雙腿抬起臉，用他飄移的眼神勾住那混混，問：「你踢我的？」

這混混當下也有點被盯毛了，說：「是……我。」

非常突兀的，荊軻猛地躥起來用肩膀頂著這混混的肚子把他頂飛起來，院子角落裡有一大口煮餛飩的湯鍋正滾滾冒氣，撲通一聲，這混混栽進湯鍋裡，他半個人坐進去，手腳刨了兩下，立時發出一聲撕心裂肺的嚎叫，荊軻站在一旁，歪著頭叉著腰看著他笑。

趙白臉抬頭看了看，跟著笑了兩聲，繼續看蜜蜂。場景繼續詭異中……

在這樣的局面下，居然沒人想起去拉湯鍋裡的那小子一把，都呆呆地看著。那小子邊慘叫邊用雙手扶著鍋臺想跳出來，眼看成功了，荊軻又適時地補了一腳，看來此人不熟他是誓不甘休。

這下終於激起了公憤，離荊軻最近的一個痞子一拳打在荊軻的腰眼上，荊軻二話不說，回身一拳抽在他的臉上，只見這人嘴臉歪斜，血點橫飛還夾雜著幾星碎玉——那是他嘴裡的牙齒。

這是我第一次見荊軻出手，二傻之狠，絕對是我生平僅見，我一直忘了他的真正身分：他是一個殺手。

我心裡有了底，笑咪咪地看著小六，舉著手裡的包說：「你想要這個？」

可能是我的笑迷惑了他，他以為我要掏錢了事，伸手說：「拿來。」

「給你！」我把包掄圓了揮過去，再看我包所過之處，小六的手已經被砸得像兩根老山參似的了。

這一下頓時大亂，反應過來的痞子們有七八個圍住荊軻開打，雨點一樣的拳頭落得滿身都是，可二傻寵辱不驚，慢條斯理地一個一個還回去。

要準確地形容二傻的話，那就只能說他介於扈三娘和朱貴之間，狠、辣，對迎面而來的拳頭能躲則躲，躲不了的就照樣還回去，看他身板，對付那些人應該不成問題。

我的想法是擒賊先擒王，可小六這小子比魚還滑，抖摟著手哧溜一下鑽到人群後面去了，我抄著包追上去，剛好迎面撞上來倆混混，擼胳膊挽袖子要跟我動手，我厲喝一聲：「誰敢？」

散打王的名頭那可不是吹的，加上我這麼一喊，倆小混混急忙縮了回去。

但是這樣一來就給荊軻造成了負擔：將近二十號人圍成一個圈，寧願等著也沒人上前來挑戰我，而我也不敢輕易過去，一旦被圍，我這散打王非露餡不可。

這樣一來情況又危急了，二傻萬一扛不住，我們就全得交代在這兒，現在只能拼命。

我朝劉邦和黑寡婦大喊：「你們領著小趙先走。」說完我檢查了一下板磚，準備發動一次自殺性的衝擊。

劉邦先把黑寡婦推出去，然後拉起蹲在地上的趙白臉就往外跑，趙白臉起身之後，發現荊軻不見了，他「咦」了一聲，發現荊軻陷在敵陣中，趙白臉掙開劉邦，左右看了看，隨手拿起一把……蒼蠅拍，慢慢地走了過去。

我大喊了一聲：「小趙，回來！」

可是一切都已經晚了……

趙白臉走到人群之後，先探頭看了一眼被圍在裡面的荊軻，然後拍了拍最外面一個痞子的肩膀，那傢伙一回頭，愣然道：「你……」

「啪！」還沒等他說什麼，趙白臉一蒼蠅拍扇在他面門上，像印了一張五子棋坪似的。

「操！」那痞子勃然大怒，一巴掌打了過來，我倒吸了一口冷氣，趙白臉那小身量要是挨上這一巴掌非殘了不可。

可是如果仔細觀察就會發現，在那痞子剛掄開手掌的那一刻，趙白臉就已經開始俯身，等他的手揮過來的時候，趙白臉早半蹲到地上，這一下堪堪從他頭頂上經過，打了個空。

「啪！」趙白臉反手又是一拍子，那個痞子另一邊臉上也印了一張棋坪，迷迷瞪瞪的晃了幾下。兩拍子抽完，這痞子居然有點腳根虛浮，我瞅準機會一包將其悠倒。

趙白臉低頭看看他，又抬頭看看我，很嚴肅地跟我說：「你不要插手。」

我：「……」

說完這句話，他捏好蒼蠅拍，又拍了拍人群裡的一個混混，那混混剛一回頭——「啪」，又一張棋坪臉出現了……

很奇怪，吃了一拍還大怒欲狂的人在吃了趙白臉第二下之後，馬上就變得行動緩慢目光呆滯，像喝醉酒一樣在院子裡踉踉蹌蹌地胡跑，再沒有半點攻擊力。

群痞大嘩，立刻分出四五個人來對付這個傻子，他們一起踢出一排飛腳，趙白臉背轉身子跑開幾步，又慢慢轉回來：「啪啪啪啪」，給這幾個人每人臉上都來了一下，然後毫沒來由地把頭偏在一旁，一個痞子的拳頭後知後覺地打空了，「啪！」馬上變成植物人。

這時，極其怪異的一幕忽然上演了，只見趙白臉往下貓了貓腰，然後噌一下跳了一尺多高，我正在莫名其妙的時候，一個痞子的掃堂腿間不容髮地從趙白臉的身下掃過……

知道為什麼怪異了吧？正常的情況下，甲使一個掃堂腿，乙跟著跳起閃過，這並沒什麼稀奇。可現在的情況是：甲還好端端的站著，乙突然跳了起來，然後像為了配合乙似的，甲才使了一個掃堂腿，就像是兩個拙劣的武打演員在拍戲。

可趙白臉和那個痞子顯然是不認識的，那就只有一個解釋：那痞子剛想到用這一招還沒用的時候，就被我們的趙傻子覺察到了……

恐怖啊！

我傻站著看了一會兒，又發現了一件事情：趙白臉之所以慢騰騰的，那是因為他的身體格外虛弱，這些混混隨便一個都比他強壯得多，還記得我第一次見他的時候幾乎把他當成了一個幽靈嗎？如果不是事先知道對方要用什麼招，他根本連一拳也躲不過。

可是子彈再快，不會拐彎，如果我在你開槍前就知道你的想法，你這輩子也別想打中我。同樣的道理，儘管趙白臉動作慢，但他末著一拳一腳。不過就算如此，他的體力也明顯下降了，剛才兩拍子就能把一個人抽暈，現在得需要四下五下甚至更多，到後來，他的拍子已經不能對人構成威脅了。

但那已經足夠了，在他報銷掉六七個人之後，荊軻神威大發，一拳一腳就能打趴下一個。

這時終於有幾個混混想起從旁邊撿起了棍子，看來他們對這場混戰有些準備不足，他們這一下反倒提醒了荊軻，二傻見有人抄著棍子衝上來了，左右看了看，摸起鍋臺上的勺子，當兩條棍子劈頭砸下來時，二傻順手一揮勺子，兩根棍子齊刷刷被砍斷了……

剩下的幾個痞子心膽俱寒，都呆在了當地，小六大喊：「三兒，去叫人！」

我吃了一驚，想不到幾個二混子還有後援，如果再來這麼十幾二十號，那是無論如何也對付不了了。我眼瞅著那個叫三兒的痞子半個身子已經跑了出去，忽然慘叫一聲抱著頭又跌了回來，從門裡，劉邦手裡拎著條桌腿子慢悠悠地逛了回來，原來這小子根本沒走，一直在門口觀望來著。

三兒跌跌撞撞地剛爬起來，從劉邦身後猛地跳出一員悍將，雙手捧一奇形怪狀細長之物，頻頻往三兒頭上掄著，邊罵道：「讓你訛老娘的錢，讓你叫人……」

正是劉邦的民間姘頭黑寡婦郭天鳳，三兒的頭上立時就起了一排排小包，黑寡婦解恨畢，把手上的武器往腳上一蹬，原來是一隻高跟鞋。

這下，混混徹底絕望了，他們一起跳開，喊著：「我們不打了。」讓我哭笑不得的是小六居然也在裡面。

我來到小六跟前，問他：「不打了？」

他使勁點頭。

我一腳踹在他肚子上：「早幹嘛去了？」我又衝那幾個痞子一舉包，嚇得他們急忙蹲下。

荊軻有點生氣地跳到趙白臉眼前，抓著他的肩膀說：「我等了你那麼久，你怎麼也不來呢？」

趙白臉握著蒼蠅拍做了插劍還鞘的動作，茫然道：「我不知道你在等我……」

我不知道這兩個傻子在說什麼，說：「咱走吧。」

劉邦衝我搖了搖頭，然後笑咪咪地走到小六跟前，說：「你為難我，是誰指使的？」

他這句話立刻提醒了我，按劉邦說的，他和小六平時一直玩得不錯，可為什麼今天突然變臉，表面上是輸急了想訛回來，可為了區區兩千塊錢，值得他們這麼做嗎？

小六堪堪爬起，捂著肚子勉強笑道：「劉哥，我就是想跟你開個玩笑……」

劉邦一桌腿把小六砸倒在地上，頭上的血迅速把小六的白頭髮染紅。劉邦拄著棒子，依舊笑咪咪地說：「現在玩笑開過了，說吧，是誰？」

我寒了一下，想不到劉邦翻起臉來變本加厲。

小六趴在地上呻吟著：「劉哥，你饒了我吧，我把你的錢都還給你。」旁邊一個小混混戰戰兢兢地把訛劉邦和黑寡婦的錢都掏出來還給他。

劉邦接過順手遞給了黑寡婦，扔掉棍子，就在所有人都以為此事終於了結的時候，劉邦把長凳搬了過來，他把一條凳腿輕輕壓在小六的一隻手上，身子虛騎在上面，笑模笑樣地說：「你再不告訴我，我可坐了啊──」

黑寡婦終於看不過去了，她拉著劉邦說：「算了……」

劉邦一把打開她的手，沉著臉道：「有人想害我，你不讓我找出這個人來，是不是要我死？」

黑寡婦愣了一下，無言地站在了一邊。

劉邦回過頭，兇相畢露道：「你信不信我把你身上的骨頭一寸一寸全坐斷？」

劉邦漸漸加重力道，小六疼得面目扭曲，終於喊道：「有個人出十萬塊讓我們這麼幹的！」

劉邦停下手，問：「是誰，怎麼說的？」

「……從來沒見過，他直接甩給我們十萬塊讓我們這麼做。」

「他沒說為什麼？」

「沒……」

小六剛說了一個字，劉邦又把凳子往下壓，小六哭喊起來：「我想起來了，他說只要能把一個叫小強的引來就行，其他的就跟我們沒關係了！」

「真的？」劉邦察言觀色，見牆根那蹲著的幾個痞子都恐懼地看著他，於是問道：「這事你們知道嗎？」

幾個痞子七嘴八舌地說：「知道。」「是真的。」

劉邦把凳子一扔，對我說：「看來這人是想對付你。」

我吃了一驚，沒想到這事還牽扯到我，馬上想到很可能是中了對方調虎離山之計，我急忙往外撥著電話，無論家裡、學校還是酒吧都報了平安，我又馬上想到：其實我不是虎……

劉邦把小六扶起來，像什麼事也沒發生似的說：「這下你們有錢了，我以後還天天來玩。」不過沒人敢搭他的腔了。

我現在滿腦子問號，邊領著二傻他們往外走邊想事情，一出了門，黑寡婦就藉口有事自己搭車走了，劉邦剛才的動作顯然嚇到她了。

黑寡婦走後，劉邦問我：「剛才我做錯了嗎？如果是那個姓呂的女人，肯定還會怨我心慈手軟呢。」

我知道他說的是呂后，又開話題說：「聽說嫂子很漂亮？」

劉邦點頭道：「還行……」

然後我們異口同聲：「頗有幾分姿色——」

我笑道：「嫂子那麼風騷，可你為什麼不喜歡她呢？」

劉邦若有所思地點點頭：「看來我更注重品味。」

我：「……」

上了車，我回頭對趙白臉說：「小趙，你今天可立了大功了。」

我忽然發現兩個傻子不像從前那麼親熱了，我問荊軻：「你們怎麼了？」

二傻像跟誰負氣似地說：「都怪他沒來！」

對這驢唇不對馬嘴的回答我只搖頭苦笑，至於趙白臉為什麼會有一身好功夫，那當然更是問不明白的。不過我想了想，趙白臉好像也不會什麼功夫，他只是能提前感覺到對方要出什麼招而已，這使我想到了他經常掛在嘴邊的那句話：有殺氣！

我猜他可能是能體察到別人身上的殺氣，從而能躲過對他不利的行為，但這是為什麼，那就很難用科學解釋了。

現在我想的最多的是，誰肯花十萬塊錢雇一幫不著調的小混混來對付我呢？如果他真的把我當成敵人去瞭解，他應該很明白十幾個痞子並不能給我造成太大的麻煩，或許他這樣做反而是想提醒我他很瞭解我的底細，我有很多朋友，為什麼他只針對劉邦？

我們回家以後，項羽和李師師也都回來了，五人組相見，格外親熱。

我看了一眼臥室的包子，做個手勢把他們都招到跟前，問：「大家最近都沒出什麼事吧？」

他們聽完家裡失竊和梁山好漢們的事後，相互交換了一下眼神，都搖搖頭。

項羽道：「我明天去看看張順。」

我問：「你感覺被人跟蹤了沒？」

項羽說：「不清楚，就算被人跟了又能怎樣？」

李師師忽然掩口道：「哎呀，難怪我這幾天老覺得有人偷偷盯著我呢。」

我瞥了一眼她的白玉小腰，嘿嘿笑了數聲，李師師：「對對，就是這樣……」隨即省悟，紅著臉不說話了。

秦始皇警惕地往四周望望，我知道他作為皇帝，在這種環境下缺乏安全感，於是大喊一聲：「小趙，有殺氣！」

趙白臉茫然地抬起頭四下張望，然後鄙夷地看了我一眼，繼續忙自己的事。

我跟秦始皇說：「看來我們暫時是安全的。」

這時劉邦一溜煙跑到臥室門口，扒著門框嬉皮笑臉地跟包子說：「你最近挺好的？」

……

第二天早上我又被電話吵醒，一個寬厚的聲音彬彬有禮地說：「蕭主任嗎，我是李河，方便不方便來一趟學校，我們的人已經在那等你了。」

我扒拉著眼屎迷迷糊糊說：「李河，誰呀？」

對方尷尬地說：「我……」

「哦——想起來了，你是建設部李處長。」

我也挺不好意思的，因為我們才見過沒兩天，以為擴建育才的事徹底沒戲了，搞不好人家可能正在背後罵我登鼻子上臉呢，所以選擇性遺忘了。

我說：「李處長有事嗎？」

李河恢復了平穩的聲調說：「經過研究，我們決定同意你的要求，咱武協的主席說得對，武術人才更需要從小培養。」

我目瞪口呆地說：「你們腦子……」幸好我這時完全醒了，理智地把後面的幾個字省略掉，「好吧，我這就過去。」

說實話，我現在有點沒心思幹這個，好漢們暫時是不走了，可是就算學校明天建成，他們誰有心思去教孩子？在暗中，我們的敵人正在虎視眈眈地盯著我們，這也就是我小強，換了第二個人肯定覺也睡不著。伍子胥勇不勇？當年為逃票進城就把頭髮都愁白了。

我開車到了學校，還沒進大門，就見一輛黑色桑塔那停在那，一個肚子腆起的中年工程師站在車門旁，我下了車跟他握了握手，他很簡潔地自我介紹說：「我姓崔，你就是蕭主任吧？」

我說：「你叫我小強就行。」

崔工毫不客套，他展開一張花花綠綠像尋寶圖似的圖紙，指點著說：「你看，這是咱們的藍圖……」

我忙說：「別讓我看這個，眼暈，你說就行了。」

崔工說了聲好，收起圖，指著我們站著的這塊土地說：「這以後將是一塊廣場，經過這，然後進校門。」他簡單地補充了花壇和草坪的位置，鑽進車裡，回頭見我還傻站著，搖下車窗跟我說：「跟上我們的車。」我急忙開上車跟著他們。

車進了大門沒多久就停了下來，我們面前是教學樓和好漢們所在的宿舍樓，崔工看也不看這幾棟樓一眼，他的手平伸出來，指著遠方廣袤的校園，暗含激情地說：

「這就是咱們以後的新校區——那片地上先起七棟宿舍樓，然後在它對面，隔個五百米左右吧，是四棟完全現代化的主樓，我們的初步設想是教學區和生活區分開來，主樓與主樓之間至少有一個大型演武場，兩兩相距也是五百米，在教學區和生活區中間的隔離帶，我們會移植一些古樹，這樣同學們往來穿梭會感受那種昂昂古意……」

我急忙攔住他：「您先等會兒吧，我能看看你的證件嗎？」

崔工正說在興頭被我打斷，不悅道：「什麼證，工作證嗎？」

我說：「不管是工作證還是病歷都行，以便我好調整對您的態度。」

崔工愕然道：「你不相信我？」

我問他：「小明的媽媽有三個孩子，大兒子叫大毛，二兒子叫二毛，三兒子叫什麼？」

崔工：「三毛……」

我把頭探進他們那輛車，跟司機說：「你們醫院給病人放風都用這種特殊的法子嗎？」

崔工哭笑不得地走到一邊打電話，不一會李河把電話打了過來：「聽說你把我們的總工程師當神經病了？」

我問他：「你們的總工程師是不是一個開著破桑塔那、襯衫一看就兩個星期沒洗的落拓男人？」

李河：「……是吧。」

我用手捂住手機小聲說：「我眼前的這個人跟你們的工程師很像！」

李河：「……那就是我們總工程師。」

……

在一陣尷尬過後，我重新和崔工握了手，不好意思地說：「太對不住了，主要是你說的太懸了，按你的意思，國家會按原計劃擴建育才？」

崔工說：「原計劃未必作準，很可能還要追加三成的投資，光移植古木這個計畫就得多花好幾千萬，加上草坪，光綠化就上億了。」

我無措地指著眼前的幾幢建築說：「其實我只求國家照這規模再給我來一副就行。」

崔工瞟了一眼我辛辛苦苦才蓋起來的樓群，很不齒地說：「這是什麼東西，推了推了！」他把手搭在我肩膀上，往校門的方向指，「看見沒，從大門進來以後，迎面將是一塊校訓石，後面是一個大池塘，我給你弄個十五米高的噴泉。」

我毅然打斷他說：「那可不行，你把我這弄成化糞池我也不管，可這些樓絕對不能拆！」

「那是為什麼呀？」

「不為什麼，那是我們育才的根基，不能動。」

「看不出你還是個死腦筋啊。」崔工邊說邊掏出圖紙展開，用紅鉛筆噌噌畫了兩道又收好，指著校門說：「既然這樣，我把你校門往後退五十米，石頭和噴泉還給你弄上，然後種上柳樹，把這樓群給遮起來。」

我不滿地說：「我們這樓怎麼得罪你了？這麼招你不待見？還有，校門退後面去，那門兩邊的圍牆怎麼辦？」

「推了！」崔工毫不留情地說：「所有的圍牆都得推，我這藍圖是按兩千三百畝規劃的，你們學校現在才不到兩千畝。」

我小心翼翼地說：「那我就剩最後一個問題了——錢誰出？」

這就是我最擔心的事了，聽崔工那好大喜功的口氣，簡直就像一個無良的包工頭，別說蓋，光推倒這綿延數里圍牆的工錢我都給不起。這也是我不讓拆舊樓的道理，有這麼幾棟樓在，我們育才就還是一個學校，沒有，那就真成了一塊野地了。

崔工對我這個問題很爽快地回答：「反正不用你出。」

「那你推吧。」

崔工眼睛一亮：「連這幾棟小破樓？」

我說：「這個不行——反正你就記住，這幾棟小破樓就好比我老婆一樣，你不能打她的主意，更別想推倒。」

他立刻露出了失望的神色，我跟他開玩笑說：「你一個工程師怎麼那麼喜歡搞破壞呀？」

崔工有些臉紅地說：「我以前是學定向爆破的……」

崔工這個人很有意思，在徵求了我的意見之後，拿紅鉛筆在圖紙上畫了幾道，幾億的工程看來就已經拍板了。

送走了崔工，我去看望眾好漢。

張順現在和段景住被安排在一個房間裡，以方便安道全照顧，其他人分成組出外探聽消息，家裡只留下林沖居中策應，說是策應，其實是保護留下來的人，否則很有可能被人端了老窩。

而且就算有林沖，畢竟還是孤掌難鳴，老家裡的這幾位其實還要靠同住在一起的三百保護，雖然誰也沒有說，但大家心裡都明白，所以盧俊義和吳用的臉上都有一種戚戚然的表情，梁山好漢大概還從沒如此淒涼過。

好在張順還有一個漂亮活潑的女徒弟倪思雨，小丫頭正在用小刀削一個蘋果，邊削邊板著俏臉數落張順：「不是我說你，師父，你這麼大的人了怎麼還跟人打架？」

我知道她是在逗張順開心，張順的傷再過幾天下床不難，但要是想再玩水，恐怕就得三個月以後了，這就跟色狼三個月不能碰女人一樣難受。

林沖告訴我倪思雨是早上來的，一直哭到剛才，剛剛才平靜下來。

我把她手裡快削好的蘋果搶過來塞進嘴裡，然後再一屁股把她從床邊擠開，我咬著蘋果含糊問張順：「好點了嗎？」

倪思雨用小拳頭在我背上打了兩下，就站在我身邊削第二個蘋果，我見張順微微朝我搖了搖頭，知道事情多半沒什麼進展。因為有倪思雨在一邊，我們只能說些無關緊要的話。

這時門一開，項羽來了，倪思雨甜甜地叫了一聲：「大哥哥，吃蘋果嗎？」

我和張順齊聲道：「真沒良心。」

項羽身後又閃出一個神情淡然的美女來，正是張冰，倪思雨還是第一次看到她，她見這個氣質冰潔的美人親暱地貼在項羽身旁，知道這一定是「大嫂嫂」了，不禁呆了一呆。

我手疾眼快搶過她手裡的刀，果然差點把手削了。

在項羽和張冰之後又冒冒失失地撞進一個人來，正是張帥，看來這變態三人組真的是形影不離。

項羽根本沒顧上那麼多，他先看了看床上的段景住，衝他點了點頭，然後把我提起來放在一邊，他坐在床上，先看了看張順的傷，皺眉道：「是誰幹的？」

張順還有阮家兄弟和項羽不打不相識，現在是很投緣的朋友，他見張順腿上傷口可怖，已經動了怒氣。

張順欲言又止，項羽抬頭說：「不相干的人先回避一下。」

最先出去的是張帥，張冰見項羽沒有挽留的意思，也只得跟了出去，倪思雨剛露出一個勝利的梨窩淺笑，張順就說：「小雨，你也出去。」倪思雨馬上一撇嘴。

等關上門，張順簡單把事情經過講述了一遍，好漢們和八大天王的恩怨也略提了一下，項羽聽完喃喃道：「厲天閏？我記住這個名字了，這人就交給我吧。」

在場的人聽他這麼說表情各異，吳用是頗有喜色，在這時候得項羽這一強援，無疑是雪中送炭。

林沖卻為之一滯，說道：「霸王兄，這是我們梁山和方臘之間的事，請你不要插手。」

項羽淡淡一笑道：「別的事情我不管，我只知道這個厲天閏傷了我的朋友，這筆帳是我和他之間的事，算不得幫你們梁山。」

段景住道：「項大哥，連我的仇一併報了吧，打我的叫王寅……」

被林沖狠狠瞪了一眼。

項羽微微一笑，問我：「這些人是怎麼來的，你一點也不知道嗎？」

我頭疼地說：「我也在找那個老神棍劉老六，我懷疑他是度劫沒成，被雷公的板磚給拍飛了。」

項羽道：「那就先找厲天閏他們吧。」說著他拍拍張順的肩膀，意味深長地說：「我們時間都不多了。」

我跳起來說：「對呀，你們反正只有一年時間，為什麼非給自己找麻煩呢，就當從來沒見過他不好嗎？」

沒想到一向看得很開的張順咬牙切齒地說：「小強我問你，如果你的殺父仇人和你同在一口慢慢煮沸的鍋裡逃不出去，按你說的，反正遲早都是死，你是先殺了他，還是因為沒奔頭，索性任由他殺你？」

我托著下巴想了一下說：「我可以勸他和我一起先逃出去。」

張順一捶床板，大聲喝問：「你知道什麼叫不共戴天嗎？」

項羽聽了這句話，不禁拍手叫道：「好一句不共戴天！」

我嘆了一口氣，幽幽地道：「冤冤相報何時了……」說完，發現這屋裡所有人都很憤怒地瞪著我，只好小聲接了下句，「往事知多少——」

這時門外傳來張冰不耐煩的聲音：「我們能進來了嗎？」

林冲幫他們拉開門，張冰抱著雙臂不滿地看了項羽一眼，倪思雨和張帥倒是有說有笑的走了進來，看來兩人在短短時間內已經瞭解了對方的身世背景，迅速結成了攻守同盟。其實這兩個人看上去倒是一對璧人，可惜誰都能看出他們之間的友誼是純戰友式的。

項羽站起身對張順說：「那你好好養傷，至於其他事，咱們就按說好了的辦。」張順感激地向他點點頭。

項羽跟張冰說：「走吧。」

倪思雨拿著一個已經削好的蘋果，怯怯地說：「大哥哥，吃蘋果嗎？」

張冰回過頭來冷冷地打量著她和項羽，可倪思雨沒有半分退讓，仍舊舉著那個蘋果望著她的大哥哥，項羽何嘗不明白倪思雨的心思，可他現在連轉世的虞姬都無法面對，怎麼還敢多接納一份感情，可他終究不忍心看倪思雨失望的樣子，接過那顆蘋果，轉身離去了。

這是倪思雨第一次正面和張冰交鋒，她已經盡了最大的努力。我不禁暗嘆：「兒女情長，英雄氣短──這情節太狗血了。」

就因為項羽這一次心軟，就又欠下了一份情債，我終於明白，就算再給他一萬次機會，他也鬥不過劉邦。

他們走後不久，安道全跑進來說：「時遷回來了。」

隨著他的話音，一個滿臉疲倦的小個兒踉蹌著進來，一屁股坐在地上，他疲憊不堪滿臉灰塵，幾乎都認不出本人了。

盧俊義遞給他一杯水，示意眾人先不要發問。

時遷接過水一口喝乾，微喘著說：「好像有人專門給他們做掩護一樣，我繞了兩大圈冤枉路又回到原路上了，除非是看到人再跟蹤，否則很難找到他們的老窩。」

說起跟蹤，我忽然想起一件事來，我問時遷道：「遷哥，你記不記得有一次你在電影院房頂上站著，我跟你打招呼你不理我？」

時遷想了想說：「不記得了，我根本就沒到過你說的那地方。」

我現在恍然了：對方一定也有個跟時遷一樣的夜行人，兩次探營、跟蹤我，都是這人幹的！

我又想起我第一次和荊軻去見那幫招生的，回來時，他和趙白臉同時發現我身後有人，而第二次思之更是不寒而慄，這人既然已經成功跟蹤了我，那麼他的再次出現就說不好有什麼意圖了，要不是趙白臉拿著掃把大喝一聲，誰也不知道會發生什麼事情，這樣說來，趙白臉還算我的救命恩人呢。

再然後，趁武林大會期間，還是這個人偷走我藏在家裡那些寶貝，有什麼陰謀還不知道，最可怕的是他們的人就一直在我們左右，厲天閏和王寅就是兩個，現在看來厲天閏遭遇張順完全是意外，而王寅想在擂臺上重創梁山的計畫也沒有徹底得逞，於是乎人家也不再遮遮掩掩，索性雇了幫痞子來噁心我，潛臺詞是：我知道你是誰。

想到這，我對自己的推理能力讚了一個先，然後就陷進了深深的無助感裡，我第一次感覺到我們這些人其實挺勢單力孤的，我現在需要大量的偵破型人才，下次見到劉老六，先問問他庫存裡有沒有狄仁傑。

當下我只能讓時遷先休息，然後我去找徐得龍，他和一部分三百戰士剛從武林大會回來，正在做出發前最後的準備，我找到他，開門見山地跟他說希望他們再留一段時間。

有三百在，就有強大的軍事保證。對方雖然表明了敵對態度，卻不敢輕易暴露出來，我想很可能就是因為沒把握跟我們硬碰硬，現在這個時候，我需要徐得龍他們留在身邊，說起來他們也被兩次探營，我的敵人也就是他們的敵人。

我沒想到徐得龍聽我說完以後，很乾脆地說：「對不起，這件事我們不能幫你。」

我吃驚地問：「為什麼？」我見他很決絕，不禁問：「你是不是知道什麼？」

徐得龍為難地說：「蕭兄弟，抱歉得很，如果是別的事，我們可以為你赴湯蹈火，但這回例外。」

我說：「是不是你們的事情很緊急？」

「……也是也不是。」徐得龍欲言又止，最後索性說：「還是告訴你吧，其實我們一開始來的目的就是找人，從我們來的那天晚上起，我們就隨時準備出發，但是我發現世道大變樣了，我們在這裡寸步難行，就暫時耽擱了下來。後來正好你說要我們假裝學生，還給我們找了個老師，這正合了我們的心意，於是我們留了下來，拼命汲取對我們有用的知識。

「還記得你領著靜水和鐵柱去赴約那次嗎，他們倆回來以後跟我彙報了很多事情，最重要的是，他們跟我說外面世界比我們想的還要複雜，不實際地去看去聽，根本接近不了現在的人。聽了他們的話我很沮喪，我們本來就沒多少時間可耽誤，所以那天我隨便找了個藉口把他倆又送回到你身邊，他們的任務就是多聽多看，瞭解你們現代人的一切。

「他們回來之後給我們講汽車、講酒吧、講商場、講一塊錢等於一百分，我發現這些才是我們以後需要的，所以就五十個人一批給他們輪流放假，然後他們再兩人一組分頭行動，任務就是去尋找那些我們還不瞭解的東西。每天晚上回來，我們都要進行集體補習，由白天出去的人給大家上課，內容就是他們的所見所聞，哪怕是學會了使用打氣筒和看手錶，或者知道了收費站的用處都可以說，到後來，我們知道的越來越多，短短一星期的時間，我們就基本掌握了這個世界的生存技能，因為我們有三百雙眼睛在看，三百顆心在學。」

隨著他的話，很多疑問自動解決了，難怪他們從來沒把這裡當成享受的地方，難怪他們看上去心事重重的樣子，更難怪前段時間他們的人數總保持在兩百五……

我說：「現在你覺得你們已經準備充分了？」

徐得龍自豪地說：「除了個別戰士，我們已經能認識很多明星和汽車標誌了。」

我嗤之以鼻道：「那有個屁用，戴棒球帽跟在人屁股後面的，你們能分出誰是星探誰是流氓嗎？坐在賓士車裡的，你們能看出那是司機還是老總嗎？一見面就給你遞名片的，你們能判斷那是企業家還是推銷員嗎？」

看著目瞪口呆的徐得龍，我拍了拍他肩膀說：「你們還嫩著吶——說了半天，這跟幫不幫我有什麼關係？」

徐得龍凝重地說：「這是我們跟他的承諾。」

我馬上問：「你們跟誰的承諾？」

徐得龍一滯，最後說：「蕭兄弟，別問了，我們不幫你是因為不能，可我們絕對不會害你，戰士們走以後，我會繼續留在這裡等他們的消息，我也答應你，如果有人膽敢公然侵犯育才的一草一木，我會和他性命相拼。」

我只能點點頭，其中許多關節我還想不通，不過徐得龍留下和三百留下區別也不大，我的對頭至少會有所顧忌。

我跟徐得龍說：「現在我就剩最後一個問題了：你們要去找誰？」

徐得龍輕輕笑了一聲，表情複雜地反問：「你說呢？」

我說：「不是你們的元帥就是秦檜那個王八蛋。」

徐得龍切齒道：「姓秦的狗官還不值得我們這樣做，但他要落在我們手裡，那當然是又了了我們一樁心願。」

他們居然是要去找岳飛？去哪裡找，他們到底知道些什麼，岳飛是穿越而來還是投胎轉世？徐得龍所謂的承諾，是指岳飛還是乾脆在說我的對頭？這些無從得知，徐得龍也再三保持沉默，不過既然是找岳飛的話，那也就是說三百出去以後不會大開殺戒，我多少放了點心。

這時，從酒吧打來一個電話，我接起來以後，孫思欣用很隱忍的聲音告訴我那邊出了點狀況，我的心跟著就是一提，然後他又說還有一件事，有兩個客人正在我那裡喝酒，說是我的朋友，其中一位怎麼看怎麼不像好人的老頭（孫思欣原話）說自己叫劉老六。

劉老六！我一聽見這個名字就下意識地摸板磚包，撒腿就往車裡跑。

我一路飛奔到酒吧，下了車衝進去見到孫思欣第一句話就是拉著他問：「劉老六呢？」

「走了。」

「走了？」我氣急敗壞地問。

「是的，說有急事，他喝了兩碗酒，非說是你二大爺，沒給錢就跑了……」

第五章

史上第一奸臣

只見王安石跟剛才判若兩人，乾笑著說：「我……不是王安石……」

一種不祥的預感慢慢生出，我板起臉說：「這是什麼意思，什麼叫你不是？

「王安石」衝我笑笑：「我還有一個名字，姓秦，草字檜——」

「秦檜？」

我跳腳大罵：「劉老六你個王八蛋！」我怒氣沖沖地跟孫思欣說：「下次再見這個老混蛋，直接拿啤酒瓶子砸——拿最便宜的那種。」

我見孫思欣面有憂色，這才想起來他說酒吧出事了，我問他怎麼了，他沒說話，直接端過一罈子五星杜松酒給我倒了一碗，我疑惑地看了他一眼，喝了一小口立刻說：「味不對了。」

孫思欣點點頭說：「很多顧客反應咱們現在賣的酒連門口缸裡送的都不如了，差點因為這個鬧起事來。」

我說：「這是從什麼時候開始的？」

「昨天，我以為是偶爾壞了一批就沒當回事，結果今天剛送來的酒還是不對勁。」

「你怎麼處理的？」

孫思欣說：「我跟那些客人們說這是我們的新口味，只要願意喝都免費。」

我衝他笑了笑說：「你做得不錯。」

「可是這樣不是長久之計，如果酒一直是這個樣子，用不了兩天我們就會失去大批的客人。」

我想了一下說：「你給杜經理打電話了嗎？」

「打了，他說作坊那邊沒問題，他親自去嘗過。」

我也犯起愁來，聽孫思欣說這邊出狀況了，我還以為是有人鬧事，那樣的話，就算砸點東西也無所謂，可是酒一旦變質，那猶如是釜底抽薪，現在我的經濟來源都靠這個牌子撐著呢，可千萬不能出事。

我又問他：「送酒的那個老吳可靠嗎？」

孫思欣說：「人很老實，也從來沒耽誤過事。」

我費解地說：「那是怎麼回事呢，難道是氧化了？你讓他把裝酒的水桶洗一洗，明天再看。」

「我已經做了。」

我坐下來，出了一會神，忽然才想起來個事，抬頭問孫思欣：「你不是說劉老六他們是兩個人嗎，那另一個呢？」

孫思欣垂著手說：「在樓上包間裡呢。」

我急忙站起來：「快走。」

到了樓上，孫思欣把房間指給我，我跟他說：「你去忙吧。」

我推開門進去，只見壁掛電視亮著，上面的字幕無聲地閃過，麥克風在這人手邊放著他卻不唱，只是悠閒地拈著剛出鍋的爆米花吃著，這人戴著一頂休閒帽，穿了件很普通的T恤，衣領立著，擋住了半個臉，看身材也就中等偏下。

看他沉穩的樣子，我不好判斷這人是不是我的新客戶，我敲了敲門，這人依舊穩穩坐在那，問：「是小強嗎？」聽聲音年紀不小了。

我坐在他對面：「是我，你是……」

這人慢慢把帽子摘了，把衣服領子放下來，我馬上就斷定這肯定是一名穿越客戶了。他的頭上還留著一個髮髻，唇邊頦下三縷墨髯十分飄逸，真稱得上是一個俊朗的中年人。

我對他第一印象很好，只是這人眼神裡經常閃現出幾絲精強的光來，看樣子以前是那種位高權重手掌生殺之人，不過不像是一朝帝主。這個人所表現出來的氣勢說明他只能是一人之下萬人之上的身分。

面對這樣的貴族客戶，我實在不知道該怎麼見禮，握手肯定不太對，於是我先衝他抱了抱拳，見他挺愕然的樣子，急忙又撣了撣袖子朝他鞠了一躬。可看他不像清朝人，我只能坐下了，總不能給他磕頭吧？

好在他也看出我是想表示友好，微微笑道：「不必多禮。」

我討好地問：「您貴性？」

他呵呵一笑擺了擺手說：「賤名不值一提，不值一提。」

「說說嘛，要不我說久仰大名就顯得假了不是？」

這老帥哥只好無奈地說：「鄙姓王，草字安石。」

這下我可真的吃了一驚，王安石耶！宋朝的國家總理，好像因為修改憲法挺出名的。

我說：「就是您把蘇肘子給發配了？」

王安石一愣，笑道：「你說的是東坡吧，東坡是個很有才學的青年啊，可惜就是倨傲了些。」

我說：「活該，誰讓他改您詩的——什麼詩來著？」

王安石尷尬地說：「那都是村野傳言。」說著他話題一轉，「介甫（王安石字）久慕桃源，不想辭世之後居然能有此幸，今到仙境，以後還要多承關照。」

我腦袋一真發暈，忙解釋：「怎麼跟您說呢，這不是什麼仙境，不過有吃有玩也差不到哪去，總之您踏踏實實在我這住著，不知有晉魏，不求聞達於諸侯——」

王安石輕咳一聲：「你背錯了吧，後一句是出師表。」

我摸著頭不好意思地說：「我這人沒學問，」然後說了一句多餘的話，「連蘇東坡也不如。」

我和老王乾坐了一會，說：「丞相，咱找地方下榻吧？」

王安石道：「甚好。」說著他又戴上帽子，立起領子跟著我下樓上車。

我慢慢開著，一邊向他介紹路兩邊的建築和周圍的行人車輛，王安石像視察工作的老首長似的微微頷首，不時親切問一兩句。

在走了一半路程以後，我開始給他介紹其他的客戶，王安石表示，如果有機會的話，他希望能在平等友好的氣氛下和嬴胖子進行一次會晤，就變法問題磋商一二。

當我說起梁山好漢的時候，王安石臉色微變，我知道他這樣正統思想的人對招安的土匪可能有成見，就說：「其實他們是一幫好孩子，在我們後世有句話叫官逼民反，要不是高俅蔡京這些王八蛋，他們也都是國家棟梁——這倆王八小子您見過嗎？」

「……沒有。」

「哦對，可能比您晚著幾輪，您要能多活個五六十年就好了，把這幫小子好好治一治，包括後來的秦檜，那最不是個東西，滿清十大酷刑用他身上都算糟蹋好玩意兒。」

王安石不自然地笑道：「呵呵，呵呵……」

我說：「一會兒帶您見幫當兵的，岳家軍，那可都是忠烈，他們肯定聽說過您……」

王安石面色大異，脫口道：「岳飛的部隊？」

我納悶地說：「怎麼您……也知道岳飛？」

「你要帶我去見那些人？」

「是啊，怎麼了？」

王安石使勁拍著腿叫道：「停車停車。」

我把車停下來，疑惑地看著他，王安石不停地擦著腦門子上的汗，喃喃說：「我不能見他們。」

「為什麼呀？」我們現在正在橋上，這不讓停車。

只見王安石跟剛才判若兩人，嘿嘿乾笑著說：「我……不是王安石……」

一種不祥的預感慢慢生出，我板起臉說：「這是什麼意思，什麼叫你不是？」

「王安石」猥瑣地衝我笑了笑：「我原來還有一個名字，姓秦，草字檜——」

「秦檜？」

秦檜賊兮兮地拱拱手：「正是在下。」

「操！」我一下從座位上蹦了起來，順手抄起包，大罵：「你跑回來幹什麼來了，你一個遺臭萬年的主兒還沒活夠啊，怎麼，是不是想忽悠得我們市長，把我也幹掉？」

秦檜雙手抱頭，連聲叫道：「別打別打，誤會了。」

「有個雞毛的誤會，岳飛不是你害死的？歷史冤枉你了？還敢冒充王老爺子！」

秦檜苦著臉說：「我在陰曹的時候，他們跟我說少活的一年能在仙境裡補回來我才來的，想不到他們騙我。」

我說：「你怎麼知道被騙了？」

秦檜說：「本來開始挺好的，劉老六領著我上了計程車，我以為仙境就是這樣，可是他一給車錢我就覺得不對了，哪有神仙做買賣的？」

我嘿然道：「你倒是活得挺明白呀，他跟你怎麼說的？」

「後來他只好跟我說實話了，他還說，雖然你挺混蛋的，但只要一聽見我的名字非拿板磚拍我不可，還說雖然過了這麼多年，我這人還是挺招恨的——板磚是什麼東西？」

我把板磚拿在手裡衝他一亮，秦檜蜷縮在一角繼續說：「最後我只好想了這麼個辦法，我現在是後悔也來不及了，只求無災無難地過完這一年。」

「你真後悔了？」

秦檜點頭。

我舉著板磚說：「那我送你回去吧。」

秦檜立刻說：「怎麼說我也是你的客戶，你可得一視同仁啊，我就不信你打死我你沒麻煩。」

我氣得差點沒想把他扔到橋下去算了，我惡聲惡氣地問他：「岳家軍怎麼會認識你的？」

秦檜說：「早先沒翻臉的時候，我代表朝廷犒過幾次軍……」

「你他媽真是個大麻煩！」我一邊罵著一邊開著車子，想了想，目前唯一的去處也就剩別墅了，那兒僻靜，而且三百也絕不可能找到那裡。

在半路上，我給秦檜買了幾箱速食麵，進了家門以後，我教給他怎麼用飲水機和馬桶，說：「以後你就在這貓著贖罪吧，什麼時候認識到自己罪無可赦了，我再過來幫你開煤氣或者教你摸電門。」

秦檜背著手樓上樓下轉了一圈說：「你這這麼亂怎麼住呀？今兒我就先湊合了，明天中午以前你給我買倆丫鬟吧。」

我一腳把他踹得坐到地上，拿過茶几上的旅遊圖冊翻到杭州岳廟指著他鼻子說：「看見沒，這就是你和你老婆的下場，你再跟老子嚼舌頭，老子把你送到岳王廟真人跪拜。」

秦檜拿過去只看了一眼，頓時汗如雨下，心虛地說：「這……這是我嗎？」

我向他吼道：「還有，以後別跟人說你叫秦檜，你不是愛冒充王安石嗎，就叫秦安吧，編號九五二七。」

秦檜爬到沙發上，愣怔著不知道該說什麼了。

我這時才仔細打量了他幾眼，見他白面墨髯，手指修長，不禁暗嘆：一個奸臣賊子長得還挺帥的。

這時孫思欣又給我打了一個電話，說今天的第二車酒也到了，味道還沒變回去。

我坐在秦檜對面和他一起發呆，怎麼也理不出個頭緒來，我突然一拍桌子，喝道：「喂！」

秦檜嚇了一跳：「啊？」

我跟他把酒吧的事大略說了一遍，然後瞪著他道：「你用你那狼心狗肺幫我分析分析這裡頭怎麼回事？」

秦檜聽完想都沒想，把一隻手掌豎在茶几上說：「這是酒坊，沒出問題。」然後又把另一隻手掌豎在茶几的另一頭，說，「這是你賣酒的地方，也沒問題，那麼問題在哪還用我說嗎？」

我看著他兩隻手掌空出的那段距離，疑惑道：「你是說送酒的老吳有鬼？可這個人不喝酒呀。」

秦檜終於有了鄙夷我的機會：「你這是什麼道理，按你說的，那愛吃西瓜的人還不能賣西瓜了？」

我恍然：「你是說老吳把我們的酒賣了？可是這個人一向很老實啊。」

秦檜搖頭道：「人是會變的嘛，尤其嘗到甜頭以後。」

我想了一會兒，不得不說：「你分析得有道理，不愧是小人的典範。」

秦檜委屈地說：「我到底幹什麼了，人們都這麼恨我，我只不過是揣測到皇上在想什麼，順著他的口風說話而已，岳家軍只知岳飛不知皇上，他不死才怪了。再打個比方說——只是個比方啊，就說你開的那個酒館，那個姓孫的夥計頭，精明幹練，對下面的人又寬厚大方，有他在，你就生意興隆，可萬一哪天他對你不滿意要走了呢？甚至乾脆拉桿子自己幹了，那你這酒館還開不開？你做掌櫃的願意被一個夥計頭拿住嗎？你只能趁他人脈還沒旺就把他打發了，你說是不是？」

我不禁點點頭，暗自琢磨：孫思欣真要走了，我這酒吧非虧錢不可，就算朱貴杜興都在的時候，如果沒有小孫把著尺度，酒吧怕是早讓朱貴送光了，這樣一來我不禁又想，孫思欣要真走了怎麼辦？我是不是得事先再培養一個經理備著呢……

秦檜見我不說話，忙湊過來說：「做事需趁早，真要等他成了氣候……」

我猛地拿一垃圾筒砸在他腦袋上，罵道：「到哪也忘不了幹你的老本行，才來一個小時就忽悠得老子差點把自家經理開除了！」

雖然秦檜是個不折不扣的小人，但在這件事上，我不得不承認他分析得很切中要害，他這種把事情極端簡單化的本事，確實不是人人都能做到的，其實就是把所有人都想得跟他一樣卑鄙就行。

我還記得給我們送酒的老吳不願意浪費自己辛辛苦苦拉下山的一車水而拒絕了我的要求，雖然我給他開出了不錯的價錢，我不相信這樣的人會幹邪門歪道的事。但事情已經逼到這份上了，我只得想辦法解決。

秦檜的建議是嚴刑逼供，又被我砸了一垃圾筒，這種壞到頭上長瘡腳底流膿的人，我還真是第一次見。

臨走的時候，我指著市內電話跟秦檜說，只要那個一響就拿起來放在耳朵上聽，準是我有事找他，沒想到這老小子眼珠一轉馬上問：「那我是不是也能通過那個找到你？」

我暗嘆了一聲，難怪這小子能殺人於無形之中，腦子太夠用了，他是我見過的最聰明的客戶，可惜沒幹過一件好事。我厲聲喝道：「你找老子幹嘛，老實待著！」

秦檜假裝委屈地說：「我沒事當然不會找你，可要是房子著了火什麼的……」

我終於忍無可忍，回過身在他屁股上踹了兩腳，秦檜用手護著屁股，一邊說：「真的真的，不是威脅你，我是看這房子到處發光，照得我心裡直發慌，萬一要著起來呢？」

我無奈，只能先教他使用開關操縱燈光，又把我的電話寫下來，秦檜照著打了一個，他左右看了看，又指著電視說：「這個裡面是不是會唱戲的，怎麼弄？」

他見我臉色陰沉，急忙揮揮手：「你走吧你走吧，我自己揣摩——電話聯繫哦。」一句話把我氣笑了。

出了門，我哭笑不得地總結出這樣一個事實：兩朝皇帝兩位英雄跟我擠在一個小房子裡，豪氣干雲的梁山好漢和忠勇的岳家軍也只能住單身宿舍，倒是這個遺臭萬年的大奸臣一個人獨霸了一棟別墅，看來不但歷史會和我們開玩笑，現實更是這樣。

眼前急需要處理的是酒吧危機，現在也沒什麼別的辦法，只能找人跟著老吳看看到底是怎麼回事，至於人選我還沒想好，這事如果是偶然的，沒必要找好漢們幫忙；如果跟八大天王有關係，更暫時不能讓他們知道，否則這群土匪容易幹出出格的事來。

這事看來只有我親自幹了，這時我接到佟媛的告別電話，武林大會一結束，她們新月隊也要走了，時間定在後天。

我跟佟媛閒聊了幾句，囑咐她路上小心，臨掛電話的時候我忽然靈機一動，問：「妹子，你們保鏢專業學沒學過跟蹤？」

佟媛道：「廢話，你以為我們當保鏢的光會擋子彈啊？」

我說：「那你能幫我跟蹤一個人嗎？」

佟媛篤定地說：「我包子姐不可能出牆的！」

「……不是那種事。」

「違法亂紀的事我們也不幹。」

我只好把我的狀況跟她說了一遍，最後說：「你就當是接了一筆生意，怎麼收費都按你們的規矩。」

這回佟媛痛快地說：「行，交給我吧。」

本來我還想告訴她點別的資訊，她不耐煩地說：「行了行了，連個送水的三輪車也搞不定，還當什麼保鏢？」

晚上回家的時候，李師師把我拉到一邊低聲說：「表哥，跟你說個事。」

「怎麼了？」

「我今天碰到流氓了。」

「啊，怎麼回事？」

「你別著急，聽我慢慢跟你說，今天我回來的時候，路過一條小胡同被四五個男人堵住了，他們先是要我的錢包，我就給他們了，結果他們還想……欺負我。」李師師臉一紅說。

我托著下巴上下打量著她，沒發現她衣服有被撕扯過的跡象，就笑咪咪地問：「後來呢？」

「後來我一巴掌就打了過去。」

我說：「打得好！」

「嗯，他也是這麼說。」

我納悶道：「誰？」

李師師頓了頓道：「就在那幾個流氓要一擁而上的時候，巷子口那過來一個大光頭，大概有一米九那麼高，他一邊走一邊說『打得好打得好』。」

我插嘴說：「那幾個流氓是不是說『你不要多管閒事』？」

李師師瞟了我一眼說：「還沒等他們說呢，那個大光頭就走上來把他們全扔到牆那邊去了，他一邊扔一邊說：看見這些人渣就噁心，這叫眼不見心不煩，阿彌陀佛。」

我愕然道：「和尚？」

「不像是，只是頭髮很短而已。」

我笑嘻嘻地說：「英雄救美呀，那你沒問他電話……」我說著說著反應過來，猛地抓住李師師肩膀大聲問：「你說他一個人對付幾個，是怎麼對付的？」

李師師掰掉我的手，不滿地說：「我不是說了四五個嗎，他把他們都扔到胡同外面去了。」

我暗暗驚了一個，好傢伙，這力氣怕比項羽只小點有限，我追問道：「這人跟你說什麼沒有？」

李師師說：「奇怪就奇怪在這兒，他救完我，看都不看我一眼，邊走邊說：『女子，以後你小心點，我不會再跟著你了。』等他快走到胡同口了，又回過頭來跟我說，『我救你是因為你敢打那一巴掌』，然後就走得沒影了。」

我倒吸了一口冷氣，根據外貌和身手判斷，這人八成就是吳用他們說的「寶光如來」鄧元覺！這人大概是知道李師師跟梁山頗有淵源才會跟蹤她，但就算是敵對的關係，這耿直的和尚還是看不過一個女孩子被欺負，所以不惜顯露身行救下李師師，倒不失為一條漢子。

我問李師師：「你就讓他這麼走了？」

李師師道：「我也覺得挺不尋常的，就加意留心他，他本來穿了一件外套，在和人動手的時候扣子被撐開了，我看見他裡面的背心上有行小字。」

我緊張地問：「你看清楚了嗎？」

「神光機械廠！」

我捏著她的肩膀興奮地說：「幹得好表妹！」

這時包子走過來問：「什麼幹的好？」

我和李師師忙一起顧左右而言他，包子走了我問她：「你明天有時間嗎？」

李師師說：「下午四點以後才有。」

「好，到時候我聯繫你，咱們去一趟那地方。」

我這才發現這丫頭居然比我還忙，本來想跟她說說秦檜的事，一想還是算了，這倆人雖說沒直接恩怨，但李師師絕對對他沒好感，不管有意還是無意把這個消息透露給岳家軍，那就麻煩了。

吃過晚飯，我私下裡和五人組單獨交流了一下，問他們最近有沒有什麼不對勁，劉邦在忙著重新討好黑寡婦，出門機率多，不過這小子這回可是加著小心了，搭車都是一會兒換一輛，不過後來練出來一個絕活，那就是能在計價器的字將跳未跳時及時叫停，氣得司機直罵娘。

項羽秉承一貫的自大，問他句話，一個白眼瞪過來：「誰能把我怎樣？」懶得搭理他。至於家裡，秦始皇現在守著以前要刺殺他的荊二傻寸步不離，二傻則是和趙白臉如影隨形，這三個人在一起安全係數相當高。

包子呢，我不太擔心，我能感覺到我們的對頭似乎還能謹守理性，如果他真要連普通人也對付，其實就算幹掉我也不是什麼難事。

一夜無話，第二天我剛睡醒，佟媛的電話就過來了，她先說了一個地址，然後笑吟吟地說：「快過來，有好戲看。」

我知道肯定是跟變味酒有關係，急忙開著車到了她說的那地方。

遠遠的就見佟媛一身休閒裝，嘴裡叼著個雪糕斜靠在一棵樹上往對面看著，我來到她近前，她沒說話，只是把下巴往馬路一昂頭，我一看差點沒氣死，只見在一家商店後面的空地上停著三輛水車，老吳垂著頭站在一邊，三個後生正忙著倒騰我的酒呢，還有一個頭頭背對著他們，正坐在花壇邊上悠閒地抽著菸。

佟媛咬著雪糕笑咪咪地說：「我只答應幫你跟蹤，打架可是要另外算錢的哦。」

我從車裡拿出包提在手裡，一邁腿漂亮地翻過欄杆，輕蔑地說：「你也太小瞧我了，你認為對付這種人我會親自動手嗎？」

佟媛聽了我的話，好奇地跟在我後面，我陰著臉走過馬路，慢慢逼進那三個人，等他們都看見我了，我立馬換了一副表情，熱情地招呼他們：「哥兒幾個忙著吶——」

那三個後生見不認識我，也不說話，還忙著手裡的活，老吳見是我，面色慘變，我嚴厲地看了他一眼，示意他不要說話。

我把手搭在其中一個的肩膀上，笑呵呵地問：「這裡面是酒吧？」

他不自然地甩開我，嗯了一聲。

「賣嗎？」我問。

「不賣。」

「那你們倒騰來倒騰去的圖什麼呢？」

那人終於警覺起來，說：「你問這個幹什麼？」

「沒事兒，隨便問問。」

這時，旁邊另一個後生盯著我的臉說：「我看你怎麼這麼眼熟啊？」

我悄悄鬆了一口氣，有人認識我就好辦，我反問他：「是嗎？」

那人撓著頭皮說：「就是想不起來是在哪見的。」

我心往下一沉，只好提醒他：「是最近見的嗎？」

那人迷茫地說：「好像是……」

我繼續提示他：「在電視上見的？」

那人又看了我半天，一拍大腿：「想起來了，你是散打王！」

我這心才算徹底放下，暗暗擦著冷汗說：「對嘍——」佟媛見我裝腔作勢的，忍不住撲哧一聲笑了出來。

那倆年輕人一聽是我，忙湊上來問這問那，語氣裡透著討好，看得出他們也就是最下層那種混混，鬧不好是剛看了兩部《古惑仔》翹課出來的學生，其中一個還戴著眼鏡呢。

我腆著肚子接受完他們的膜拜，然後拖著腔調說：「你們知道我是幹什麼的嗎？」

「幹什麼的呀？」三個人眼睛冒著小星星一起問。

老吳終於失魂落魄地開口了：「這是我們掌櫃，你們換的酒就是他的！」

三個小孩一聽，不約而同地往後退著，其中兩個一左一右撒腿就跑，中間那個慢了一步，邊跑邊指著花壇邊坐的那個說：「不關我們的事，是他花錢雇我們幹的。」

本來我們這邊動靜不算小，可那位顯然是在出神，還在那坐著不動，也不知道身後發生了什麼事。

我向他走過去，佟媛笑著問我：「你一個大男人出來混，就全指這張臉呢？」

我不屑道：「你懂什麼，這叫不戰而屈人之兵。」

我來到那頭頭跟前，他對我的到來懵然無知，我只好挨著他坐下來，這小子手裡捏著本翻開的書，滿目憂傷地望著馬路上的車水馬龍，我遞了根菸給他，他隨手接住，哀惋道：

「你說我就這麼下去，什麼時候是個頭啊？」

我說：「是沒頭。」

這位感傷地嘆息了半天這才感覺不對勁，一扭頭見不認識我，問：「你誰呀？」

「我是『逆時光』酒吧的老闆。」

這位驚得屁股往邊上挪了挪，回過頭去看。

我說：「別看了，就剩你一個了。」

這回他真的感傷了，嘆了口氣，低下了頭。

「說說吧，怎麼回事？」

他合上書，踢騰著腳下的小石子說：「我們跟你無怨無仇，也不是故意要害你，有個人給了我十萬塊讓我們這麼幹的。」

「誰？」

「不認識，從來沒見過那個人。」他見我瞪著他看，忙說：「大哥，我說的都是真的。」

我斜睨著他問：「那他們為什麼找你？」

這小子又有點神氣地說：「因為這一帶我混得最好。」他往對面一指說：「我是咱們三中的扛霸子。」我這才看見對面就是我們這的第三中學高中部。

這回我生氣了，站起身來喝問他：「你給老子說你上幾年級？」

我之所以生氣，是因為這小子看上去比我小不了多少，要說他還在上學，打死我也不信。

他低著腦袋說：「高三……」

我把包舉在頭頂再次厲聲道：「你多大了？」

「廿六了——」說完這句話他忙補充：「我復讀了八年。」最後他黯然地說：「現在帶我的班主任是我當年的同學。」

佟媛再也忍不住了，轉過身去咯咯笑了起來。

我見這小子沮喪得快哭了，憋著笑，安慰地拍了拍他肩膀，問：「怎麼稱呼啊，兄弟？」

「范進。」

我踢了他一腳笑道：「難怪你小子考不上呢。」

范進苦著臉說：「大哥，我能走了嗎，那人我真不認識。」

我知道他說的應該是真的，看來這次換酒事件跟扣押劉邦事件是同一個人幹的，目的就是給我添堵，不過這人肯定比我有錢，出手就是十萬，他跟我作對，倒是使不少小混混先富起來了。

范進見我不表態，忙說：「要不我把那錢也給你，不過得事先說好，買劣質白酒的錢我們得拿回來，那人說了，是讓我們換酒不是兌水，所以我們買了好幾車散裝酒呢。」

我失笑道：「你拿著吧，復讀這八年學費也沒少花吧？」

佟媛也笑著插嘴：「就當是你這麼多年執著的回報吧。」

「那我走了啊。」說著范進抬屁股就要走人。

我喝道：「站住！」

范進可憐巴巴地看著我，等著我發落他。

「把我的酒倒騰回去再滾。」

范進乖乖拿起管子把酒倒回去，這時我才得空看了一眼老吳，老吳一把抓住我的胳膊，涕淚橫流說：「蕭總，你不要開除我呀，本來刀架在脖子上我也不願意幹這種事情，可他們說我要敢告訴你，我閨女就別想有好日子過。」

我說：「你閨女？」

老吳抹著眼淚說：「她也在三中上學，快高考了。」

我問范進：「他說的是真的嗎？」

范進陪著笑說：「都是那幾個小孩嚇唬他的，像我這麼老成持重的人就不會說這種話。」

我又問老吳：「這裡邊你沒落好處？」

老吳連連搖手：「沒有沒有。」

我指著范進說：「聽著，以後老吳閨女的學雜費、班費、郊遊零嘴都你包了，聽見沒有？」

范進耷拉著臉說：「也別鈍刀子割肉了，我一次拿兩萬出來吧。」

老吳忙說：「用不了那麼多。」

我拍拍他說：「好好幹吧，以後記住有事找我。」

然後我們三個就抱著肩膀看范進幹活，佟媛邊看邊數落他：「我說你放著學不好好上，冒充什麼黑社會呀，別等你那同學當了校長你也考不上，那才丟人呢。」

范進乾笑著說：「不會啦，再考兩年要還考不上，我打算轉校了。」

我、佟媛以及老吳「……」

我見事情告一段落了，跟佟媛說：「妹子，該付你多少錢，你報個數兒吧。」

佟媛說：「才沒工夫跟你扯這個，今天我本來有很重要的事要做。」說著她拿出電話撥出去，「喂，三姐嗎，你說的那個打折商場在哪來著？」……

這事完了，按理我應該去趟學校，可是今天是三百離開的日子，潛意識裡，我生怕見到那種訣別的場景，雖然我和那些小戰士們接觸不多，可從他們的眼神能看出他們其實很依賴我。後來徐得龍也跟我說過，出去的戰士們除了向他彙報情況，剩下的就是跟他問詢兩個人，一個是顏景生，一個是我。

至於顏景生，編造一個理由騙他，對我而言當然是很簡單的事，但再好的藉口也阻止不了一個人失落，我給了他一小筆錢，讓他把沒完成的大學學業讀完，好像也只有這件事能讓他悲戚稍減了。

這兩百九十九個戰士，有的兩人一組，有的三人一組，以輻射狀奔向四處，展開搜索岳飛的行動。

讓我頗感內疚的是，他們每個人身上就只帶了一千塊錢，路遠的剛夠路費。但是那句話不錯，龍生九子，各有不同，這兩百九十九個人裡，有少部分在相當快的時間裡就掌握了這個世界的遊戲規則，在短時間內學會了賺錢的法子，然後他們把自己用不著的那一部分交給徐得龍，再由他進行分配以支持這次行動。

三百一旦分開，他們的情誼不但沒有變薄，力量不但沒有減弱，反而煥發出更為巨大的生命力和向心力，因為從沒有一支部隊能有他們這樣忠誠和團結，他們就跟三百個親兄弟一樣。

其中有幾個人的事跡特別值得說說：魏鐵柱那個傻小子從跑長途押火車開始幹起，最後一沒留神成立了自己的保鏢公司；李靜水則韜光養晦，給一年輕貌美氣質佳的女老總當秘書，當女老總有心把關係再進一步的時候，恐慌的李靜水向徐得龍徵求指示，徐得龍的回覆是：絕不可行，如其有不軌之心，必要時可將之擊昏。把我氣得罵了他好幾天，然後悄悄給李靜水發簡訊要那女總的電話……

好漢們那邊暫時還沒有進展，這些土匪們並沒有為小小的挫折而低頭，他們每天分組出去查探，個個精神抖擻軍容整肅，一大早先去盧俊義處，聽吳用訓話，然後依次出發，我還從來沒見過這樣的他們，我想當年他們跟人開仗的時候大概也是如此，前段時間實在是把他們開壞了。

別人都那麼忙，我也給自己找了個活幹——我要和李師師找鄧元覺去。

我對鄧元覺的瞭解並不是太多，甚至以前都不知道有這麼一號人物，這幾天隨著八大天王的出現，吳用他們才跟我說起。

鄧元覺，八大天王之一，綽號寶光如來，身高力猛，曾與魯智深大戰五十餘回合不分勝負，為花榮箭殺。

要去找這樣的猛男，我覺得最好是兩種選擇兩手準備，兩種選擇：要麼約齊林沖張清他們，有必勝的把握再去，要麼乾脆單槍匹馬去會會他；兩手準備——自從我成了神仙預備役後的第一天，我就買了兩份人壽保險，受益人分別是我父母和包子。

鑒於我們要去找的人未必就是鄧元覺的情況，我決定只帶李師師去，並很快制定好了作戰計畫：可以只讓她出面嘛！

李師師現在可是大忙人，錢包裡揣著各種購物卡、健身卡、俱樂部會員卡，總之，要不是她那天使的面龐和魔鬼的身材深深的出賣了她，走在街上根本就是十足的普通現代人。

這小妞很隨意地穿了件T恤，就跟剛從電視廣告裡走出來一樣清新可人，惹得路人紛紛側目。看她的樣子真的很忙，她是一邊接電話，一邊朝我走來的。

她走到我跟前正好打完電話，我打量著她，不禁嘖嘖稱讚：「真漂亮，難怪俗話說愛江山更愛美人。」

李師師瞪我一眼：「快走吧，別貧嘴了。」

路線我已經打聽過了，神光機械廠在南郊，一路走一路問居然也不難找，到地方一看是個破舊的工廠，廠名那個「光」字已經掉了，傳達室小黑屋的玻璃糊得什麼也看不見，也不知道是誰在上面用手畫出一個巴掌大的瞭望口。

我們下了車剛往裡走了兩步，一個老頭就從門房裡衝出來，粗聲粗氣嚷：「你們找誰？」

我想也不想就說：「我們找鄧師傅。」

老頭順手抄起瓢涼水來邊喝邊說：「這沒姓鄧的。」

我說：「怎麼可能……」但我立刻想到鄧元覺在這未必就叫這個名兒，我馬上說：「那可能是我記錯了，我們要找的人大概有一米九高，很壯實，頭髮很短，您幫著想想是誰？」

老頭不耐煩地說：「別處找去。」說著就要往屋裡鑽。

李師師急忙迎上去說：「大爺，這位大哥他救了我的命，我今天來是特地感謝他的，請您一定幫我這個忙。」

老頭端著水打量著李師師，問：「真事？」

李師師加油添醋地把她那天的經歷一說，說到最後，眼淚晶瑩地掛在睫毛上，就是不掉下來，起到了很好的迷惑作用。

老頭叉著腰說：「要是這事啊，我就跟你們說說，你們要找的八成是寶金，金子這人，對兄弟是沒得說，仗義，就是脾氣太火爆，一上街就跟人打架，因為這個找到單位來的多了去了。」

我問：「寶哥他人呢？」

老頭嘆了一聲：「哎，也不知為什麼，前一個月突然辭職了。」

「啊，他說什麼沒有？」

「什麼也沒說，哎，金子要說是好人吶。」

我忙問：「他老婆孩子有沒有？」

「沒有，光棍一個人過，父母也都早早過世了，就有個兄弟還不在本地。」

我額頭汗下：「那這麼說是聯繫不上了？」

「是，沒辦法了。」

一個多月以前，剛好是好漢們到的日子，寶金這個時候辭職，蹊蹺啊。

我索性就多瞭解點情況，問：「寶哥家是外地的嗎？」

「不是，從小在我眼前長大的。」

「那他功夫怎麼樣，是不是幾十號人近不得身前？」

老頭嗤的一笑：「他有個屁的功夫，有把力氣是真的，不過也經常叫人家揍得鼻青臉腫的。」

我越聽越迷糊，從小在本地長大，沒練過功夫，除了一個月前神秘失蹤，這人沒半點鄧元覺的樣子啊。

我說：「大爺，您有我寶哥的照片嗎，說不定咱們說的不是一個人。」

老頭揮手道：「看什麼照片，一個大腦袋圓得跟球似的。再說，我們全廠除了他，就沒一個超過一米八的。」

李師師暗暗拉了我一下，低聲說：「就是他！」

我跟老頭說：「那最後再問您個事，他信佛嗎？」

老頭一聽這個來氣了：「他信個鬼，以前我小屋裡供幾個白泥做的菩薩，全讓這小子偷了去當粉筆亂寫亂畫了。」

「……謝謝您。」

第六章

小強危機

坐在副駕駛座上那個人回過頭，衝我微微一笑，然後伸出手來：

「正式介紹一下，國家安全局某處，李河。」

李河說：「中國地大物博，很多奇人隱士，

但是這樣的人出現一兩個都算奇蹟了，你是怎麼一下找到那麼多的？」

在回來的路上，不得其所的我問李師師：「你信投胎轉世嗎？」

「以前不信，現在難說。」

「什麼意思？」

李師師笑道：「既然我們都能來到一千年以後的現在，還有什麼事是不可能的？」

我點頭：「也是，可怎麼看寶金也不像是鄧元覺啊？」

李師師道：「是你把自己逼到死路上了，誰跟你說我見的那人就一定是鄧元覺？」

我說：「不管是誰，至少現在的寶金突然很能打了。聽老頭說，以前的他也就剛能打過我，還得是我不拿板磚的情況下。」

「難道是傳說中的開竅？或者是因為見到了故人，忽然回憶起了往事？」

「那就更不對了，現成的例子擺著呢，張冰怎麼什麼也沒想起來？」

「……可能說不定什麼時候就想起來了。」

我說：「我怎麼想不起我上輩子是誰呢？」我摸著下巴從後視鏡裡看了一眼自己，「估計不是潘安就是宋玉，要麼是趙子龍，肯定差不了。」

李師師笑道：「表哥，你覺得他們三個誰是用板磚的？」

我反駁道：「板磚怎麼了，哎對了，你幫我想想歷史上誰是用板磚的？」

李師師道：「哪有？」

我想了一下說：「藺相如不就是麼，舉著板磚嚇唬胖子他祖宗：你不把場子還我，我讓你看看什麼餡的？」

李師師滿頭黑線：「人家那是何氏璧！」

「就是，何必呢，不就是塊板磚嗎？」

李師師：「……」

我一看錶，快六點了，我說：「咱在外邊找地方吃飯吧，把你嫂子他們都叫上，就當給你和邦子壓驚。」

還沒等她說話，項羽一個電話打過來，開口就說：「今天咱外邊吃吧，把所有人都叫上。」

「英雄所見略同啊。」

「師師是不是和你在一起？把她帶上我就不另通知了，你們現在來『鴻慶樓』，張冰請客。」

掛了電話我自言自語說：「張冰請的什麼客？你最近見過她嗎？」

李師師說：「沒有，覺得挺對不起她的，不知道該怎麼跟她相處了。」

我們到了地方，我報了張冰的姓名，服務員把我們帶上三樓的雅間，張冰在門口站著，項羽背對著我們坐在離門口最近的一把椅子上，張冰一見李師師，就親熱地衝上來給了她一個擁抱，說道：「謝謝你能來。」

她放開如墜雲霧的李師師，面對著我，我十分期待地說：「是不是給我也來一個相同待遇？」

張冰微笑著跟我握了握手：「也謝謝你能來。」

我撇了撇嘴，跟李師師進來坐下，屁股還沒熱，就聽張冰招呼人的聲音：「歡迎你。」緊接著房門那光線一暗，一個小巨人低頭進了來，正是張帥。

我就納悶了，既然是張冰請客，幹嘛請來這麼一位尷尬人物。

張帥見了我們也挺不好意思，靜靜地坐下喝茶，項羽陰著臉不說話，我和李師師對望了一眼，感覺今天這事有點不尋常。

好在走廊裡很快就傳來了嘻嘻哈哈的聲音，劉邦帶著黑寡婦來了，他留下黑寡婦在門口和張冰寒暄，嬉皮笑臉地逛蕩進來，坐在項羽邊上，摟著他肩膀低聲說：「你今天又在這鴻字頭的地方請客，不是要對付我吧？」

劉邦他們的到來馬上啟動了氣氛，正在我們相談正歡的時候，只聽張冰疑惑的聲音：「你……來了？」

我探出半個身子，一看是倪思雨，張帥急忙站起來：「她是我叫來的。」

倪思雨進來以後看了我們一眼，小心翼翼地坐到張帥旁邊，有點抱歉地看著項羽，小聲說：「大哥哥對不起呀，我不知道你們都在。」然後她嗔怪張帥道：「你怎麼不早告訴我呢？」

項羽淡淡一笑：「沒事，來了挺好。」

倪思雨的到來徹底摧毀了我們努力營造出來的氣氛，劉邦、黑寡婦、李師師都屬於心思細膩的人，他們很快分析清楚了局勢，這四個人，不管你接近哪一個，都必須得罪另外一個。

就在我們不知道說什麼好的時候，秦始皇領著荊軻和趙白臉來了，倆傻子只顧自己玩，胖子哪能知道這其中的微妙，只顧和項羽聊天，而且就算他能明白項羽的苦衷也幫不上什麼忙，除了連橫戰略，就算把他的百萬秦軍再召喚出來同樣沒用。

這時我手機上一個非常熟悉的號碼響了起來，接起來一聽，秦檜在那邊賊兮兮地說：「小強，你忙著呢？」

我沒好氣地說：「你找我幹嘛？」

秦檜在那邊豎起耳朵聽了一會，說：「你是不是在外面吃飯呢？」

「你想幹啥？」

秦檜嘿嘿乾笑了幾聲說：「我剛看電視上說泡麵沒營養，我估摸著到飯點了，給你打個電話問問你吃什麼呢——我就問問啊。」

我又好氣又好笑：「要不你也出來吃點？」

「嘿嘿，要麻煩就算了。」

我說：「哦，那就這樣吧。」

「別別，你要不方便，我去找你們，這行吧？」

我壞笑著說：「我們在『鴻慶樓』，你要能找來就一塊吃，不過可不是我嚇唬你，我們這地方特容易丟東西，小到錢包大到腰子，你可要小心。」

秦檜滿不在乎地說：「我有什麼可丟的？」

我說：「是啊，你連人也丟了，當然不怕。」

秦檜不理我的挖苦，說了聲「一會兒見」就掛了電話。

我之所以讓秦檜過來，是覺得今天這場面反正已經這樣了，多他一個還能亂到哪去？怪病須得猛藥治，再說這小子要真半道上丟了，我也落得省心——這也是我讓他出來的目的之一……

沒一會兒包子也來了，本來一進門樂呵呵的，可她見張帥也在，就知道今天有點不尋常，等我告訴她倪思雨是怎麼回事以後，包子也無語了。

包子是有點大大咧咧，可還沒到沒心沒肺的份上，尤其女人在這方面天生敏感，包子悄悄跟我說：「今天是不是要出事啊？」

我們現在已經湊成了一大桌子人，連張冰也歸座了，她既沒有挨著項羽坐，也沒有坐到他對面，而是隔著秦始皇坐到了他斜對面，和倪思雨呈犄角之勢夾著項羽，這樣，張帥和項羽也不自覺地都斜對著她，亦呈犄角夾攻之勢。

我聽項羽說過，虞姬也頗懂軍陣佈置，從這一點看，張冰比虞姬只強不弱，簡單的一個座次就把當前敵我態勢顯現得淋漓盡致。

劉邦看看這個又瞄瞄那個，乾笑了數聲，一語雙關地說：「看來今天這飯不比當年好吃啊。」

正在冷場的時候，一個人探進頭來，他一眼看見我，扭身對後面跟著的人說：「車錢你跟他要。」這人頭髮披散著，三縷墨髯飄灑，正是秦檜，想不到這小子不但找上來了，而且還滿快的。

跟在他身後的是餐廳的服務員，這服務員對我說：「先生，您這位朋友搭車來發現沒帶錢，現在司機就在樓下等著呢，您看是不是代付一下？」

我轉著茶杯笑咪咪地說：「這人我不認識。」

服務員無奈地看看秦檜，沒想到這小子一點也不急，他跟服務員說：「那你就跟那司機說我跑了，我不是把房門鑰匙押給他了嗎？你讓他直接回去從房子裡搬東西吧。」

我驚得跳起來，一把把秦檜拉出包廂，問他：「什麼房門鑰匙？」

秦檜無辜地說：「你家門上的呀。」

「……你哪來的？」

「門後面不是掛著一串備用的鑰匙嗎，我押給司機了。」

我二話不說急忙拉著服務員去了樓下，把車錢給司機拿回鑰匙。

我往回走的時候，發現秦檜笑笑的趴在二樓樓梯口那等我，原來這小子放下我的電話以後就出了門，兩眼一摸黑的他很快就找到了社區的保安，盡職盡責的門衛一聽唯一的業主要出去，忙不迭地幫他叫來了計程車，等到了地方，秦檜告訴司機自己沒帶錢，這就去找朋友借，還非要主動把鑰匙押給人家，顯然他早就想到所謂的朋友，並不一定樂意幫他付這個錢……

從這以後，我深刻瞭解到「對付卑鄙的人就要比他更卑鄙」是一句屁話，這要講天分的！

我用能殺人的眼神盯著秦檜，秦檜攤攤手道：「你別生氣啊，我怎麼說也是一個丞相，為了吃口飯這麼殫精竭慮的，我容易嘛我？」

我無奈地領著他往樓上走，忽然轉身跟他說：「今天這局不一樣，你上去以後不要胡說八道，要懂得見人說人話，見鬼說鬼話，明白嗎？」

秦檜自負地呵呵一笑：「這是咱老本行啊。」

我們進了包廂，秦檜很快地左右一掃，點頭微笑：「姑娘們都很漂亮嘛！」

秦檜一屁股坐下來，抬起胳膊就往倪思雨肩頭摟去，滿臉猥瑣，色咪咪地說：「小美人……」

剎那間我明白他剛進門那句話的意思了——他把在座的女孩子都當成青樓女子了！

我咳嗽一聲，嚴厲地瞪了他一眼。

秦檜不愧是史上第一奸臣，見機極快，他見所有女孩子都端端正正坐著，所有男人都盯著他那條已經繞到倪思雨背後的胳膊，知道情況未必是他想的那樣，急中生智之下，差一絲就摟住倪思雨的手又往高拿了拿，在倪思雨的頭頂上親切地拍了幾下，那句「小美人」也變成了：「小妹妹，你多大了呀？」頓時從怪叔叔變成了和藹伯伯。

劉邦和李師師他們見秦檜這副尊容，都朝我看來，我微微點頭，示意秦檜跟他們一樣是我的客戶。

李師師笑著問：「這位大哥貴姓？」

秦檜道：「秦……安。」看來他也知道自己的名字說出來不好聽。

包子看看他的頭髮和鬍子說：「你是搞攝影的吧？」

這時服務員見人齊了，拿菜單進來，在座的誰有那個心思，秦檜一把拿過來翻開，點頭道：「嗯，字雖然醜了點，難得大小這麼一致。」他看了半天不怎麼認識，隨手合上對服務員說：「鄙人不慣吃辣，除此之外，每樣來一道吧。」

所有人都一起看著張冰，張冰尷尬地笑笑：「這……也行。」

我搶過菜單瞪了秦檜一眼，和包子倆人點了幾個菜。

秦檜這小子可能是這兩天沒人跟他說話把他憋壞了，逮著倪思雨和張帥一通猛聊，黑寡婦聽了一會，疑惑地問：「你還是公務員？」

這幾天電視上正在說報考公務員的事，所以秦檜對這個詞並不陌生，他用筷子點著桌子說：「何止，這麼跟你說吧，我家門房和你們市長是平級。」

黑寡婦笑吟吟地說：「那以後有事，我找你了啊。」

秦檜想了想，這才頗為鄭重地說：「行吧，既然咱們這麼有緣，我就不要你好處費了。」

全桌的人見這老小子披頭散髮，撫著鬍鬚侃侃而談的樣子，都笑嘻嘻地看著他聽他吹牛，孰不知這要是在宋高宗時期，黑寡婦有了這一句話只怕想不富甲一方都難了。

秦檜的到來起到了峰迴路轉的作用，人們看秦檜吹了會兒牛，各開主場。劉邦問張冰：「你真的不記得我了？」

張冰盯著他看了半天，輕輕敲著額頭道：「你這麼一說，我還真有點想起來了。」

我和項羽還有李師師立刻緊張地看著張冰，如果她真的想起來她前世的事情，那麼一切都簡單了。

劉邦則是腿一軟，把屁股慢慢挪向門口，準備隨時逃跑。

張冰又看了劉邦幾眼，微微笑道：「你準是在我和阿宇認識以前和他合夥搞過什麼貓膩，他有你們這幫朋友可真好啊。」說著，張冰有意無意地掃了我和李師師一眼。

我臉皮厚倒沒什麼，李師師騰地站起來說：「小冰，我承認是為了幫項大哥追你我才接近你的，我不配做你的朋友，現在正式向你道歉，但是請你相信，做這一切誰都沒有惡意，我們絕不是那種沒有原則的人，哪怕是為了幫朋友，我們之所以這麼做真的是有原因的，但更具體的我不好說，如果你不信，你可以想一想，這麼長時間以來，項大哥有沒有欺負過你，害過你，或者是圖你什麼？」

張冰見李師師那麼激動，忙說：「遠楠姐，我沒有怪你的意思，事實上我很喜歡阿宇，感謝你們還來不及呢。」

她這話一說，所有人都把目光偷偷瞄向倪思雨和張帥，就倪思雨而言，她是一個後來者，而且女人是很奇怪的，她們認為有人向自己的心上人示愛，那證明自己眼光不錯，所以倪思雨只是偷偷看了項羽一眼，再沒別的表示。

張帥就慘了，對男人而言，沒有什麼比自己的心上人當著自己的面向別人表白更恥辱的事了，可憐的籃球中鋒還沒學會隱忍和城府，他使勁一拍桌子，臉色發白，嘴角哆嗦，卻又不知道該說什麼。

這時終於上菜了，包子和黑寡婦一邊一個轉著桌子，招呼大家：「來來，動筷子，動筷子。」

可除了秦檜誰也沒動手，項羽吩咐服務員拿幾瓶白酒，他看了一眼眾人以及張帥說：「我說過了，喜歡一個人就要去追。」

劉邦插口道：「還可以騙和搶。」他見項羽在瞪他，急忙夾菜。

項羽繼續道，「我今天還是這句話，有本事你就放馬過來，我又不曾拴住誰的腿。」

這句話到像是鼓勵張帥一樣，在座的人裡除了我大略知道他的想法，別人都如墜雲霧，張帥心情稍稍平復，倪思雨也微有喜色，夾過冷盤裡的雞腿慢慢剁著。

張冰橫了項羽一眼，似笑非笑。

不知道為什麼，我忽然覺得身上小寒了一下。

說起虞姬，我總想起項羽描述中的那個瘦弱的小女孩，她用稚嫩的肩膀扛著一桿鐵槍，在一片殺伐之中情意綿綿地望著項羽，她敢愛敢恨，我覺得虞姬應該是那種一言不合拔刀相向的女子，這使得她和張冰的形象漸漸脫軌，這可能也是項羽對她越來越冷淡的原因。

酒上來以後，項羽給每人面前擺了一瓶，因為大家都無心應酬，也就沒人搶著倒酒，秦檜這時已經把每道菜都嘗了幾口，看來味道並不大合他的意，嘴饞和肚子餓本來就是兩個概念，他放下筷子等了一會，見沒人搭理他，只得端起酒瓶，嘆氣道：「哎，喝個酒還得自己倒。」

張冰是主人，向他陪笑道：「秦大哥，照顧不周多多見諒。」

秦檜端起酒杯抿了一口，又嘆息著說：「你們這裡邊的事我也看明白了，不就是都想找個如意的人兒嗎？」他左右看看，跟張帥跟倪思雨說：「這裡邊本來沒你倆什麼事，非要插一槓子，你看把那兩口子難的，你倆湊一對不行嗎？」

其實他這種想法在座的人誰都有，只是我們自己都覺得荒唐，結果現在由這位仗著不知道自己算老幾的傢伙說出來了。

他見張帥和倪思雨一個對他怒目而視，一個假裝沒聽見他在說什麼，又自言自語道：「看來是不行，那這樣吧——」他一指項羽說：「大丈夫三妻四妾，既然兩個小妞都喜歡你，兄弟你也就別客氣了，都收了吧。」說著他還自以為是地囑咐張冰，「你做姐姐的心量要寬，不許欺負妹妹。」

我知道秦檜說這番話本心絕沒有開玩笑的意思，從他一進門就把倪思雨當小姐，可以看出他還沒弄明白這個時代男女平等的問題。在宋朝，正經人家的女孩子，尤其是還沒出嫁的，是絕對不會陪一幫男人出來喝酒的。

秦檜一句話塞給項羽一個重婚罪，還自以為問題已經圓滿解決，率先端起杯來對眾人說：「就這麼定了吧，來，乾杯。」

誰理他呀?!

秦檜見人們都笑嘻嘻看小丑一樣看著他，只得悻悻地自己喝了一口。

李師師笑著拿出小本和筆，在上面寫道：秦大哥是哪朝人，真的叫秦安嗎？寫完之後隔著張帥遞了過來，秦檜看了一眼，用握毛筆的姿勢拿著筆在上面寫道：賤名不足掛齒，乃是亂世一小吏。

兩人用的都是小楷，李師師看了一眼，讚道：「秦大哥真是寫的一手好字。」

秦檜邊給自己舀湯，邊有點抱歉地跟張帥說：「我這辦法好是好，就是苦了小兄弟你了，這樣吧，你的終身大事就放在……」秦檜一指我，「小強身上了。」

張帥這會根本懶得搭理他了。

他又端著湯碗看著倪思雨，慢條斯理地說：「怎麼樣，滿意吧？」

「少說幾句吧，給你吃個好東西。」倪思雨把從雞頭裡剝出來的雞腦放在秦檜盤子裡。

秦檜怔怔地看著盤子裡那個像是被反手綁著跪拜的小人，問：「這是……」

「這是秦檜，吃吧。」倪思雨笑嘻嘻地說。

「哎喲——」秦檜一頭栽倒在桌子下面。

包子納悶地問我：「你這朋友什麼毛病？」

我答非所問地說：「瘋牛病就是同類相食引起的。」

過了好半天，秦檜才顫巍巍地從桌下伸出一隻手來，虛弱地說：「拿走，拿走……」

倪思雨把雞腦夾進嘴裡，扶著秦檜起來。

秦檜驚恐地掃視著桌面，擦著虛汗問：「我……那個東西哪去了？」

倪思雨頑皮地吐出鮮紅的小舌頭，只見那個小人還好端端地跪在她舌頭上，秦檜再次仰面朝天摔了過去。

我呵斥倪思雨：「你別嚇唬他了。」

倪思雨把嘴裡的東西咽了，又去拉秦檜，秦檜像躲鬼一樣躲開她，倪思雨張開嘴給他看，說：「沒了，吃啦，你看。」

秦檜撅著屁股從桌子底下爬到我和包子這邊，一口氣把我們的酒都喝光，再也不肯過去那邊坐了。

張冰見鬧夠了，忽然端著酒杯站起來說：「今天我把朋友們請來，是為了宣布一件事情。」

我們頓時安靜下來，大家都知道，不管是陰謀還是戰爭，序幕將由此揭開……

誰知張冰話鋒一轉，從李師師介紹他們相識說起，到後來的點點滴滴，在整個敘述過程中，張帥和倪思雨兩個人板著臉，一杯一杯喝酒。

張冰說到峰迴路轉處，忽然笑道：「前幾天我給在國外的爸爸媽媽打電話說起阿宇，他們都很開心我有男朋友了，尤其是他們知道阿宇經常幫我照顧爺爺以後，都說這麼好的男人現在不好找了，讓我代替他們向阿宇轉達他們的意思：如果沒有不方便的話，我們就利用這個假期把婚結了吧。」

說著，張冰像隻小貓一樣膩在項羽身上，撒嬌道：「阿宇，你沒有問題吧？」

我們都噁寒了一下，任誰也沒想到張冰請我們來，不但是陰謀而且是決戰，只見過男人向女人求婚的，還沒見過黃花大姑娘纏著人家辦事的，這才叫逆襲呢！

項羽木著臉，像尊坐佛一樣巍然不動，但誰都能看出他並不輕鬆，顯然在掙扎。

張冰站起身，重新端起酒杯道：「各位，今天就當是參加我們的訂婚宴了，來，乾杯。」

包子低聲說：「這女孩的家長除非腦袋讓狗咬了，要不連面也沒見過就放心把女兒給人？」

誰說我們家包子傻的？

驚魂未定的秦檜忽然意味深長地看了看張冰和倪思雨，這下我徹底明白了，張冰這是臨時演戲在刺激倪思雨。

倪思雨喝下第不知多少杯酒，忽然把酒杯往桌上一擺，站起身直勾勾望著項羽說：「大哥哥，我也喜歡你。」

她一擺酒杯我就嘆了口氣，自覺地走到她身後，好等她說完這句話接住她，誰知倪思雨今天居然不倒，只是執拗地看著項羽。

張冰冷冷看著倪思雨，一時成了僵局，大家都靜默無語，只有趙白臉悚然道：「有殺氣！」

項羽猛地一拍桌子，喝道：「夠了！」他毅然站起，對張冰說：「對不起，我追求你，只因為你長得像我以前的女人，但我今天發現你絕對不是她。」

項羽又轉向倪思雨，臉上表情變溫柔，說道：「我是個不祥的人，我以後不會再見你了。」說罷，項羽像了了多年的一樁心事似地輕輕嘆了口氣，轉身而走。

倪思雨身子歪了兩歪，潸然淚下，我趕緊扶住她，跟包子他們說：「我先送她回去，你們該散散了吧。」

我掏出二十塊錢揉成團丟給秦檜，讓他自己回去，最後看了看張帥，小夥子顯得喜憂參半，我本來想跟他說幾句話，發現他看我的眼神挺尷尬，大概是不知道該用什麼態度來對待我。

要說是我們這些人去打擾了張冰的生活，是我們先對不住她，但是張冰做事不夠磊落，一步一步走到今天，卻又怪不得別人。

張冰呆呆地站在當地，我扶著倪思雨出了門，只聽秦檜在裡面跟服務員說：「後面的菜不用上了，直接包了我帶走，快點，我等著你……」

等我把倪思雨扶到車上，忽然發現剛才還有些踉蹌的她現在眼睛出奇的亮，我知道她真的是喝多了，我小心翼翼地發動車，倪思雨忽然說：「小強，你知道我為什麼喜歡大哥哥嗎？」

「為什麼呀？」

倪思雨咯咯笑了起來，沉著卻又帶著醉意說：「你還記得嗎，他是第一個為我打架的人。」

我說：「嗯，這點挺難得，不像我，十四歲就記不清為了多少個女的打過架了。」

「還有……」倪思雨迷醉地說：「他從來不避諱我的殘疾，但我知道他是真正不嫌棄我的人，跟大哥哥在一起，我很輕鬆，很快樂。」

我說：「我和你三個師父也從沒看不起你。」

「那不一樣的，你們敢娶我嗎？」

我很真誠地說：「我倒是想，就怕你包子姐不願意，你想做第一個為我打架的女孩子嗎——你打不過你包子姐的。」

倪思雨被我逗得咯咯笑了起來，末了她很認真地說：「我總覺得大哥哥……他是個英雄。」說完這句話，就靠在椅子上睡著了。

我按大致方位把她拉到地方，叫醒她，看著她上樓，房間燈亮了這才往回走。這時我的電話響了，是一個陌生的號碼，我接起來說：「喂？」

一個似曾相識的聲音說：「蕭主任，有時間聊聊嗎？」

我疑惑地說：「你是……」

「我們就在你身後，你如果不方便的話，我們可以再找時間。」

我回頭一看，一輛灰僕僕的車停在離我不到五米的地方，見我回頭，它的車燈閃了一下。

我觀察了一下周圍，這裡是僻靜的樓群，月黑風高，不過聽對方聲音很耳熟，而且叫我「蕭主任」，這麼叫我的只有寥寥幾個官方人員，我正在考慮拿不拿我的包，那人又說：「如果不方便的話我們另約時間。」這句話打消了我的顧慮，我直接走了過去。

這是一輛能坐十二個人的商務車，當我走近它的時候，車門嘩啦一下開了，隨之車內燈大亮，一個穿得非常整齊的年輕人正笑笑地看著我，我上了車，關上門，看了看他，覺得這人很是眼熟，距離我上次見他應該超不過一個禮拜。

這年輕人很和善地跟我握了握手，問：「蕭主任還記得我嗎？」

我不好意思地說：「記得，就是忘了在哪見過了。」

他呵呵笑了起來：「蕭主任真是個有趣的人，我提醒你一下，武林大會，在主席辦公室……」

我一拍腦袋：「你是咱們武林大會的工作人員！」

我想起來了，那天還有比賽，主席把我叫到他的辦公室，只有他在場，後來我摔破了一個杯子，還是這小夥子掃起來的。

我納悶地說：「你在這幹嘛？」

他樂呵呵地說：「先祝賀你們育才取得了第一名的成績。」

不等我說話，他拿出一張紙來，說：「就是有個小問題請你解答一下。」

他指著那張紙上密密麻麻的字繼續說：「這是你們的參賽名單，上面有所有選手的資料和身分證號碼，因為偶然的機會，我們還得到了一些貴校學生的資料，問題就出在這兒，我們因為無聊隨便查了幾個，發現這些人好像並不存在啊。」

我的心開始往下沉，我就說麼，國家花這麼多錢哪能不聞不問，這事往小說是打假賽，往大說那是詐騙啊。好在事情目前還在可控制範圍之內，大會發給我的獎金我一分也沒動，擴建項目也只是在紙上談兵的階段。

真人面前不說假話，我看著他，很直接地說：「你們不是因為無聊才查的吧？」

「呵呵，是特意查的。」我發現這人臉皮比我厚多了，說這話一點也沒不自在。

他翻開第二頁紙說：「還有，蕭主任最近接觸的朋友，不管是在公共場合有過記錄還是沒有，我們也順便查詢了一下，發現除了你的女朋友項小姐和貴校的老師顏景生，其他人都沒有合法的公民身分，你能解釋一下嗎？」

這下我不高興了，你不過是武林大會的主辦單位，憑什麼查我朋友?! 大不了獎金還你，育才我不要了。

我仗著喝了點酒，斜眼瞪著他說：「你們管得著嗎，你以為你是社區治安警察啊？」

年輕人一點也不生氣，依舊樂呵呵地說：「我們跟社區治安警察工作性質差不多，就是管的地方稍微大點，也有叫我們國安局的——」

國安局！我覺得我喝的那點酒「滋」的一下順著我各個寒毛孔都冒了出來。

我對面的年輕人見了我的樣子，笑著說：「蕭主任不要緊張，你還拿我們當社區警察就行。」

我夾著腿說：「見了社區警察我也緊張——」

「呵呵，哦對了，你以後管我叫小C就行。」

聽聽，小C，這分明是行動裡的代號啊，不知道這次行動的整體代號是什麼，「獵梟」？「驚蛇」？……我忽然感到一陣恐怖，因為我又想到了一個：「鋤奸」！

小C衝我笑笑說：「你就把我們這次對話當成朋友間的閒聊，你能保證你所說的每一句話都是真的嗎？」

我心說這叫什麼屁話，跟朋友閒聊無非是打屁和吹牛，我從來就不說真話的。可我又不知道該怎麼回答他，萬一不順他意，他掏出根……

這時，前排一個熟悉而沉厚的聲音說話了：「小曹，你先出去，我跟蕭主任聊會。」

我嚇了一跳，沒想到前面還有人，小C答應了一聲，把手裡的資料放下，開門出去了。

坐在副駕駛座上那個人回過頭，衝我微微一笑，然後伸出手來：「正式介紹一下，國家安全局某處，李河。」

我尷尬地和他握了握手，說：「興會，興會。」

李河站起來，從前面車座擠到小C剛才坐的那個地方，換一副表情對我說：「好了，開場白說完了，咱們開始吧，你也不用每問必答，揀願意說的隨便說說，就當滿足一下我的好奇心。」

同樣是談話節目，跟李河做就輕鬆很多，小C雖然幹練，但李河就老到多了。

李河拿起那份名單：「先從咱們育才這幾位選手說起吧：張小二、呼延大嬸、公孫智深，不得不遺憾地說，幫著起假名這人是一點腦筋也不願意動啊。」

我也笑了。

李河笑道：「按照蕭主任的說法……」

我插口說：「叫我小強吧。」

「……呵呵，好，按照你的說法，這些人都是你從某偏僻的村落裡找到的，我們可以採信這種說法嗎？」

我腦袋急劇運轉，在想我能告訴他的底限是什麼。

我聳聳肩膀說：「我向你保證，他們絕對都是中國人，只不過他們來的那個地方確實不太好找。」

李河點點頭：「我看也是，我們一開始也懷疑過這些人是國外間諜——抱歉，出於職責，我們必須一切從最壞的出發點來想問題，但看了幾場比賽之後就徹底否定了這個假設，不說別的，就說你那三百學生吧，他們幾乎人人都掌握著一種古拳術，有的已經基本失傳，我們估算了一下，如果他們是間諜，起碼要從四歲起就學國術，還得在有一個精通這方面理論知識的教練的情況下，而參加比賽的那些人比他們有過之而無不及，這就說明，不管他們身分怎麼存疑，至少是中國人。」

我忙不迭地點頭：「很對，你說的很對。」

「所以問題又來了。」

我愕然：「什麼問題？」

李河說：「中國地大物博，我不否認直到現在還有很多奇人隱士，這次參加武林大會的紅日文武學校那幾位就算一個例子，但是這樣的人出現一兩個都算奇蹟了，你是怎麼一下找到那麼多的？」

「……這個……剛才的不是一個問題嗎？」

李河篤定地說：「是兩個。」

我只好隨口敷衍著：「我不是說了嗎，我這人喜歡四處雲遊。」

「那你能再帶我們到以前那些地方轉轉嗎？」

我連忙擺手：「你沒聽說過可遇不可求這句話嗎，《桃花源記》學過吧？有些地方你撞進去了那是巧合，下次再憑著記憶回去找，可能只能看見一間茅廁或一個豬圈。」

李河明顯感覺我的話不盡不實，他把玩著那份名單慢條斯理地說：

「我們國安局呢，當然沒有傳說中的那麼神，能說出你某年某日吃的什麼飯，我估計明朝那幫太監也不能，但是我們要調查一些資料還是很方便的，據我們所知，你長這麼大最遠就去過天津，還是小時候跟著父母陪爺爺找老中醫看雞眼去的。」

「那個……」

李河語重心長地說：「小強，不是我要逼你，真的是我很好奇。」

面對李河的再三追問我並沒有太慌張，那是因為前一個理由連我自己都不信也就沒指望別人信，我一直在找經得起推敲的藉口，我忽然靈機一動，假裝有點為難地說：「其實我有個遠方親戚叫劉老六……」

「劉老六？」

「是的，這些人都是他幫我找來的。」實話。

「這人是幹什麼的？」

「有人說他是風塵隱俠，有人說他是江湖騙子，後一種說法是打我這流傳出去的。」

李河輕輕撓了一下額角：「這個名字很耳熟。」

我說：「前段時間他被公安局通緝了，因為在地震期間造謠。」

李河笑了起來：「這人我有印象。」

「你們國安也在盯他？」

「哦，那倒不是，就是聽同事們說的，這人很有意思，是局裡的常客，每回他一進去，就圍一堆人找他算卦，有一回連公安局的局長都給吸引過去了。」

「他還有這段光榮史啊？」

「奇怪的是，每次真正想找他時卻又找不到他了，據說有一次，兩個公安明明見他進了一個小房子，追進去一看人卻沒了，像會穿牆術一樣。」

我說：「咱們幹警身上不是都帶手榴彈嗎？下回再有這樣的事直接往裡丟就行。」

李河笑了起來：「看來你不怎麼喜歡這個人。」

我嘆道：「要不是他，我怎麼會被你們國安局盯上？」

李河笑著擺擺手：「不用說的這麼嚴重，我們並沒有監視你的意思，只是想跟你合作。」

「合作？」

「是的，劉老六這個人我們先不說了，現在的情況是，育才裡集合了這麼多能人異士，國家願意把育才建設成一座特殊的學府，你的要求我們也滿足，以後送入這裡學習的學員，基本上不會超過十四歲，而且大多是家境貧困的孩子。」

我擦著汗問：「這麼說擴建育才的計畫沒有取消？」

「當然沒有，而且會給你配上最好的班底，明天進駐的施工隊是剛建完某空軍基地撤下來的，一個月之內，一所新育才將拔地而起。」

我目瞪口呆地說：「不覺得草率了點嗎？」

李河很正式地說：「咱們祖宗傳下來的許多好玩意兒失傳了，這在以前是無可奈何的事，但現在有了轉機，我們不能再眼睜睜地看著它們被湮沒，從這個角度上說，花多少錢都是應該的，這是國家的意志。從我個人而言，就非常願意學學怎麼騎在馬上跟人交手，可惜只怕沒時間。」

「這……」我終於知道問題出在哪兒了，除了不應該過多讓三百曝光，那天的馬上表演賽也將我們深深地出賣了。

李河把手裡的名單收起來，說：「除了劉老六我們會去查，還有兩個問題，或者說是兩個注意事項——第一，這些人聚在一起，請你儘量保證他們不要作奸犯科，前些日子我們調查到一件事情，本市的教育局長家中被盜，怪在門鎖完好，除了不見一把由你們育才贈送的刀，十幾萬現金安然無恙。」

我嘿嘿道：「那你們沒順便查查這筆巨額財產的來源？說不定還能揪出一個貪官來呢。」

李河乾脆地說：「這不歸我們管，希望類似的事件不要再發生。第二，從前天開始到今天下午四點，育才有三百名學生陸續離開本市前往全國各地，這件事情我們不得不重視。」

我忙解釋：「其實是兩百九十九個，他們也沒想去禍害誰，就是找個同村的長輩。」

李河說：「這個我們有分寸，我們更在意的是：一旦他們走了，那些古拳法就不好統一收集了。」

「……我可以讓他們把拳譜抄錄下來以後寄回學校。」

「嗯，好辦法。」李河做最後的總結：「好了小強，就這樣吧，對了，順便跟你說一聲，以後具體的事務會有別人跟你聯繫，育才有麻煩，你也可以直接找我。其實我們並不想打擾你，以後也不會介入你的私生活，你完全可以繼續拿著板磚打群架，我們絕不干涉你，當然，也不會由我們的人出面保護你。」說著，李河意味深長衝我笑了笑。

從李河的話裡我聽出兩個意思，第一，國家針對的只是育才，你那點破事少來煩我們；第二，你最好別出什麼壞事。

他們連我所使的兵器都知道，看來是對我知根達底了，想到知根達底，我摸出手機對著李河用了一個讀心術，不過很快我就開始害怕了：我這可是在對國家安全局的特工進行心理探密啊，絕對算得上竊取國家機密了。

我很詫異地發現在我的手機上居然出現了視頻一樣的畫面：一個大概剛上幼稚園的小男孩在熟睡，下面還配有字幕：小明應該睡了吧，趕緊結束工作回去看他。

我愣了一下才明白過來，原來我這讀心手機升級到不但有字幕顯示，還能把人腦子裡想的畫面讀出來，神厲害了！

我邊推車門邊說：「你早點下班回去吧，哪怕在兒子床邊坐坐也好。」

李河抬頭愣怔了一下，跟他平時的精幹大異其趣，好半天才說：「哦，謝謝……」他開門喊小C：「小曹，我們回去，你來開車。」

我站在車外疑惑地說：「小C，小曹——那李處長的代號就是小L了？」

李河和小C對視了一眼，都笑了起來，說：「小強要不也進我們國安局工作吧。」

我目送著他們走遠，迷迷瞪瞪回到車上。

剛要開車，我忽然想起什麼，先仔細把車後座檢查了一遍，好傢伙，跟特工剛打完交道哪能不防著，雖然他們代表的是國家，但我至少得知道攝影鏡頭安在哪兒吧？

我找了半天沒發現什麼，只好回到座位上，忽然發現，在副駕駛座底下赫然有一管口紅！

嘿，這就是你們的不對了，給我裝竊聽器我不反對，你也給我弄得像樣點呀，這要讓包子看見那還得了？我一氣之下抓起口紅遠遠扔出窗外。

嘿嘿，想不到初次交鋒，我就能讓國安的人都吃了啞巴虧，看來〇〇七這個代號才適合我，我邊開車邊美孜孜地唱著歌，這時電話響，明顯清醒很多的倪思雨問我：

「小強，你在車上有見到一管口紅嗎？那是我爸同學從法國特意帶回來送給我的！」

第二天我的節目很豐富，上午先得去學校跟那位學定向爆破的崔工商量擴建的事，中午約好了包子去看老張，也順便看看李白，最近事多，我把這詩仙扔這都快忘乾淨了。下午，有一件很重要的事，就是和包子一起去試婚紗，主要是去看李師師說的三萬那件。

我到了學校一看，我們育才已經被這幫蓋空軍基地的主兒拆得又成了龍門客棧了，機器、工人綿延數里，沸反盈天，這邊牆剛倒，那邊材料就源源不斷運來了。

崔工領著一大幫設計師在視察工作，見了我衝我招招手，指著我花了十幾萬建的游泳池問：「那蓄水池還要嗎？」

我不滿地說：「那是游泳池！」

崔工說：「那就更用不著了，以後每座主樓都有室內室外兩個游泳池——推了吧？」

我戀戀不捨地說：「那可是我用池塘改造的，花了不少工夫呢。」

崔工摸著下巴看了一會，乾脆地說：「那我再給你改回池塘，以後養觀賞魚吧。」

我：「……」

結果一上午我就幹了這麼一件事：把由池塘改成游泳池的游泳池再改回池塘。崔工說以後我就不用再來了，反正只剩建設項目了，不用再擔心他把我的什麼東西推了。

中午我們買了一堆水果去看老張，結果一見之後大吃一驚，只見這老頭精神矍鑠，樂呵呵地拎著飯盒從食堂打飯回來；照他這個精氣頭看，我要再不戒菸絕對活不過他。

進了病房再一看差點把我氣死，只見李白躺在老張的床上，蓋著老張的被子正在蒙頭大睡，不知道的人準以為是他要死了。

老張笑著指指李白說：「每天沒時沒晌的給我講詩，累的。」

後來老張把我們送到醫院門口，趁包子不注意時悄悄跟我說：「下回你把秦始皇李師師什麼的帶幾個來見我，老聽唐朝的事有點膩了，你知道我現在最需要的就是『話療』。」

第七章

天才神童

劉老六低頭看著孩子說：「這小子叫曹沖，曹操的小兒子，你的新客戶，我怕以後別的孩子欺負他，所以叫他管你叫爸爸。」

「曹沖，怎麼這麼耳熟呀？」

劉老六鄙夷地說：「你小學沒畢業吧，『曹沖讓梨』也沒學過？」

因為老張康復得不錯，包子心情格外愉悅，我們來到市中心繁華的地帶，她甚至久違地拉起我的手，像小女孩一樣蕩著，我也難得清閒，滿面帶笑地拉著她往婚紗專賣商場走，決定今天放下一切煩心事陪著她。

就在這時，一個孩子忽然從角落裡躥出來，一把抱住我的腿，仰著天真的小臉喊道：

「爸爸——」

動手了，終於動手了！找個孩子當著包子的面叫我爸爸，看來我這個對頭不但有錢，而且還很有品味，至少看過馬克•吐溫的書。可惜他有些失算了，這孩子看上去起碼有十多歲了，十年前，我才十七歲呢。

包子看了看這小孩的年紀也放了心，笑著問我：「你什麼時候有了這麼大一個兒子了？」

她蹲下身子，一邊逗弄小孩一邊掏零錢，大概是把這孩子當成要飯的了。

我把兩手叉到這小孩胳肢窩下，把他抱起來擺在離我兩步以外的地方，好好地看著他，只見這孩子瓜子臉蛋兒，皮膚白裡透紅，一雙大眼睛烏丟丟的十分可愛，可是我心裡一點也「萌」不起來，這麼小點孩子就會陰人了，長大以後那還得了?!

我嚴厲地問他：「你是受誰的唆使來的？」

包子給了我一巴掌：「你幹嘛對孩子這麼兇？」

她把手放在孩子的頭頂上摸著，忽然說：「咦，看這孩子的穿戴不像小要飯的。」包子笑咪咪地問：「小傢伙，你爸爸媽媽呢？」

我們看這孩子的同時，他也在觀察我們，黑溜溜的大眼睛裡閃爍著好奇和睿智，當他聽到包子說「爸爸」兩個字，又一把抱住了我的腿：「那個爺爺說以後你就是我爸爸。」

我只得又把他攞開，無奈地問：「誰跟你說我以後就是你爸爸？」

小傢伙回身一指，我順他手一看，對面的角落裡，一個猥瑣的老頭正蹲那朝我嘿嘿壞笑：劉老六！

我三門神暴跳，手下意識地摸到了包上，不過我可不捨得真拿這包砸他，今天陪包子出來看婚紗，這裡面裝的可都是錢。

我讓包子在原地等我，拉著小孩怒氣沖沖殺向劉老六，劉老六見我真怒了，急忙站起，警覺地防備著我，我把小孩牽到他腿前，罵道：「你個老混蛋終於肯死出來了？」

劉老六摸著小孩的頭笑嘻嘻地說：「我又沒抱著你媳婦跳井，幹嘛這麼恨我？」

我本來是想亮飛腳踹他的，可是無奈那孩子擋在他身前，我說：「誰的小孩，你先給人家還回去，你不是新開了拐帶人口的項目了吧？」

劉老六低頭看著孩子說：「這小子叫曹沖，曹操的小兒子，你的新客戶，我怕以後別的孩子欺負他，所以叫他管你叫爸爸。」

「曹沖，怎麼這麼耳熟呀？」

劉老六鄙夷地說：「你小學沒畢業吧，『曹沖讓梨』也沒學過？」

曹沖皺著小眉頭說：「那是孔融——」

我和劉老六目瞪口呆，相互看了一眼，不約而同地掏出菸來散給對方，乾笑道：「抽菸抽菸，呵呵……」

我抽著菸說：「最近八大天王的事你知道吧，怎麼說？」

劉老六面色凝重地說：「我也是才知道，『上邊』因為這事很不高興，我最近都忙著擦屁股善後呢。」

我納悶地說：「怎麼你們也有不知道的事？」

劉老六高深地說：「就算神界也並不是你想的那樣萬能的，我們也要按一定的法則發展，老李管這叫『道』，你們管這叫『規律』，我們要真能前後各知五百載，不早就算出生死簿要出事，那還有你嗎？這牽扯到一個哲學問題……」

「別扯淡，說正事，八大天王怎麼搞出來的？」

劉老六用腳磋著地說：「現在可以告訴你的是，八大天王確實是和梁山做過對的八大天王，但那些人卻又不是那些人。」

我越聽越糊塗：「什麼意思？」

「八大天王是王寅、鄧元覺他們八個，但他們現在的名字是王雙成、寶金，王雙成是一九七三年生的，職業是大貨車司機，寶金今年三十二歲，是神光機械廠的工人。」

我開始有點明白了，說：「真有投胎轉世這麼一說？」

「投胎轉世並不是什麼稀奇事，稀奇的是連《水滸》都沒怎麼讀過的王雙成和寶金忽然跳出來跟好漢們做對，而且功夫不弱——一句話說吧，他們這些人上輩子是誰已經不重要了，他們也都過上各自的日子，可前幾天的事情一出，就意味著他們拋棄了現在的身分，又變回王寅和鄧元覺了。」

我說：「怎麼弄的，人上輩子的記憶真的能留到投胎以後嗎？」

劉老六難得嚴肅地搖搖頭說：「絕對不可能，喝過孟婆湯後，上輩子的記憶十成裡起碼去了九成九。」

「那不是還有零點一的殘留嗎？」

「那屬於正常範圍。」劉老六忽然問我：「你有時候做夢有沒有夢到一些地方或某些場景好像似曾相識，醒來以後就恍然若失？」

我一拍巴掌：「有啊有啊，有段時間我老夢見一大堆光屁股妞當著我的面洗澡，醒來以後除了一柱擎天就是恍然若失。」

劉老六想了想說：「嗯，你上輩子不是董永，就是看守女澡堂的。」

曹沖忽然抬起小腦瓜問：「為什麼會一柱擎天？」

看來這小孩兒他確實比一般同齡人聰明，他不問什麼是，他問為什麼……

我和劉老六異口同聲：「等你長大就知道了！」

我問劉老六：「照你說的，人是不是有可能從夢裡回想起自己上輩子是幹什麼的？」

劉老六道：「跟你說了不可能的，有些人雖然特殊一些，但也絕對達不到這種程度。」

我問：「什麼人特殊一些？」

「名人，強人，被人們記住的人，他們死後一般會產生強烈的對生前的懷戀之情，我們管這種情緒叫強人念，強人念越強，對投胎的影響也就越大，再加上人們在這些人死後對他們的懷念產生的微妙波動，強人投胎後，多少跟普通人不一樣些，但也沒見過還完全記得自己以前是誰的例子。」

我急忙止住他的話頭，有些興奮地說：「不對！我就能感覺到自己上輩子準是趙雲！」

「你那是幻覺。」

「……有可能，你繼續說吧。」

劉老六瞪我一眼，繼續道：「強人念對投胎最大的影響，就是這人長大以後會有意無意保持前世某些脾氣特性或習慣。」

我又問：「會不會影響到相貌？」

劉老六點頭：「會，而且機率很大，我們甚至會故意把強人念轉化成對相貌的沿襲，因為可以秉承的東西裡，只有相貌對大環境的影響最小，歷史不需要兩個紂王，但隔個幾百幾千年以後，出現一個跟紂王長得一模一樣的人卻沒什麼關係。」

我不禁偷偷看了一眼包子，真不敢想像她上輩子長什麼樣……

我回到主題：「你說了那麼多不可能，對兩個工人變回八大天王的事怎麼解釋？」

劉老六恨恨道：「是有人在搞鬼！」

我詫異道：「誰呀，居然能跟你們天庭對著幹？」

劉老六道：「這人以前也是神仙，因為犯了天條被貶下界，也就是投了人胎，但我們誰也沒想到，這傢伙因為以前在冥界供過職，跟孟婆私交甚好，經常沒事就討幾碗孟婆湯喝，所以對這湯有了免疫力，下了人界以後，從他降生那一刻起他就沒忘記過自己是誰，而且無時不刻地準備著反攻倒算禍害天庭。」

我撇嘴道：「深仇大恨版天棚元帥，不過他既然已經被貶下去了，還有個屁能力反攻倒算啊，組織上對待叛徒可不能手軟啊。」

劉老六嘆道：「沒那麼簡單，神仙也沒你想的那麼光鮮，我們在下界使用法力都是頗多禁忌的，如果是神仙就能為所欲為的話，你以為這個世界還會這麼平靜嗎？」

我也跟著嘆道：「原來做神仙也沒什麼好啊，連人都不能欺負。」

「他因為熟悉孟婆湯的成分，所以已經研究出了解藥，而這種藥一但服下，人就會完全恢復對前世的記憶，所以王雙成就變成王寅，寶金又成了鄧元覺。」

「可是他這麼做有什麼用呢？」

「不知他怎麼知道了生死簿事件，所以特地大量研製出了這種藥，目的就是要有針對性的把你那裡搞亂，以達到顛倒乾坤的效果，那樣我們就都得遭天譴了。」

我憋不住撲哧一聲樂了出來，老聽遭天譴遭天譴，今兒見著真事了。

我問他：「那你們想到對策沒有？」

劉老六成竹在胸地呵呵一笑：「當然有了！」

「什麼辦法？」

「由你去對付他！」

我本來笑模笑樣地聽著，現在這副表情瞬間凝固在我的臉上……

「靠，你讓老子出頭去對付一個退役神仙？」

劉老六嘿嘿笑著：「你不也是預備役神仙嗎？」

我吼道：「放屁！預備役的新兵菜鳥能打得過退伍老兵嗎？」

「別怕，他已經沒有法力了。」

我剛才之所以輕鬆，是以為劉老六他們既然知道了問題所在，自然由他們出面擺平，沒想到他們出面是出面了，至於擺平還得我去。這使我想起了唐僧那句歌詞：背黑鍋我來，送死你去——

劉老六正色道：「你就負責拖他幾天，等我們把這人找出來就好辦了。」

我一把拽住他，厲聲道：「我第二個月工資呢，告訴你，別的老子不要，你給我弄副照妖鏡啥的，一看就知道某人上輩子是幹啥的，我不能睜眼瞎跟人幹吧？」

劉老六馬上陪笑道：「是是，這個問題我也想到了，也向上面申請了，我估計很快就能到貨。」

我無奈地放開他，揮手道：「你快滾吧，看見你就心煩，我也要走了。」

這回輪到劉老六拽我，衝身下指了指說：「帶上你的小客戶，以後他就是你兒子了。」

我差點把這事忘了，低頭一看，小曹沖正眨巴著大眼睛看我呢，我不由嘆道：「這麼點小孩，一年時間又幹不了什麼，你們就不能破例把他送回到他親爹那去嗎？」

劉老六說：「這小曹情況還有點特殊，他的壽命確然是弄錯了，但至於錯了多少年還不清楚，他那頁生死簿被弄糊了，現在我們的人正去冥界的終端機上查去了，來回大概得三個月時間。」

我說：「三個月而已嘛，你們就先把他送回去讓他好好活著，三個月以後查出來再說。」

劉老六很突兀地退後了兩步說：「那個……天上一天，地下一年，你要知道，曹操其實是最看好這個小兒子的，如果我們把他送回去，中國歷史十有八九得重寫。」

……我知道劉老六為什麼要後退那兩步了，他怕我揍他，就算打不過他，我也有著強烈吐他一身的衝動！

三個月，那還查個鬼啊，這至少說明曹沖還有九十多年好活，加上他今年的十歲，再添上查出來以後的資料……

最後，我只好領著我兒子——隱藏版大魏皇帝，準百歲老壽星曹沖小同學，向孩子他媽包子走去。

現在，我領著一個十歲的小孩，對面是我的未來老婆，這個小孩管我叫爸爸，對面的女人前一刻還以為他是一個小要飯的……

我拉著曹沖的小手來到包子面前，她左右看看，問我：「這孩子的父母呢？」

「快叫媽媽。」我以攻為守地利用了曹沖這個小帥哥。

「媽媽——」曹沖奶聲奶氣地叫了一聲。

「哎喲。」包子顯然是被萌到了，急忙蹲下身子把小曹沖環在胳膊裡，據說女人有一種天性叫母性，一旦激發，後患無窮。

包子問我：「怎麼回事？」

「……他父母是我老家的，遭災了……我在這孩子沒出生以前就認了他乾爹……不不，是他認了我乾爹，現在只能投靠我來了。」

包子疑惑地說：「你老家到底是哪兒，你這都快成了八方有難一方支援了。」

我小聲說：「我爸當年過過一段顛沛流離的生活……」

包子又問：「這孩子家裡遭什麼災了？」

這個我倒是想好了，聽劉老六說曹沖夭折那年，正好是赤壁之戰，我馬上說：「火災，他爸在北方本來家大業大，結果一把火燒沒了，就帶著幾個夥計逃了出來，現在準備東山再起呢。」

包子痛惜地問曹沖：「你叫什麼名字呀？」

曹沖眨巴著大眼睛看看我，滿是問詢的意思，看來他對目前的境況很明白，知道不能亂說話，這小傢伙太聰明了。

我想起曹沖好像是秤過象，隨口說：「他叫曹小象。」

包子親暱地拍拍曹沖的臉蛋：「你的名字怎麼這麼好玩啊，走，我給你買個冰淇淋吃。」

曹沖雖然不知道冰淇淋是個什麼東西，還是很有禮貌地說：「謝謝媽媽。」

包子臉紅撲撲的，有點不自然地跟我說：「還是第一次有人叫我媽媽呢。」

我見這事眼看就要遮過去了，得意忘形地說：「放心吧，孩子他爸會每月寄生活費過來的。」

包子小聲問我：「給多少啊？」

這不能怪包子貪心，她又不是聖人，而且她對我們現在的財務狀況也不瞭解，如果僅憑我們現在的工資要養活一個小孩，那是非常吃力的。

我隨口說：「八百吧。」

包子馬上說：「這麼小點孩子哪能用得了那麼多，你讓他少寄點吧，他剛遭了災也不容易。」

我擺手說：「沒事，瘦死的曹操比小強大，這點錢對他不算什麼，大不了攢著給小象上大學用。」

說到這，我也犯嘀咕了，給曹操的兒子當乾爹，那以後我們老哥倆見了怎麼論呢？他給關羽都又送馬又送金，還送了一幫群魔亂舞的美女，他兒子的生活費該怎麼跟我算呢？

包子給曹沖買了一筒冰淇淋，我們一家三口繼續逛大街，要是平時，包子絕對會給自己也買一個，可現在是當了媽的人了，就不能再像小女孩一樣了，她甚至還怒斥兩個圍上來兜售盜版光碟的販子，要是平時她準問人家：有最新的嗎？

曹沖把一隻手給包子拉著，另一隻手端著冰淇淋小口小口舔著，一邊打量著這個奇怪的世界，我不知道他能理解多少，也不知道劉老六是怎麼跟他說的。

曹沖跟秦始皇他們不一樣，他們一年以後就滾蛋了，所以他們現在愛幹什麼就幹什麼，我才懶得理他們，可曹沖還小，還有九十年的壽命，我不能讓他稀里糊塗地活著，不過我認為這對這個小神童來說沒什麼難處，八歲就能想出妙用刻度來秤象的孩子，智力應該在一八〇左右。

我低頭問他：「過幾天我送你上學去，願意嗎？」末了又補充道：「就是和一大幫你這麼大的孩子聽先生講課。」

曹沖含著冰淇淋看著遠處兒童樂園裡升起來的摩天輪說：「都講什麼呀？」

我說：「什麼都講，除了有用的就是沒用的，你得先學會九九乘法表，這樣打醬油不至於被人騙，『能打醬油了』是一個小孩子成熟的表現。」

「我會啊，一一如一，二二如四。」曹沖邊看摩天輪邊背。

包子笑道：「要不咱們領著他去遊樂園玩吧，改天再看婚紗。」

我說：「那不行，不能把孩子慣壞了。」我低頭跟曹沖說：「等上了學，你考試得了第一，爸爸再帶你到那兒玩。」我直起身跟包子解釋，「當初我爸就是這麼教育我的。」

「那後來你得第一沒？」

我陰著臉說：「別問！」

包子哈哈笑道：「我想起來了，某人跟我說過從小到大就沒去過遊樂園，原來是有原因的呀。」

小傢伙大概聽出來我們要為他改變計畫，說：「你們忙正事吧，別管我。」

我和包子面面相覷，同時感到了壓力：這麼懂事的孩子落我們手裡，真可惜了。

後來還是我建議加快速度看婚紗，然後帶小曹沖去遊樂園。

你知道婚紗這種東西，只能看個大概，因為你不能每件都試，只能決定了你要什麼樣的款式然後再試或者改。

婚紗一條街裡的樣式實在乏善可稱，十幾家店，擺來擺去就是那幾套，價格都一樣，簡直就像是連鎖店一樣，我找來找去才發現李師師說的那家店，這是一間名品店，既出售成衣，也接受私人訂單，店裡擺的幾套婚紗確實與眾不同，但那是不租的。

我們進來之後，我就拉著曹沖坐下歇腳，男人，不管年紀多大，在逛街方面永遠不能和女人比。

包子流連在那幾套婚紗間，看得出她也只是參考參考樣式罷了，擺在最外面的那套標價兩萬六，她是想都不會想的。

當她走到那幾件婚紗中的時候，忽然用激動甚至有些顫抖的聲音喊了起來：「強子，你看這套！」

我走過去一看也不禁呆了一下，乍看上去，它平平無奇，露口、收腰、裙擺，都跟普通的婚紗好像沒什麼兩樣，但設計師就在這三個地方進行了微妙的改動，使它看上去更具一體性，除了裙擺的側後方有一些蕾絲花紋，它真簡約的可以，就是這種簡約使它看上去像是天際傾瀉下來的一道光芒。

我看看了號碼和標價，正是李師師說的那件，看來那句話還真是說對了，真正的藝術是不分時代的。

我毫不猶豫地把它托起來，跟包子說：「試試去。」

包子先是彆扭地看了一眼店員，然後拍了我一把輕輕說：「你沒毛病吧，我們哪有錢買這東西，大不了去別的地方選一件差不多樣式的。」

我固執地說：「去試試又不會死。」說著半拉半拽把她弄進了試衣間，另一個店員進去幫忙。

等包子再出來的時候，我不禁屏住了呼吸，我從沒想過包子也有這麼美的時候，她的臉上帶著羞澀，身上一襲高貴，把包子完美的身材襯托得極盡完美。不光是我，店裡所有人都為之一愣。

曹沖也晃蕩著小腿說：「媽媽真美。」

包子羞得哧溜一下鑽回了試衣間。

我很快地從包裡掏出三疊錢來放在櫃檯上：「開票吧，婚紗我要了。」

店員大概還是第一次見我這麼痛快的人，忙不迭地開好了票，我跟她說：「我有個小小的要求，一會兒那位小姐出來，你就跟她說你們老板是王遠楠的朋友，這套婚紗是他送給我們的。」

店員一愣，馬上說：「好的沒問題。」

包子出來以後，得知這套婚紗是「送」給她的時候，樂得撲到我的懷裡把我揍得直踉蹌，婚紗我們暫時還不能帶走，因為擺在外面有一段時間了，店方會做特殊的清潔處理，然後直接送到家裡。

出了店，包子有點難為情地跟曹沖說：「你以後還是叫我姐姐吧。」

我說：「靠，那不是亂輩了嗎？」我可不能容忍叫過我爸爸的人再叫我強哥。

曹沖睜著無邪的大眼睛問我：「爸爸，為什麼你說每一句話前都愛帶一個『靠』字呢，是什麼意思呀？」

我只好說：「就跟你們那會兒的感嘆詞一樣，你不要學啊。」

曹沖迷茫地點點頭。

然後我們按原計劃去遊樂園，玩了碰碰船、摩天輪……包子和曹沖的尖笑聲不斷。

我發現小傢伙即使在玩的時候也在不停地觀察著這個世界，等我們出了樂園，他已經學會不少東西了。包子問他：「好玩嗎？」

曹沖說：「靠，太好玩了！」

包子氣得一腳踹在我屁股上，叫道：「都是你，你他媽以後再敢在孩子面前說那些亂七八糟的話，老娘掐死你！」

……

我們回到家以後，李師師一見曹沖就驚道：「呀，這是誰家孩子，好可愛。」說著把他抱在懷裡又親又啃，把我嫉妒得要死。

等包子下樓買菜的工夫，我趕緊把五人組召集起來，告訴他們這孩子真名叫曹沖，他們之中卻有只有李師師知道，她問我：「稱大象那個小孩？」

曹沖稍微有點不滿地說：「姐姐，我不是光會稱大象的。」

我們都哈哈笑了起來。

我告訴曹沖，這些叔叔阿姨都跟他一樣是從別的地方來這裡的，以後有什麼問題儘管問這些人，又囑咐項羽，以後走路留神腳下，別把我兒子他小侄子踩死踩傷。

曹沖顯然是攢了一路的問題等著回來問，他看見二傻正在聽收音機，於是就近問：「叔叔，你拿的那個小盒子為什麼會發出聲音呀？」

二傻胸有成竹地呵呵一笑，想也不用想就說：「因為這裡有小……」我一把捂住他的嘴把他拖進裡屋，一邊鄭重跟曹沖說：「以後少跟這個叔叔在一起，他說什麼也不要信，聽見沒？」

對於劉邦，我都不知道該不該介紹太多曹沖的情況，畢竟曹沖他爹把劉邦建立的大漢朝禍害得最後滅亡了，好在劉邦不是個好奇心很強的人，他除了知道自己把胖子的江山禍害了以外，並不關心自己的江山後來被誰推翻的。

不得不說我還是把曹沖當成了一般的小孩，一般的九歲小孩知道誰是秦始皇誰是項羽嗎？可我沒想到曹沖是個通古博今的小孩，這也難怪，不管曹操是奸雄還是梟雄，他對孩子的家教是很嚴的，曹沖熟知歷史並不稀奇。

曹沖抬起頭仰望著項羽說：「霸王叔叔，我父與眾謀士經常說起你呢。」

項羽不禁笑道：「哦，他們怎麼說？」

曹沖從李師師懷裡跳到地上，說：「他們說你這個人，一輩子只打過一場成名仗，那就是在漳河邊上破釜沉舟，但其實來講這乃是兵家大忌，不經計算一味胡打，如果當初你失敗了，那就是全軍覆沒的結局，連以圖後計的資本也沒有了。」

我們見他這麼大點小孩兒叉著腰侃侃而談，都大笑起來。

項羽失笑道：「你父親說的很對。」

曹沖轉過小臉又對劉邦說：「至於劉邦叔叔……」

劉邦哈哈一笑：「喲，還說我了？」

「我父親說劉邦叔叔善有知人之明，在逆勢之下能無所不用其極，乃是為君者的典範。」

劉邦滿頭黑線，嘀咕道：「這是誇我呢還是罵我呢？」

曹沖最後總結道：「我父親說，當年項叔叔如果只是一支軍隊的首領，破釜沉舟之舉還當得起驍勇二字，但你既然胸藏天下，那這麼做就是蠻幹了；所以，為將者，當學項羽，為君者，當學劉邦。」

項羽和劉邦相互看了一眼，都暗自點頭。

秦始皇聽他一通劉邦項羽的說早繞暈了，拉著劉邦問：「你們當年咋回絲（事）麼，跟誰打仗捏？」

我們急忙一起把話題岔開。

項羽和劉邦現在對曹操這個人很感興趣，一起問：「你父親還說什麼了？」

曹沖爬到椅子上坐下說：「他說的可多啦，可是我大多都不同意。」

我們都是一陣暈眩，齊聲問：「他跟你說什麼了？」

「他說天下有才之士多矣，為我用者，厚祿留之；不為我用者，殺之。」

我問：「啥意思呀？」

李師師道：「意思就是肯幫你的都是朋友，不肯幫你的，就要想辦法弄死，也不能讓他給別人幫忙去。」

這時包子蹬蹬蹬邊上樓邊說：「這老曹是怎麼教育孩子的呀？」顯然她是聽了個零星大概。

曹沖笑咪咪地說：「所以我不同意他說的，肯幫我們的固然是我們的朋友，可不肯幫我們的，我們也要弄明白他為什麼不肯幫我們；如果人家說的對，也起到了警示我們的作用呀。」

項羽低聲嘆道：「這孩子仁慈睿智，這才是王道之君的風範啊。」然後他就和劉邦還有贏胖子一起慚愧了半天。

我小聲問李師師：「曹操有個這麼好的兒子，為什麼還要感嘆『生子當如孫仲謀』呢？」

李師師抿嘴笑道：「現在看來這多半不是句好話。」

我點頭深表同意。本來我就一直挺納悶為什麼曹操會突然冒出這麼一句莫名其妙的話來，現在想，他跟孫權打了老半天仗，一點便宜也沒占到，氣急了，於是罵孫權：你是我兒子！

我讓李師師帶著小曹沖各屋看看，熟悉一下各種設施，可能是天性使然吧，小傢伙一下迷上遊戲機了，我板著臉跟他說：「以後每天最多只許玩半個小時，知道沒？」

雖然隔著一千多年，但我就當老曹把兒子託付給我了，我可得盡職盡責，不能讓孩子荒廢了，我決定等小象能認識字以後，就給他看《卡內基》《現代厚黑學》什麼的，有了老曹那一套理論做基調，再加上小象的智慧，廿二歲以前進富比士排行還不跟玩似的。

吃飯的時候，我把給小象找學校的事正式提上了日程，包子說：「小象的戶口問題怎麼解決？」

一句話把我問愣了，現在沒戶口不但上不了學，還有以後怎麼辦？做一個假的顯然是不行的，他還有很長的路要走。

項羽說：「去什麼學校呀，馬上步下的功夫，俯瞰天下的氣概，哪一樣能從學校學得到？——尤其是現在的學校。」

李師師笑道：「那項大哥就把小象收了弟子吧。」

項羽道：「可以。」

我急忙說：「表妹，你還得把文化課抓起來。」光跟項羽學，十幾歲就殺人這受不了，等曹沖到了叛逆期，還不把跟他搶對象的男生都滅了？

劉邦在一旁說：「等閒了就跟我和天鳳出去做做小買賣，見識一下民間疾苦，對以後也有好處。」

荊軻用筷子插著碗裡的飯說：「我的功夫不行，等我找個人教你劍法。」

我知道他說的是趙白臉，趙白臉的身手我也見識過，教給孩子確實有用，因為我們家小象可是朝著世界首富的目標去的，以後說不定遭人綁架什麼的。

現在五大高手裡有四個已經答應把自己的本事傾囊相授了，我們一起看著秦始皇，等他表態，秦始皇用胖手摸了摸曹沖的腦袋，笑呵呵地說：「等會餓（我）把調三十個人滴辦法教給你起。」

小曹沖開心道：「好啊好啊。」

我們：「……」

吃完飯，我接了一個電話，聽聲音那人大概四十開外，他聲稱是李河的朋友，希望跟我見個面，就在我家樓下。

我知道其實是國安局有事找我，我夾著抽了半根的菸走到樓下，一看對面停著輛老氣的車，走過去打開車門往裡面看了一眼，駕駛座上坐著一個發福的中年人，頭髮略現禿頂，滿臉和氣，像是某縣城的稅務局局長。

中年人笑笑說：「強子，還認識我嗎？」

「啊？」聽他這意思我們像是很熟一樣，可我確實是第一次見他。

中年人示意我進來坐，他說：「我來提醒你一下，前段時間，你拎著一個寫著『梁山好漢』的牌子去火車站接人，我就在你旁邊站著，然後我們還聊了幾句……」

這下我想起來了。我喊了出來：「靠，你們國安局都是這麼神出鬼沒的嗎，從那會兒就開始盯我了？」

中年人急忙擺手：「沒有沒有，我那次是真的去接我老婆偶然才遇上你的，後來武林大會期間，上面派來個任務，讓我準備接手擴建一所學校，我一看檔案，嘿，熟人啊，不光是你，還有你們那個『梁山俱樂部』不少人都在。最讓我驚奇的是，他們不光人像，連功夫也像，就說那個雙槍將董平吧，經過我們目測判斷，他的左右拳居然也比一般選手平衡。」

我正不知道該說什麼好時，中年人朝我伸出手很隆重地說：「我姓費，最早一直是處理國際關係的，因為老說『thank you』，所以得了個綽號叫費三口，你以後叫我老費就行。還有，你們的俱樂部真是給了我們一個驚喜。」

我茫然地跟他握了握手，說：「找我什麼事？」

「是這樣，擴建育才的具體事宜以後就由我跟你聯繫了。」

我還是很懵懂地問：「你到底是什麼身分？」

費三口呵呵一笑說：「我現在的公開身分是某單位的會計師，也負責一些上面派下來的分支任務，你知道，『國家安全』其實包括『安全』和『利益』兩個方面，我主要處理後者，所以跟我打交道，你完全不必要有壓力，說句白話，我就是往你手裡塞錢的，哈哈。」

費三口跟我說，以後育才的撥款和後期建設都歸他管了，但他的身分還是國安局的，反正按我的理解就是：李河他們去對付間諜特工什麼的，是對外；而費三口負責國內利弊相權的一些敏感問題。

本來嘛，誰見過辦學校還要經過安全局的？可見國家對我們並不放心，一則這些高手其實比國寶還珍貴，不能讓他們被敵對分子挖走、利用；二則還要防止有居心叵測的人混進來搞破壞，費三口會在招生問題上加意留心。

我問老費：「那你今天特意來找我是什麼事？」

老費說：「是這樣，在學校沒有徹底建成以前，我們想先搞一批實驗生，就在育才的校園裡搭起一部分簡易教室，招些學生看看效果如何，為以後的教育理論總結總結經驗，現在徵求一下你的意見。」

我說：「好事啊。」

「嗯，讓咱們梁山俱樂部那些位做好準備，我明天就開始著手第一批學生的事。」

我忽然想起了爻村的那些孩子，急忙說：「學生現成的，以前育才小學的孩子行嗎？他們離家近，暫時不用解決食宿問題，而且是育才的土著，名正言順。」

費三口笑道：「你這麼做是為了張校長吧？不過你這個建議確實不錯，據我所知，現在那些孩子大部分都在失學中，好往一起召集嗎？」

我說：「我試試吧，這畢竟是好事，他們的家長那兒也應該沒問題。」

費三口見我們的事情告一段落了，像忽然想起了什麼似的，往後面探身去取東西，一邊說：「對了，順便想請你幫個小忙。」說著話，他從後面端出來一個報紙包，打開一看，是個髒不拉嘰且滿身銅綠的三腳鍋似的東西，我正不知道菸灰往哪磕呢，就邊把菸支上去邊說：「這麼大的菸灰缸，打算往辦公室擺？」

費三口一把把鍋抱在懷裡躲開我的手，緊張地說：「這可是國寶，秦王鼎！」

我說：「什麼玩意兒？」

費三口把那東西放在腿上說：「其實也和菸灰缸差不多，當初是香灰爐，據專家們鑑定，這東西還在秦始皇的王案上擺過。」

我忙坐開點，說：「那你離我遠遠的吧，這要蹭掉點鏽，都得賠個萬兒八千的吧？」

老費說：「但是我們不確定它的真假，知道你做當鋪這行眼睛毒，所以請你給看看。」

我隨口說：「我懂個屁呀，你要想看，我給你找我們郝老闆或者顧問老潘。」

老費道：「人可靠嗎？」

我愕然，但馬上從他手裡接過所謂的秦王鼎，一邊開車門一邊說：「等我一下，我親自幫你看。」

一開始我真是錯誤地理解了「順便」，我早就該想到這只是一種委婉的說法，國安局辦事不會像鄰家二哥一樣，本來是還自行車來的，臨時想起自家吃餃子順便再借點醋。老費——也就是國安局找我看東西，應該是掌握了很多我最近的貓膩，諸如跟古爺的幾次合作，所以他們認為我是真正目光如炬的那種古董商。

我抱著三腳鍋上了樓，喊道：「嬴哥，來幫我看看這個家什。」胖子聞聲從房間裡出來：「撒（啥）東西？」

我把三腳鍋端在他面前說：「你看看這是不是當年擺你桌子上那個？」

秦始皇眼睛一亮，顯然是因為見到了自己熟悉的東西覺得特親切，他端起來上下打量著，邊看邊喃喃說：「好像不是餓（我）當年歪（那）一個麼。」

我說：「這麼多年都鏽了，你好好看是不是？」

嬴胖子忽然把這鼎攬在小腹前，做了一個很奇怪的動作：他使勁用一根手指搓鼎下面一隻腳和鼎身內側的銜接處，摸了一會，斷然說：「假滴！」

我詫異道：「怎麼了？」

這時荊軻走過來一伸手：「給我看看。」

他拿過鼎以後，倒扣在桌子上，同樣仔細地觀察著秦始皇搓的那片地方，並且自己也用手摳了幾下，然後也很決斷地說：「假的！」

我忍不住也摸了摸那個地方，沒什麼特別，除了青銅顆粒那種生澀感以外還是很平滑的，我問他們兩個：「你們怎麼看出來的？」

秦始皇看看荊軻，示意由他來告訴我，二傻流露出了少有的睿智眼神，回憶了一會兒往事這才說：「當年，在大殿之上，我這麼一刺……」說著，他做了一個舉劍直擊的動作，「他這麼一擋。」然後他搬著那鼎，做了一個抵擋的動作，「那一劍就在這個鼎的雷形紋下面這只足上刺了一條印子。」

我汗，原來這鼎不但在秦始皇的桌子上擺過，而且是經歷了荊軻刺秦的那一隻，那時候的鼎不會大量生產，每個樣式絕對只此一個，所以兩個當事人很快就判別出了真假。

他們倆圍著這個鼎看了一會，並由此回憶起很多往事和細節，最後甚至由二傻用扇子代替，現場給我表演了一下荊軻刺秦現代版。

……

我又點了根菸，抱著「秦王鼎」回到車上，把它往腳下一扔，順手就把菸灰磕了進去，說：「以後磕菸灰吧，假的。」

費三口笑呵呵地，好像一點也不意外，我說：「你是不是早就知道這是個假貨，要不你再是國安局的，敢拉著這寶貝滿世界跑，還那麼放心交給我？」

「以前只是懷疑，現在可以確定了。」

我說：「不過這東西做得真像，他們……呃，我是用了很特殊的辦法才鑑定出來的。」

費三口道：「不得不說對方下足了工夫，不但外面的塗層是高科技仿做的，連裡面芯的質地和重量都和真的一模一樣。」

我問：「怎麼回事，真的那件呢？」

老費微微嘆了口氣，緩緩講述：「這件秦王鼎的真品和二十多件金縷玉衣作為國家的一級文物，曾在我方人員的保護下在F國國家級歷史博物館公開展覽了一周的時間，這期間我們的人恪盡職守沒有出問題，這些文物安全踏上中國領土那一刻，專家還進行過檢查，也沒有問題，可就在這時，F國又提出一個小小的要求，他們希望這些文物能延期一天歸還，好在他們的大使館裡展出，我方同意了，結果因為在我們的領土上，去接收的人還是大意了，這些寶物在入庫的時候，才終於有人發現這件秦王鼎出了問題——它已經被換成一件高精仿的贗品！」

F國經常出現在國際新聞裡，是歐洲某個還算有影響力的國家。我拍腿叫道：「找他們去呀，就這麼算啦？」

費三口苦笑道：「過後不認，人與人之間是這樣，國與國之間同樣如此，誰讓你當時沒發現的？人家只要咬定這個你就沒辦法，甚至還會潑咱們一身髒水，從這個贗品的製作工藝上來看，這件事肯定是有國家在做幕後支持，而且蓄謀已久。」

我一拳砸在擋風玻璃上罵：「這群狼心狗肺的東西，當年混在八國聯軍裡搶，現在變著花樣偷！」我問：「咱們的軍隊呢，衝進大使館搶回來唄。」

「那樣會引起國際糾紛的。派部隊突擊一個國家的大使館，那跟發動侵略戰爭是一樣的。」費三口搖頭。

我說：「那怎麼辦？」

「我們會想辦法的，最近他們使館裡經常有人借工作之名來往於國內各地之間，我們懷疑一方面是想擾亂我方視線，另一方面是要趁亂帶贓物回國，其中有兩個已經到達了本市。」

我隨口問：「那秦王鼎能賣多少錢？」

費三口鄭重地說：「秦王鼎是我們的國寶，是中華五千年文明的見證，只要我們的政府存在，就絕不會以任何形式買賣、轉讓它，更不能讓它落到外國人手上，違背這一原則的，他將成為歷史罪人，將受到十三億人的唾罵！」

說到最後，溫和派的老費是聲色俱厲，我不由得打了個寒噤，因為我想到經我手上流失的國寶那可都是重量級的，這要讓國家知道……

我忙對老費說：「往回偷的時候有用得著我的地方就說一聲。」我覺得我有必要幹件將功補過的事。

老費納悶道：「你怎麼一下就想到偷了呢？」

我理直氣壯地說：「不是你說不能用搶的嗎？」

費三口呵呵笑了起來：「真不愧是梁山俱樂部的發起人，你的想法很直接呀。」

我說：「對了，那些人都是山溝裡出來的，身分和戶口問題……」

「那個我們會辦的。」

我現在在本市R大學的校園裡，今天一早我就聯絡了顏景生，說我有事找他，我想了一晚上，召集孩子們的事，他是目前最好的人選，但我並沒有明確告訴他我的目的，我不知道該怎麼說，也不知道他是願意繼續留在學校裡把書念完，還是繼續當他的孩子王，怎麼看好像都是前者更有吸引力。

現在想想我虧負最多的人就是這個書生了，當初不管三七二十一把三百塞給他，剛有了感情，我又連句解釋也沒有，直接給了他幾個錢讓他回來上學，現在用得著人家了，又來厚著臉皮要他繼續回去帶野孩子，好像根本沒把人家當人。

我們約好在校門口左側的長凳上見面，我到的時候他已經在那了。

顏景生看上去過得不錯，衣服換上最新的款式，眼鏡也升級成樹脂的了，胳膊上夾著一厚摞書，看來他不但生活品質提高，學習也很充實。

只不過當我走近他時，才發現他有一絲落寞，我貼著他坐下來的時候，他茫然地抬頭往這邊看了一眼，還是那副呆氣十足的樣子，這讓我感覺他很親切，好像一直是我身邊最好的朋友，我甚至想抱抱他。

「蕭主任？」

「顏老師。」

「呵呵，我現在不是老師，也是學生了。」

「那你願意不願意繼續回去當你的老師呢？」

當我把情況說清楚以後，顏景生跳了起來：「靠，你怎麼不早說？」他使勁在我後背上拍了一把，把我嚇得以為他要揍我呢，我還從來沒見過他這個樣子。

他站起來在我面前亢奮地走來走去，不時地停下來看我幾眼，我不知道他是什麼毛病，也不知道他這個樣子是表示答應了還是不答應，等一個年紀明顯比我們小得多的學生經過我們時，顏景生一把拉住人家說：「把我的東西都帶回宿舍去，麻煩你幫我把行李收拾一下，我很快就回來取。」說著，他把一堆書都拍進人家的懷裡，原來那學生是他現在的室友。

他的室友驚恐地看了我們一眼，問他：「你幹嘛去？」

「我不念了，退學！」

然後顏景生向我打了個響指，很乾脆地說：「蕭主任，走。」

顏景生原來一直惦念著那些孩子們，這點我很感動，可是我怎麼覺得他跟「大話西遊」裡那個唐僧越來越像了呢……

我把車直接開進爻村的田裡，顏景生說他有辦法在最短的時間內把孩子們召集起來，我們在一個車子無法前進的地方下來，顏景生衝一個正在捲草的半大孩子喊：「王五花，去通知以前咱們學校所有人來報到——記住，是咱們學校，不是你們班。」

王五花抬起黏滿稻草的腦袋，有點發傻地看著顏景生，似乎是難以置信。

顏景生催促道：「快去，下午上課。」

王五花撂下叉子撒腿就跑，顏景生在後面命令道：「跑快點！」王五花立刻像脫了韁的瘋狗一樣消失在地頭。

顏景生爽朗地笑了起來。現在我才發現顏景生有著另外的一面，我依稀看到了年輕時的張校長。我一直都不怎麼喜歡顏景生，現在也是，但是有些人就是這樣，你可以不喜歡他，但又由不得不尊敬他。

第八章

狸貓換太子

我目瞪口呆道：「你是說……狸貓換太子？」

我明白了：曹沖的意思是既然帶著裝有感應器的箱子出不來，那就索性放棄它原來的用處，現在帶一隻普通的保險櫃——只要隨便偽裝一下就行，兩隻箱子互換連一秒的時間也用不了！

我們回到舊校區，又看到了一旦出現在工地就王霸氣十足的崔工，他身邊有一個底氣比他還足的傢伙：李雲。

這麼大的工事當然少不了李雲，其實人家崔工根本就不歡迎他，人家藍圖都畫好了，李雲非逼著崔工改，這要加一個橋，那要添一個假山什麼的，兩人吵了半天，李雲撼動不了崔工心中的美好構想，崔工也甩不掉李雲這個尾巴，最後只好雙方都做出妥協，那就是按李雲的意思在西門和北門各建一個甕城……

下午三點多，正是平時上課的時間，在育才的老教學樓前聚集了一堆一堆的孩子，他們分批到來，有的還帶著幹活的農具，顯然是半路殺過來的，所有的孩子都興高采烈地趕來，見了顏景生之後又跳又鬧，問這問那，當他們得到確切的消息明天正式恢復上課以後，集體歡呼了三分鐘。

在這個過程中，還不斷有孩子陸續趕來，他們都是遠處村子聽到王五花報信以後趕來的。

又一個小時之後，前育才小學的全體學生基本到齊。遠遠的，一高一矮兩個身影發足狂奔而來，好像是在比腳力。

那個矮的是一個孩子，他邊跑邊好奇地打量著身邊的高個子，說：「大叔，你跑得好快呀。」那高個子也低頭看看他，笑道：「你也不慢呀。」

兩個人片刻間就來到了我們跟前，那個孩子正是王五花，而那個大人卻是戴宗。

戴宗摸了摸王五花的頭頂，走過來在我耳邊說：「這徒弟我要了。」

這時又一個小孩趕了群羊來，群羊不斷有跑出隊啃草的，這孩子隨後撿塊石頭扔出來，正好打在亂跑的羊的角上，使隊伍保持整齊。

隨著王五花的歸隊，前育才小學，現育才文武學校第一批學生全體集合完畢，顏景生激動地說了幾句話，然後清點了一遍人數。

這些孩子加起來不多不少，正好三百個。

隨著好漢們一批批回來，這三百個小孩引起了他們極大的興趣，李逵不由分說挑走了兩個個子最大的，張清把放羊娃收入帳下，湯隆就近收了兩個鐵匠的孩子。蕭讓也沒閒著，幾個特別愛靜，字寫得很好的小男孩被他羅為羽翼，阮家兄弟領走了一幫喜歡玩水的孩子……

這樣一來凸顯了一個男女比例失調的問題，這三百個孩子裡有一百多個女孩子，而好漢們在挑選徒弟的時候下意識地無視了她們的存在，扈三娘氣得哇哇暴叫，當下就帶著這些小丫頭在野地裡練了起來。

顏景生看著瞬間被好漢們瓜分得七零八落的小三百直發呆，我拍著他的肩膀安慰他：

「你知道咱們這是一所文武學校，孩子們各投名師也是好事。」

可是還有幾十個孩子少人疼地被挑剩了下來，安道全雖然有意全部收編，可我不放心，老安的中醫和接骨那確實是沒得說，但他最喜歡教人星象占卜、識人相面那一套，說難聽點就是江湖騙子那些玩意兒，這些孩子要跟了他，用不了半年時間就得一個個的變成小神棍。

這時時遷走了過來，包括我在內的所有好漢都警惕地看著他，時遷訕笑道：「你們別這樣看我，我可以只教他們輕功……」

林沖走過來說：「小強，你這麼搞怕是不行吧，雖說術業有專攻，但那也得有一定根基之後，還沒見過直接領幫孩子這麼胡鬧的。」說著他看了李逵一眼，只見李逵正帶著倆傻大個在那舉石頭呢，李逵來來回回地繞著圈子，嘴裡嚷著：「掄，使勁掄！」

我這才想起我這還有個八十萬禁軍教頭呢，我忙問：「那沖哥你說怎麼辦？」

林沖道：「至少武術裡的基本招式和體能訓練不能少，這樣吧，以後由我帶著這些孩子出早操和晚操，其他時間再根據個人的興趣愛好選擇師父。」

我很受啟發：「也就是說分成必修課和選修課，公共課和專業課。」

顏景生念念不忘地說：「那文化課怎麼辦？」

我說：「看來還真是出現很多問題啊，文化課你先帶著吧。」

其實問題遠不是那麼簡單，首先就是顏景生說的文化課，我們缺少教師，這些孩子小的只有六歲，大的已經到了該升中學的年紀，這麼複雜的情況，光靠顏景生一個人應付顯然是不夠的。

後來類似的問題暴露得越來越多，比如因為運動量大，衣服破損，很多家長聽說我們育才完全免費，巴巴地把孩子送來，但又幾乎因為買不起衣服差點勒令孩子退學；還有教材，在初期我們很困難，很多低年級的孩子課本就是當天的報紙，高年級的學生接管了一部分老三百留下的書籍，但這些問題都是可以用錢來解決的。

用錢解決不了的還是師資的問題，我們開出的工資要比同行業高出四成不止，來我這投簡歷的，從剛畢業的學生到白髮蒼蒼的優秀教師趨之若鶩，但這些人能經過顏景生考察的很少，原因很簡單，他認為他們缺少愛心。

另外，武術教師，尤其是能和好漢們相提並論的教師，那是非常難找的，因此師資方面仍有很大的虧空。

就目前的問題，經過我和老費交涉，他表示很快會調集一批老師，撥款購買校服和教材，招募廚師。

學生們散了以後，我和好漢們在老校區的教室進行了一次短暫的會晤，主要討論對付八大天王的方針問題，好漢們也覺得，既然對方心懷叵測，那與其這樣無頭蒼蠅一樣出去亂撞，不如就待在學校裡養精蓄銳等著他們來找我們。

最後我把秦王鼎的失竊當成一個小小的插曲告訴他們以後，沒想到好漢們反應很強烈，個個義憤填膺，一致要求我立刻聯繫高級捕快費三口，得到F國的具體位置，然後由他們將國寶奪回。

我費盡口舌才跟他們解釋明白「國際糾紛」問題，好漢們一陣默然，然後都把目光投向了時遷，時遷因為在下午搶學生的時候受了鄙視，現在正在氣頭上，見用得他了，故意不搭腔，翹著二郎腿用小刀削櫻桃皮——

吳用乾咳兩聲，陪笑說：「時遷兄弟，看來這事還得你出馬，把那寶貝偷回來。」

時遷晃著腿說：「偷多難聽呀。」

我忙說：「好漢的事能叫偷嗎，竊，竊寶！」

盧俊義也站起身說：「時遷兄弟，咱梁山的宗旨是替天行道，你總不能看著那兩個番邦狗就這樣得逞吧，再說，這回這件大功對你還不是舉手之勞？也好教後世銘記咱們梁山好漢的功德。」

看來盧俊義不管到了哪都對官方的事情很上心，真是有顆招安的魂吶。

要在平時，盧俊義能和時遷說句話，這賊得樂半天，可今天事有例外，時遷依舊頭也不抬說：「現在已經是後世了。」

這時扈三娘和李逵終於按捺不住了，兩人一個左一個右把時遷提在空中，喝道：「給你臉了是不是？」

扈三娘跟李逵說：「鐵牛，我數一二三，咱倆一起使勁，把這小子拉成兩個半人。」

李逵沒頭沒腦地答應：「好！」

段景住扶著傷腿道：「且慢動手。」

時遷嘆道：「段兄弟，還是你疼我呀。」

李逵怒目段景住：「咋滴？」

段景住笑呵呵地問：「我就問問三姐，把一個人分開也是一個人啊，或者說兩個也勉強，什麼叫『兩個半人』呢？」

扈三娘道：「把一個人分成兩個，一邊一半——自然是兩個『半人』。」

段景住：「明白了，你們忙吧。」

扈三娘看看李逵，嘴裡數道：「預備——一，二。」

時遷哭了：「我錯了還不行？要偷也得有個地方吧——」

玩笑開過，剩下的就是聯絡老費，我想我們之間不必要有太多廢話，我和好漢們的資料他該掌握的都掌握了，包括教育局長家失竊的事情，國安局都記錄在案，我想有些話也就不用說太明白了，所以我很直接地跟他要那兩個F國人的地址。

「等著我。」老費丟給我一句話就掛了電話。

大約半個小時後，老費開著他那輛破車親自來到育才。我在接老費進來的時候，跟他說我們這是一個很正規的角色扮演俱樂部，一切都按遊戲裡的來，包括名字——我實在是沒時間再想那麼多假名字了。

所以雙方一見之下，有的是揣著糊塗裝明白，有的是揣著糊塗裝糊塗，不過有一點老費是明白的，那就是這些人是有真本事的。

他也不多說，從胸口的兜裡掏出一張圖紙來鋪在桌上，向圍在四周的好漢們抱了抱拳道：「梁山的同志們，廢話不多說，哪位是這次行動的負責人？」

時遷從後排一下蹦到桌上蹲下，道：「你說吧，怎麼『取』？」

費三口指著圖紙說：「這是咱們本市唯一的一座五星級賓館，秦漢賓館，這兩個F國人住在八樓的八〇三房間，隨行的還有兩個人，應該是保鏢。」

李逵呵呵一笑：「就四個人？」

費三口明白他的意思，看了他一眼說：「不能用強。」

這時楊志湊上來說：「是不是可以這樣，咱們給他來個斷水斷電斷空調，這大熱天的，我想他們也挨不了多久，然後由我擔兩桶棗子酒上去賣，至於酒裡嘛……」他捅捅阮小二，「你們那蒙汗藥還有嗎？」

看來老楊真是吃一塹長一智，充分吸取了自己丟生辰綱的教訓，現在想以吳用之道還治F國人之身。

他見所有人都笑咪咪地看著他，盯得他毛毛的，急忙擺手：「當我沒說。」

費三口繼續說明：「現在的難點之一就在於『秦漢』這種高級賓館，每間客房都配有小型保險櫃給客人保存貴重物品，而這種保險櫃的電子鑰匙全世界只有兩把，一把由賓館方親自交到房客手裡，還有一把在瑞士的廠家手裡，也就是說，客人丟掉鑰匙以後打開保險櫃的唯一辦法，就是從千里之外找來廠家的人。」

說著，老費又拿出一摞照片，包括那四個F國人的正側面取影和小型保險櫃的照片。

時遷道：「偷鑰匙應該不難吧？」

費三口點頭道：「不難，這活隨便哪個派出所暖氣片上拷著的主兒都能幹。其實開鎖並不是重點，我們的專家只要一根芹菜就能在五分鐘之內打開。」

時遷臉有不悅道：「那你是什麼意思？」

老費無奈地把其中兩個F國人的照片和那個保險櫃擺在一起，說：「難就難在他們用了一種最簡單的笨辦法——這兩個人總有一個是和保險櫃寸步不離的，我們的專家就算能在五秒鐘搞定鎖也沒用，他們連一眨眼的空檔也不給我們留下。」

時遷盤腿坐在桌子上，說：「再說說其他情況。」

費三口道：「這兩個負責看守的人是輪班制，每人六小時，現在唯一掌握的對我們有利的情報，就是每天晚上十點鐘，這兩個人會輪流去餐廳吃宵夜。保險櫃上裝有感應器，離開賓館時會引發警報，所以兩個保鏢中有一個就待在一樓的大廳裡。這個措施我們可以利用官方手段使它失效，但還有一個在八樓必經的轉角處開了房，我們懷疑他們另裝了警報系統，兩個感應器應該分別在櫃子裡和第二個保鏢身上，這就意味著保險櫃連八樓也不能離開。」

時遷拿起賓館的全景照看了一下說：「秦漢賓館頂樓是十二層對吧？既然走廊和大門都不能走了，那我們從窗戶進。」

費三口道：「派特種部隊從窗戶潛入？這個辦法我們不是沒想過，但總有一個目標死盯著保險櫃，我們進去以後只能把他打昏，這就出問題了，這幾個目標每隔幾秒就要聯繫一次，這邊沒回應，那邊馬上會通知保鏢衝上來，一旦開戰，我們還不如直接用搶的呢。」

時遷托著下巴說：「本來我是能模仿別人說話的，但可惜我不會他們那個國家的鬼話。」

氣氛一時陷入沉默，大家都有意無意地把目光看向吳用，吳用想了一會兒，忽然把兩個保鏢的照片都拿開，停了一下，把兩個看守的照片也取走一張捏在手裡扇著風，笑呵呵地說：「兩個保鏢只能待在固定地方，可以忽略不計，還有一個看守肯定要休息，也暫時不用管，現在只要想出辦法對付看著保險櫃這個傢伙就行！」

眾人齊問：「怎麼對付？」

吳用呵呵一笑：「容我想想。」

眾人：「切——」

現在看來這四個F國人絕不是什麼使館的工作人員，做事情攻守結合，安之若素，卻一點死角也不留，絕對是受過訓練的特工，這樣看來，秦王鼎在這一組人手上的可能性最大。

我對有些失望的老費說：「這些資料和照片我能拿回去嗎？我再好好想想。」老費嘆了口氣，先走了。

好漢們顏面無光，都鄙視地看著時遷，時遷攤手道：「對付高科技，咱不專業呀。」

我帶著那些資料回了當鋪，見嬴胖子正和曹沖坐在電視機前玩得不亦樂乎，我正沒好氣，把曹沖拉起來放在外屋，訓他說：「就知道玩，好好看書去。」

曹沖悻悻地答應了一聲，坐在小板凳上，拿起李師師給他準備的古今對照大字典看了起來。

我把那些照片攤在桌上左端詳右看看，一點頭緒也沒有，一抬頭，剛好看見曹沖睜著大眼睛骨碌骨碌地看我，我想這小孩八歲就知道胡擺弄，他有什麼辦法也說不定，我立刻露出了偽善的笑說：「小象，過來，爸爸跟你玩個遊戲。」

小傢伙跑過來，我把他抱在凳子上，指著那些照片給他看，說：「你看，爸爸想把這個保險櫃——就是這個箱子裡的東西拿到手……」

對一個不到十歲的孩子，我認為沒必要跟他說那些感應器什麼的，說了他也不懂，而且……其實我也不懂，我只是告訴他這個東西的位置，還有哪些路是被封死的，就是這樣，我也費了十多分的時間才把問題說清楚。

小曹沖站在凳子上，仔細地聽我說完，問我：「爸爸，你是在和我玩搬箱子的遊戲嗎？」

我回頭一看，果然見秦始皇正在玩搬箱子，我忙說：「對啊，怎麼樣才能把這個箱子搬出來呢？」

曹沖指著走廊和大門說：「這兩條路不能出，但我們可以進啊，」他又指指窗戶說：「這條路不能進，但我們可以出啊。」

我茫然道：「什麼……什麼個意思？」

小傢伙笑道：「爸爸真笨，你說的那兩條路，帶著箱子出不來，但沒說不許帶著箱子進啊，咱們進去以後就有兩個箱子了，把你要的那個頂出一個空位來，把多出來的那個放上去，不違反規則。」

我目瞪口呆道：「你是說……狸貓換太子？」我忽然徹底明白了：曹沖的意思是既然帶著裝有感應器的箱子出不來，那就索性放棄它原來的用處，現在帶一隻普通的保險櫃——只要隨便偽裝一下就行，進去，兩隻箱子互換一下，連一秒的時間也用不了！

雖然怎樣進到目標房間還是個難題，但曹沖的一句話顯然已經解決了這個事情最難處理的那一環。

其實每個玩過搬箱子這個遊戲的人都深有體會：要先完成任務，每一個箱子都必須移動，每一條路都至關重要，如果「來」行不通，那就只有去，這在遊戲中是個常識，只不過我們這些成年人無法把這麼嚴重的事情當成遊戲而已。而這種簡單的等量代換曹沖八歲就會用了！

我抱起小傢伙來使勁啃了兩口：「好兒子，多虧你了。」

曹沖見我這麼開心，趁機說：「那我能不能再玩一會兒遊戲機呀？」

我說：「去吧去吧，使勁玩。」

我立刻打電話給老費，半小時後我們再次聚集到階梯教室，我開門見山地把曹沖的想法一說，吳用驚嘆道：「這麼好的辦法，我怎麼就沒想到呢？」

時遷也豁然開朗：「好辦法，簡單的偷梁換柱，我早該想到的，結果被這亂七八糟的高科技搞混亂了。」

眾人鄙夷地：「切——」

我有些擔心地說：「可還有一個問題，你怎麼進去呢？」

時遷把那兩個看守的照片瞄了個夠放桌上一扔，很乾脆地一擺手：「這你們就別管了，但是我還需要一個跟我差不多能飛簷走壁的幫手。」

我跳腳道：「你這不廢話嗎，上哪兒給你找這樣的人去？」

吳用沉吟道：「莫非……」

大家都知道他想說什麼，那個曾兩次探營的夜行人比時遷是只強不弱，但上哪兒找他去？就算找得到，他肯幫這個忙才怪！

時遷笑嘻嘻地道：「還有一個，這人還在武林大會上跟我動過手。」

這下我們同時都想起來了：段天狼手下那個矮胖子！但這人同樣不好說是敵是友，況且現在這個局面，方便不方便再讓一個外人插進來？

費三口道：「事有緊急，顧不得那麼多了，我這就找人徵用他。」

我小心地問：「那怎麼跟他說？」

費三口淡淡一笑道：「實話實說，你們猜他會不會同意？」

眾好漢和我不知為什麼都抖了一下……

時遷把保險櫃的照片拿起來跟老費說：「這種樣式的櫃子你再給我準備一個，還有，讓你們的破鎖專家待在秦漢賓館的天臺上，等他們忙完了，我還得把原來的櫃子放回去，既然是偷梁換柱嘛，那就得有偷有換才像樣。」

事不宜遲，老費很快就派人開來兩輛電子偵察車，就是好萊塢大片裡美國特工和駭客們坐的那種，裡面空間寬敞，儀器齊全，時遷要的東西也弄來了，他提了提那保險櫃，問費三口：「這跟賓館裡的重量一樣嗎？」

見老費點頭以後，他又在自己身前比劃了半天，這才放下心來。

我們到達秦漢賓館對面時，正好是晚上九點多鐘，同來的好漢有盧俊義、吳用和林沖，另一輛車上是張清和戴宗作為接應，這兩個人同時也是為了確保自己人的安全才跟來的——好漢們對於政府，不管是哪朝的，都有一種習慣性的防備和警惕。

金碧輝煌的秦漢賓館大堂不斷有人穿梭往來，個個衣冠楚楚風度翩翩，而且這裡隨處可以見到外國遊客，歐洲人在這裡一點也不起眼，F國的四個特工混在這裡並不是沒有道理的。

沒用幾分鐘，矮胖子就在兩個國安外勤的「護送」下跟我們會面了，費三口把手搭在他肩膀上開門見山地說：「你和育才的個人恩怨，你們以後自己解決，現在國家需要你。當然，你可以選擇不，我們也絕不強求；那樣的話，我希望你一走出這輛車就把所有的事情都忘掉。」

矮胖子雖然在擂臺上作風狠辣，但看得出現實裡是個沒什麼膽色的人，他苦著個臉，稍微有點哆嗦地說：「你們要我做什麼？」

費三口追看著他的眼睛道：「這麼說你是答應了？」他問那兩個外勤，「你們把事情跟他說清楚了嗎？」在得到肯定的答案後，費三口讓他們出去待命。

矮胖子囁嚅說：「我大體知道要幹什麼事，可還不明白要我具體做什麼。」

時遷湊上來笑笑說：「偷過東西嗎，兄弟？」

矮胖子哭喪著臉說：「就五歲那年偷過，剛才聽說有兩個警察找我，把我嚇得要命，我心說五歲那年犯的事，怎麼到現在還沒過追訴期啊？」

我們一車人都笑了起來，費三口跟他開玩笑說：「只要這次行動成功，我把你『案底』給消了。」

時遷提起那只假保險櫃，把矮胖子拉在車外邊，對著秦漢賓館指指點點說了半天，矮胖子不斷點頭，最後兩人又一起來到我們跟前，時遷問老費：「你們的專家到位了嗎？」

費三口道：「一切準備就緒，就看你們的了，能說說你們的計畫嗎？」

時遷向我們揮揮手：「回去躺會吧，十點半來接我們。」

這時矮胖子卻站著不動，有點為難地說：「偷東西可以，但我和我堂兄有一個要求。」

費三口道：「只要不犯法國法你就說。」

我則問：「你堂哥是誰？」

矮胖子說：「我堂哥就是段天狼，我叫段天豹，我們想以後關了武館，到你們育才當老師。」

我正為老師的事犯愁呢，一聽是這個，沒口地答應：「熱烈歡迎！」

段天豹結結巴巴地說：「你也知道……我堂哥這個人他好面子，他希望……你們育才的人能全體去……請他一下。」

我和盧俊義他們幾個心中了然：什麼去育才當老師云云就是隨口一說，段天狼想找回面子是真，他這次揚言要拿下「打遍天下無敵手」的稱號，結果丟了那麼大一個人，只要我們現在再上門這麼一請，他那麼一回絕，這面子上多少好看點。

面對段天狼這樣的小九九，我和盧俊義還有吳用相互看看，然後同時點了點頭，老段的功夫畢竟不是蓋的，讓他數十年苦功毀於一旦，還他幾分面子也應該。

吳用對段天豹說：「天狼兄乃是有目共睹的大才，承蒙他瞧得起，如果有意屈尊，我們自然也不吝上門叨擾。」

段天豹發愣道：「啥意思呀？」

時遷邊拉他邊說：「快走吧，意思是同意了，再晚該耽誤事了。」

段天豹衝我們抱了抱拳，這才跟時遷走了。

我們當然不能真像時遷說的躺會去，在兩個外勤的帶路下，我們一起爬上對面已經歇業的和「秦漢賓館」同高的羽毛球俱樂部，這裡視野遼闊，對面整個秦漢賓館盡收眼底。

最重要的是八〇三房間裡的一舉一動都可以很清楚地看到，客廳裡，一個F國人好像很隨意地坐著，在他的斜對面，正是讓我們頭疼的保險櫃，另一個看守應該在臥室，他們故意沒拉窗簾，這既是一種迷惑，也是自我保護，因為拉住窗簾外界固然看不到裡面，他們也不能第一時間發現窗外的動靜，他們賭的就是中國政府不方便明著來，所以也不怕暴露自己。

十點鐘一到，客廳裡的F國人看了看手錶，衝臥室喊了幾聲，另外那個傢伙從門裡出來，兩個人在客廳裡正式見面，聊了幾句以後，這才有一個邁步向門口走去，應該是去吃宵夜了。

費三口舉著高倍望遠鏡邊看邊說：「真是訓練有素的兩個人，就算一個正從臥室門裡走出來，另一個都不會就此離去，連零點一秒的空隙都沒有，這事難辦了。」

我們現在可以清楚地看到一個F國人出了房間，這時候本來是該通知時遷的時刻了，但時遷執拗地不肯佩帶通話器，哪怕那東西比一塊耳屎還小，他說他不習慣在自己幹活的時候還有人在耳邊說話。

我拿起一架望遠鏡觀察著賓館大廳，從這裡可以看到那個人高馬大的保鏢坐在皮沙發裡正舉著一張報紙百無聊賴地看著，他的任務相對來說是最輕鬆的，所以他很懶散，手邊還擺著半根雪茄和一杯咖啡。

在餐廳，時遷很隨便地找了個座位，叫了一份簡單的三明治和一杯牛奶，身邊放著偽裝成普通行李箱的保險櫃，看上去像個剛下飛機暫時小憩的旅客，段天豹已經不知去向。

那個看守來到大廳以後，和那個保鏢進行了一個很難察覺的眼神交流，然後就直接進了餐廳，他點了一碗牛肉麵一個漢堡，一杯可樂和一罐啤酒，馬上狼吞虎嚥起來。

我不禁說：「靠，這是什麼吃法？」

費三口笑道：「這才是真正會享受的人，牛肉麵配漢堡，行動結束以後我們也可以試試。」老費說著說著猛然變色道：「時遷好像還沒發現目標已經進入餐廳！」

「不會吧？」我調試著距離，用望遠鏡往對面看著，只見時遷和那個老外是背靠背，遠遠的坐著，他小口小口咬著三明治，好像是在發呆，最要命的是：他本來就不該背對著餐廳門口，現在人家就在他不遠的地方大吃大喝，他卻懵然無知，或者是只知道後面有人但沒認出來。

我看著有些呆頭呆腦的時遷，疑惑道：「他應該不會犯這麼低級的錯誤吧？」但其實我心裡也沒底，要知道時遷就是個一千年前的土賊，要他對付拔根頭髮都是無線電的國外間諜，真不知道後果會是什麼！況且他只見過這老外的照片，說不定真的沒認出人也說不定。

老費身邊的一個外勤問：「要不要我們的人進去提醒一下他？」

老費嚴肅地說：「不要輕舉妄動，看看再說。」

這時，那個高大的老外已經把面前的食物和可樂橫掃一空，點了根菸喝著啤酒，隨時都有可能離開，而時遷也吃完了麵包，把牛奶支在嘴邊慢慢吸著，看樣子還是在發呆。

老費憂心忡忡地說：「我一直以為他在利用牛奶杯上的反光觀察身後的事物，現在看來，他連這點也做不到。」

戴宗終於沉不住氣了，他說：「要我說，咱拿個錘子砸開門，我提了那箱子就跑，誰能追得上我？我跑百米九秒四啊——」

張清瞪了他一眼：「你《瘋狂的石頭》看多了吧？」

他們拌嘴的空檔，老費依舊目不轉睛地盯著賓館的大堂，他忽然叫道：「目標離開餐廳了！」

我們一起往對面看去，只見原來那個老外坐的位子只剩半截菸蒂在煙灰缸裡冒煙，而他的人已經走到了餐廳門口，再看時遷，他還在那裡發呆！

我哀嘆了一聲，抱歉地拍拍費三口說：「要不……我們就用戴宗哥哥說的辦法吧？」

然而，轉機就在這時出現了，時遷提起身邊的箱子，像是還有點沒休息過來，揉著額頭站起身，和目標保持著四五米的距離跟了上去，坐在大廳裡的保鏢一下就注意上他了，保鏢放下報紙，把手捂在嘴上說著什麼，顯然是在給頭前那個F國人報信。

頭前那人不愧是訓練有素的特工，他沒有表現出一點意外或戒備的樣子來，當他有條不紊地打開電梯，站進去轉過身時，甚至還禮貌地用手勢詢問了一下距離電梯還有一段距離的時遷是不是要一起上去，時遷雙手提著箱子，頗為吃力地做了一個稍等的請求，那個F國人殷勤地用手幫他按住電梯的合口，時遷進了電梯，為了表示感謝，兩個人還友好地握住了手，電梯就在這樣的情景下合住升起，給人的感覺像是歷史性的一刻。

待在一樓的保鏢警惕地觀察著四周的變化，不停地把手捂在嘴上和什麼人通話，但沒過多大工夫，他就又輕鬆地抄起了報紙，看來是電梯裡的人給他發了安全信號。至於電梯裡到底發生了什麼事，我們誰也猜不到。

「搞什麼鬼？」張清迷惑地自言自語。

費三口一語不發地領著我們到了羽毛球館的另一個角落，在這裡可以看到賓館八樓的一段走廊，包括電梯口，這是「秦漢賓館」建築的一大特色，從六樓以上，每一層都有一大段走廊建成封閉式天橋的樣子，可以俯瞰這個城市——但僅僅是一段而已。

我們剛到位，電梯口一開，那個F國人從裡面出來了，只有他一個人。

張清嚷道：「時遷呢，不會被這小子幹掉了吧？」

他的話音未落，一幅讓我們怎麼也想不通的情景出現了：那個F國人離開電梯剛有三米的時候，時遷忽然自他身後的樓梯口出現，他提著箱子緊走兩步跟住那個F國人，再然後就不緊不慢、亦步亦趨像條影子一樣貼在目標的身後，他的手裡也沒有閒著，把包在假保險櫃外面那層偽裝扯掉，露出了它的本來面目……

「這……」

費解的我們急忙又一起往羽毛球館另一個拐角跑，時遷和那個F國人已經走進了我們的視野盲區，我們現在只能跑到另一邊，看他是如何下一步行動的，我和張清還有戴宗有著差不多的想法，相對於這次任務，我們更想看看他是怎麼進到目標房間裡的。

我們再次跑到房間的對面，一排望遠鏡迫不及待地豎了起來，從這裡我們可以清楚地看到屋裡留守的那個老外，和門口以及從門口通向客廳狹長的門廊。

屋裡的老外依舊側對著保險櫃坐著，雖然不是臉對臉那麼死盯，但用眼角的餘光足以掃到保險櫃和屋子各個角落。

這時門一開，用過餐的老外進來了，通過高倍望遠鏡，我們甚至能看到他那隻抓在門上毛茸茸的手，在老外進屋的一瞬間，我們看見一個瘦小枯乾的黑影也閃了進來，老外回手關門，這個黑影就自覺地站到了一邊等他換鞋，在他的懷裡，緊緊抱著一隻和屋裡那隻保險櫃一模一樣的東西，正是時遷！

我們幾乎是同時放下望遠鏡向身邊的人發問：「怎麼回事？」

因為眼前的情況沒一個人看得懂，那個老外為什麼會放時遷進來？難道兩個人是舊識？或者剛才在電梯裡短短的時間裡兩個人成為了朋友？

我們從彼此的眼神裡找不到答案，急忙又一起把望遠鏡豎成一排向對面看著。

剛進門的老外換著鞋，嘴巴一動一動的，應該是在和屋裡那個進行簡短的對談，而客廳那個並不著急往外走，看來他們真是小心到了頭。他們這麼做，是為了使保險櫃始終在一個人的視力範圍內。

事實上，他們這麼做確實給這次行動帶來了很大的麻煩，如果兩個老外在交接班的那一刻都聚在門口過道裡，不用多，只要三秒，一個身手足夠快的人絕對可以從窗戶進去帶走我們想要的東西了。

後來的老外換好鞋，走到過道與客廳的接口，衝裡面那個做了個「去吧」的手勢，時遷就在他身後，低著頭抱著那隻大箱子，背靠著牆，用一條腿立著，放他進來的老外自始至終沒有正眼看過他，也從沒回頭問過他一句話。

我們越看越糊塗，時遷和這個人到底是什麼關係？難道時遷是一個深藏不露、會F國語、口才氣死諸葛亮羞死宋江的賊，在電梯那短短幾秒鐘的時間已經說服該間諜向我投誠？

好，那就等著看另一個F國人的反應吧。

結果，讓我們最為驚奇的事情發生了：客廳裡這個老外像沒看到時遷一樣從他身邊走過，開門出去，關門。現在屋裡只剩下那個F國人和時遷，他們仍然沒有說話，那個F國人走到哪裡，時遷就抱著箱子跟在哪裡，低著頭，默然不語。

這時看出端倪的老費終於悚然道：「你們說，那兩個老外會不會是根本沒發現時遷？」

我們面面相覷，老半天誰也沒有說一句話！然後不約而同地再次舉起望遠鏡……

屋裡的老外顯然是在做飯後運動，他慢慢揮舞著雙臂在客廳裡走來走去，而時遷則低著頭跟在他後邊。仔細觀察就會發現，兩個人雖然好像有默契一樣一前一後地走著，但距離要比一般情況下短的多，時遷只要稍不留神就會踩到前面人的腳後跟；他之所以低著頭，正是在竭力觀察著前面人的腳步，由此判斷他邁出去的長度。

也就是說：這個F國人真的不知道自己身後還有一個人！

想到這，我們每個人的後脊梁都陣陣發涼，下意識地向身後探去……

張清滿臉疑問道：「那剛才另一個黃毛鬼為什麼也沒發現時遷呢？」

費三口道：「我也是剛剛才想明白——從我們這個垂直角度看，能清清楚楚看到對面是三個人，但你發現沒有，這三個人本身始終都保持在一條直線上，剛才時遷背靠著牆，一條腿站著，就是為了最大限度的把自己縮在第一個老外的後面，現在想想，那一刻才是最險的時候。」

吳用扶了扶眼鏡道：「時遷兄弟一開始就裝做一副慵懶的樣子來麻痺對手，等對方要進電梯了，他又故意引起對方全體的警惕，然後再風平浪靜地中途出去，這一下，再也沒人懷疑他了，包括住在拐角的第二個保鏢，這樣他才能順利『貼』在那人背上通過八樓的走廊直達目標地，真可謂是機關算盡啊。」

我們一起往對面看著，那個高大的F國人依舊在屋裡溜來溜去，時遷就貼在他後頭，也跟著溜來溜去，遠遠的看去，也不知道是該說可笑還是詭異。

一個國安的外勤失笑道：「難怪他拿著兩個目標的照片看了半天，又拿假保險櫃比劃，原來早就想到這一招了。」

我說：「幸虧咱們對付的是歐洲人，要是日本人那就壞了。」

眾人一陣大笑。

老費憂心道：「可下一步他打算怎麼辦呢？就算目標停下來，他也總得有換箱子的時間啊。」

這時那個老外轉累了，一屁股坐到椅子裡，保險櫃就在他的身邊，客廳的中央，他只要微一探身，手就能放在保險櫃上。

顯然，難題又來了，時遷已經悄無聲息地貓腰到了椅子靠背後面，懷裡的假保險櫃也輕輕放在了地上，可是要把兩個櫃子換一下那就不容易了。

只見時遷兩手分別抓住老外身邊那隻櫃子的下方，一寸一寸挪了起來，這老外他是坐在櫃子的側面，面對著門廊和各個臥室，背對著窗戶，所以有人爬在他後面挪櫃子他並看不到。

時遷將那櫃子挪了兩寸之後，老外也覺得不對勁了，他側過頭看看保險櫃，又用手拍拍櫃頂，時遷馬上縮了回去，老外覺得沒問題了，他又繼續挪，挪一會，歇一歇，老外則是坐一會，看一看，這倆人，一個高大肥笨，一個瘦小精靈，那情景就像是猴子要在狗熊身邊偷東西似的。

等時遷把那隻保險櫃挪動了一個角的時候，老外終於出現了視覺疲勞，在他一揉眼的空檔，時遷已經「刷」地把兩隻箱子換了過去，老外揉完眼發現保險櫃其實就是在原來的地方，還滿意地點點頭。

接下來的一幕真的是讓我們目瞪口呆了，只見時遷就那麼光明正大地抱著那隻換下來的保險櫃走向窗戶，他快且無聲地把窗戶拉開一段，把保險櫃就那麼憑空扔了出來，我們不禁都低呼了一聲。

卻見那櫃子居然就那麼懸在空中，並不掉下去，我們這時才發現，一身夜行衣的段天豹不知什麼時候就潛伏在八〇三的窗外，他一手接住保險櫃，一手向頂樓攀爬了上去，一蠕一蠕的像隻肥毛毛蟲，至此，行動已經成功了一大半，至少偷已經得手。

時遷又很快地關上窗戶，回到原來的地方，他這一連串的動作開窗，扔箱，一氣呵成，連兩秒也沒用，但老外還是聽到了輕微的動靜，回頭望去，時遷貓著腰踮著腳尖，像芭蕾舞演員一樣小碎步又移到了他身後，老外感覺不對，再猛地把頭扭回來，時遷照樣又踅了回去，雖然情況萬分緊迫，但兩個人像演默劇一樣的表演，還是把我們逗得笑了起來。

老外終於放棄了偵察，兩個人就那麼背靠背都坐了下來，像兩個老朋友一樣悄然無語，心存默契。時遷這時才抹了一把汗，遠遠的衝我們這邊做了個鬼臉。

費三口擦著汗說：「你們這朋友……」他後面的話沒說，我們也不知道他是什麼意思，但誰都明白這是一句最好的讚嘆。

五分鐘後，路頂上的專家組傳來興奮的聲音：「保險櫃打開了！」但馬上充滿詫異地補充了一句，「頭兒，保險櫃裡有兩個秦王鼎，但我們只有一個替換品，怎麼辦？」

老費又緊張起來，他思考不到一秒的時間，立刻斬釘截鐵地命令：「兩隻都帶走，這次行動就此終結，善後的事情讓員警去處理。」

我一把按住他，搶過他的通話器說：「你們聽好，真的秦王鼎在雷紋下那條腿的內側有一條被利器砍出來的印子，你們要仔細摸，如果兩個都沒有，就說明都是假的，嘔哇（over）。」

當我說完這句話的時候，我也覺得我有點冒失了，秦王鼎的秘密全世界知道的，包括我在內好像只有三個人……

果然，在專家們忙著摸鼎的時候，費三口問：「你是怎麼知道的？秦王鼎好像自從一九六二年出土以後就沒離開過國家歷史博物館，幾個常年負責維護它的老專家也只能借助儀器進行深層次分析。」

這時通話器裡傳來興奮的聲音：「頭兒，真的有一隻腿子後面有道印兒，不過被銅銹遮得幾乎摸不出了。」

我說：「就換那隻！」

對面那人顯然聽出我不是老費，遲疑地問：「頭兒，你確定嗎？」

我對老費說：「別的事我以後再跟你解釋，現在時間來不及了，餐廳那個老外快上來了。」

老費身邊一個外勤終於忍不住說：「你可是要負責的，你知道這不是在西瓜攤上挑西瓜。」

費三口深深地看了我一眼，對通話器說道：「確定！」

接下來，那隻被我磕過菸灰的贗品又被放進保險櫃，交給段天豹，段天豹那肥短的身子再次蠕回八〇三的窗口，他向裡面的時遷發了一個信號，時遷輕車熟路地接住那隻櫃子，又回到老外身後等著，但再想把保險櫃換回去，難度看來加大了不少——那老外的手現在就放在保險櫃上。

通話器裡傳來一陣急促的通報：「費頭費頭，餐廳的目標已經離開向八樓走去！」

我們調轉望遠鏡，果然見樓下的老外已經起身來到電梯口處，一個外勤說：「頭兒，現在已經人贓俱獲，就算被他們發現，我們正好正式逮捕他們，沒必要再把保險櫃換回來了，我提議此次行動終結，讓那位時遷兄弟撤吧。」

費三口道：「就算想通知他也沒辦法啊，別急，我相信時遷也想把這次任務結束得完美一些。」

那個外勤道：「可是……從電梯到進入房間只需要四十秒的時間。」

現在國寶已經到手，剩下的就只是一場貓抓老鼠的遊戲了，撕破臉也沒什麼，不過我不想給時遷完美的職業生涯抹黑，我使勁衝他做著手勢讓他離開，告訴他已經有人上來了。

時遷在注意著老外動向的同時，也偶爾往我們這邊打量著，我們雖然隱在一片黑暗之中，但慣於在夜間行動的時遷還是能看到我們，他見我在對面手舞足蹈的，也不知道他明白我的意思沒有，只是微微朝我點了點頭。

通話器裡再次傳來聲音：「目標已經進入電梯，距到達房間還有二十秒，倒數計時開始：十九、十八、十七……」

這下我也沒轍了，絕望地向時遷聳了聳肩膀，老費沉著地下達命令：「知會各路人馬，隨時準備應付正面衝突！」

通話器裡一個沉厲的聲音：「收到。」

這時時遷終於明白了我的意思，因為倒數計時已經到了「十、九、八、七……」我向他曲著指頭——剛才我要拿望遠鏡，一個手的指頭不夠用。

只見時遷無奈地從衣服口袋裡捏出一個什麼東西，繞到背著他老外的側面，手一鬆，一個小顆粒掉在老外的肩膀上，在他下意識地用手去彈那小東西的一瞬間，時遷已經把保險櫃換了過來，照舊打開窗戶扔給段天豹，接著身子也躥了出去……

這時倒數計時：「五、四、三……」

門一開，另一個老外進了房間，在他轉身換鞋的時候，時遷還細心地幫他們從外面關好了窗戶，當倒數到「一」的時候，時遷恰到好處地隱入了一片夜色之中。

費三口並沒有加入到周圍人們的彈冠相慶中，他舉著望遠鏡又看了好一會才說：「從時遷口袋裡掏出來的，居然是一隻小蟲子。」

他身邊的外勤開玩笑說：「我們應該為那隻蟲子慶功。」

費三口搖頭道：「五星級酒店裡本不應該有小蟲子的，顯然時遷兄弟也想到了，他遲遲不肯用這招，就是因為這樣做顯得不夠無懈可擊，真是個力求完美的人吶。」

……

第九章

群英會

段天豹親熱地和時遷走到了一起，

天狼武館的弟子們也都紛紛向好漢們示好，

我們一行人跟著段天狼進了房間，他們那邊只有段天豹跟了進來，

眾人落了座，由弟子上了茶，大家就都吸溜著茶水，

誰也不說話，氣氛很尷尬。

五分鐘後，此次行動的關鍵人物都聚集到了那輛指揮車上，當兩個還不如我大的毛頭小子小心翼翼地把秦王鼎交給老費的時候，我詫異地說：「這就是你們的開鎖專家？」

老費笑道：「你以為專家都是白髮蒼蒼的老頭？如果是那樣，我們就直接把鑑寶專家也接到頂樓上去了。」

我忙討好地跟兩個年輕人握手：「以後沒帶鑰匙就找你們。」

兩個專家：「……」

老費激動地握著時遷的手說：「嘆為觀止呀，這才叫藝術啊！」然後又忙拉著段天豹的手，「還有你，多謝！」

矮胖子段天豹幽默地說：「沒我什麼事，你們雇個擦玻璃的一樣幹。」但是我們都知道這話太謙虛了——哪個擦玻璃的敢腰裡不繫繩兒爬八樓？

老費凝重地把秦王鼎放在我懷裡說：「請你最後鑑定一次是真是假？」

我找到鼎上的雷形紋，一根指頭使勁搓了下去，在它下面那條腿的內側確然有一道很不明顯的印記，以前沒人知道，是因為這樣的古董，最大動作也就是拿著小毛刷輕掃細抹，誰捨得拿手使勁搓它那層銅綠下的刀痕？

我把它重新交給費三口：「是真的沒錯。」

旁邊有人捧過經過特殊處理的盒子，把國寶小心地請了進去，費三口吩咐他們：「儘快帶著鼎趕到北京，此次行動圓滿結束，我會給你們請功的。」

段天豹走過來拉了拉我，為難地說：「蕭領隊，本來為國家出力那是應該的，可是咱們的事……」

我說：「你放心吧，明天我就帶著人去請你堂哥。」

等段天豹和外勤們走了，我抬頭看了看還亮著燈的八〇三房間問老費：「就這麼完啦？」

老費也笑呵呵地往上掃了一眼，說：「當然不，做錯事是要付出代價的。」

我說：「就是嘛，至少要讓他們明白他們手上那隻是假的，要不告訴他們，我還真怕那幫黃毛土鱉把老子的菸灰缸當寶貝藏起來。」

費三口點頭道：「嗯，就是這個思路，咱們不能吃了啞巴虧還讓他們自以為得逞，等秦王鼎到了北京以後，我們就放出風去，說國寶已順利由F國抵京，我們還可以給他們發一份官方公文，對他們在秦王鼎在F國期間給予的『配合』表示感謝，咱也噁心噁心他。」

我撇嘴道：「那多不解恨，咱能不能現在派人上去把他們抄出來，關小黑屋，拷暖氣片兒，然後再往有特殊愛好的犯人牢裡一扔……」

老費面有難色地說：「剛才真鼎在他們的櫃子裡的時候完全可以這麼幹，但現在他們手上只有兩隻假貨，他們可以說這是出於對古玩的愛好仿製來觀賞的，我們以前不方便用強，就是我們沒把握他們櫃子裡鎖的是什麼貨色，這是一個矛盾。」

我捅捅吳用：「吳軍師，想一個治治他們的辦法呀。」

吳用尷尬地甩手說：「這方面……我不是太擅長。」

我白了他一眼，連這個都不會，給人當什麼軍師呀？不過想想也是，梁山最會禍害的人其實還是應該屬宋江。想到這兒，我忽然想起一個害人的祖宗來：秦檜！

我跟老費說：「你等等我啊，我打個求助電話。」

我來到一棵樹下，給秦檜打過去，這老小子正無聊得要死，現在得到了我的主動召喚，不由得精神大振。我像講故事一樣把今天的事情說給他聽，秦檜聽得是津津有味，問：「然後呢？」

我說：「然後我想治害治害偷我們東西的人。」

秦檜嘿嘿陰笑數聲，道：「你們是怎麼拿回寶貝的？」

我說：「廢話，我不是都詳細告訴你了嗎？我們是經過千辛萬苦……」

秦檜打斷我道：「不對不對，你們明明是在有人裡應外合的情況下順利拿回寶貝來的。」

我：「啥意思啊……」

秦檜著重喊道：「裡應外合！」

我終於有點明白了，遲疑道：「你是說……離間他們？」

秦檜陰森森道：「多明顯的事呀，在防備那麼嚴密的情況下還是把東西丟了，他們的頭頭會怎麼想？你們再適當的『引導』一下言論，由不得F國皇上不信，到時候F國肯定得派人查他們，這當間你讓你們的人從中攪和一下，剩下的就不用管了，就等著看他們本國人自相殘殺吧。」

我不禁寒了一個，這一套詭計使的，栽贓嫁禍、隔岸觀火，最損的是這樣一來，那四個老外還真是有口說不出，最後下場要不是冤死在同僚的槍下也得終生流亡。

我忍不住罵道：「你他媽真不是個東西！」

秦檜委屈道：「這不是你讓我說的嗎？」

我掛了電話，把這個損陰喪德的辦法告訴老費，老費琢磨了一會笑道：「用這個法子對付國外的間諜簡直再妙不過了，我甚至想到了細節問題——我們只需要把賓館的錄影資料洩露出去就可以了，幾乎不用處理，誰都能看到時遷就那麼光明正大地抱著箱子跟在他後面進了房間，剩下的，看來是真的不用我們管了。」

讓我們為F國的四個特工（簡稱F４）祈禱或者默哀吧，他們能被暗算過岳飛的人暗算並得到差不多的結局，這大概是他們這輩子唯一值得驕傲的事了。

因為這件事而衍生出來的事就是和段天狼的恩怨，今天如果沒有段天豹幫忙，即使是一個訓練有素的特工也不可能像他那樣和時遷進行完美配合，現在兩個人已經有了深厚的情誼，我們也挺喜歡這個膽小又有點詼諧的小胖子，但段天狼這個人著實不怎麼討喜，礙於承諾，盧俊義和吳用還是把去請他這個活接了下來，暫定人選還有林沖他們那四個參加過比賽的隊員，嚴禁隨行的人有李逵和扈三娘。

本來為了表示誠意，我想把項羽也叫上的，但項羽一聽到這個人名字，就說自己平生最恨的就是跟女人動手的人，我這才作罷。

第二天我起早趕到育才，和好漢們吃過了早點才準備動身，我們一來不想太早去，二來是在等林沖。

小三百天還沒亮，就被鐵臉教官徐得龍從帳篷裡抄了出來，他手裡端著瓢涼水，動作稍微慢點的就要接受他的「洗禮」，幸好小三百都是些農民家的孩子，素有早起的習慣而且皮糙肉厚，最重要的是他們知道自己這次機會得來不易，所以沒一個叫苦的。

這還不算完，起床以後有三分鐘的時間去角落上的冷水管子洗漱，然後回來還要把帳篷拆倒隱藏好，列隊，等著他們的，是看上去和藹但下手一點也不留情的林沖，接下來由林沖在前面領頭，教習入門拳法，徐得龍在隊伍來回走動，負責監視偷懶的和糾正動作不標準的，這一兵一匪此時非常有默契……

早操結束後，孩子們由戴宗領著五公里越野去了，我和盧俊義、吳用偕同林沖、楊志那四個參加過武林大會的一行七人，坐著我那輛破麵包趕奔段天狼的住地。

我開車到了那個荒僻的招待所，門口一個段天狼的徒弟遠遠看見我們的車，哧溜一下鑽到門裡進去，吳用納罕道：「這是什麼意思，難道段天狼還要擺佈什麼詭計來對付我們？」

林沖道：「不妨的，段天狼身上有傷，他那些徒弟都不足慮。」

我說：「等會要是不對，你們先護著俊義哥哥和軍師先撤，我用板磚封門。」

盧俊義呵呵一笑道：「你們保護好軍師是正經，我老盧雖然老了，但『河北玉麒麟』的名號也不是白叫的！」

我扭臉看他，見這老頭光棍氣十足，當年估計混得確實不錯。

我在門口停下車，張清撿了幾塊石頭，然後背著手，沒事人一樣跟在我們後面進了招待所的大院。

一進院我們就都有些傻眼了，只見段天狼面色平和地站在院當中，段天豹笑吟吟地站在他身邊，他們兩旁各是十來個徒弟，一字排開，雖然看上去氣勢不凡，但好像沒有要動手的意思。

我剛一錯愕的工夫，段天狼已經迎面走來，一抱拳說：「蕭領隊，未曾遠迎，失禮了。」還未曾遠迎吶？再遠就迎到我們育才門口去了，我也不知道他跟我這麼客氣，葫蘆裡賣的是什麼藥，順著他的指引便往樓上走去。

段天豹親熱地和時遷走到了一起，天狼武館的那些弟子們也都紛紛向好漢們示好，好漢們也只得拱手，雖然都有點假模假樣，但至少檯面上很好看，只有張清攥著兩手石頭默不作聲。

我們一行人都跟著段天狼進了他的房間，他們那邊只有段天豹跟了進來，眾人落了座，由弟子上了茶，大家就都吸溜著茶水，誰也不說話，氣氛很尷尬。

按理說，段天狼作為主人應該先發話，哪怕是道個辛苦之類的廢話也行，但段天狼這人除了性子極傲之外還不擅言辭，段天豹也不是個交際型人才。或者我們育才作為「有求」於段天狼的一方，先說話也是應該，可偏偏老盧和吳用這時候像啞巴一樣，說到底，他們都是江湖人，這倆人對段天狼是看不上眼的，但既然答應前來拜訪，現在已經算做到了，面子也給了，大家心裡清楚怎麼回事也就算了，那些客套話他們是不會再說的。

我看了看還得我來打破僵局，就放下茶杯，還沒等擺開架勢，段天狼就面向我說：「蕭領隊有話要說嗎？」敢情他也坐不住了。

我只得說：「段館主，武林大會上咱們兩家有緣，不打不……」

段天狼打斷我說：「蕭領隊這次來的目的，可是讓我去貴校任教？」

……這是哪跟哪啊？我還準備說幾句場面話呢。既然他風馬牛不相及地扯了過去，我也只好驢唇不對馬嘴地說：「……啊，是啊，可不是麼。」

段天狼微微點了點頭，說：「如此甚好，天豹，你去告訴他們收拾東西，咱們這就跟蕭領隊走。」

這一下不但我目瞪口呆，連好漢們也瞬間集體石化，打死我們也沒想到段天狼會突然冒出這麼一句來——我們根本就沒料到他會同意。

最後還是心直口快的張清忍不住問了出來：「你真去呀？」

段天狼笑了笑說：「我知道各位現在瞧我不起，以為我段某人為了這幾分面子，不惜做了跳梁小丑。」

我忙說：「沒有沒有。」

段天狼一擺手止住我的話頭，繼續說：「我段家向來人丁稀薄，到了我這一輩已經算不錯了，至少我還有個堂弟。不瞞各位說，這武藝也是一代一代傳下來的，我父臨終前還告誡我說，功夫要傳男不傳女，傳子不傳媳。」

與我的嗤之以鼻不同的是，好漢們紛紛點頭：「那也應該。」

段天狼道：「可是到了我這代，半生鑽研武功，現已屆不惑之年，還沒有婚配，至於我那堂弟眾位也見了，為人有些木訥，我們兄弟倆相依為命二十載，直到前幾年我們忽然想開了，這武術一道本該是大家一起研討，一個天才未必趕得上十個庸才，到了一定程度後，靠一人領悟那是遠遠不行的，只有群英聚集才能發揚光大，於是我們廣招門徒，開了這天狼武館。」

林沖肅然起敬道：「段館主能有這種突破，已經稱得上一代宗師了。」

段天狼苦笑道：「可是這時我們才發現，就算我們想教，卻未必有人願意學，在我們武館旁邊，有兩間電腦培訓班和一個英語補習班，天天門庭若市，而我們偌大的武館一個月接待的人不過是個位數，我和天豹相顧無言，唯有苦笑，這才意識到在這個社會裡，沒人再願意把時間花在得不到金錢回報的地方上了。」

吳用說：「可是我見段先生門下還是很興旺的呀。」

段天狼道：「在此情形之下，我和天豹想了一個不得已的辦法，那就是去各武場踢館，漸漸闖出一些惡名，可就算如此，也不過招徠來一些好勇鬥狠的潑皮無賴。」

說著，段天狼朝外面一揮手，自嘲地說：「就是我現在帶著這些廢柴了，好在在我的教訓下，這些東西現在還算乖巧。再後來就有了武林大會這個事。之前我就暗下決心一定要拿第一，那樣我天狼武館才能名聲大噪，招徠到天下真正愛武之人。怪我操之太急，心想現在的事情，吸引注意無非是作秀二字，於是索性打出了『打遍天下無敵手』這個口號，其實自己私下也常常好笑，一個學武之人，居然如此不知天高地厚，再之後的種種，各位也知道了，該是段某罪有應得。」

吳用嘆道：「段先生真是一片苦心啊。」

好漢們聽了這段原委，也都慨然，對段天狼的印象頓時不一樣了。我也沒想到他居然還是一個反封建反舊思想的狂飆突進分子，不過從言談舉止看，段家兄弟的腦子還是跟現在這個社會有脫節，要不連老虎那兩下都有那麼多擁躉，他們這真才實學怎麼會沒人欣賞呢？

盧俊義忍不住問：「段館主，打傷你的那人，你後來再見過嗎？」他聽吳用說懷疑那人就是武松，所以心裡特別掛念。

段天狼臉上毫無難堪的表情，很自然地說：「沒有，我也很想再見一見他，段某心高氣傲，但對這人，我真是沒什麼可說，心服口服。」

張清他們互看一看，都失望地搖了搖頭。

段天狼站起身說：「大家都是武學同道，想必明白咱們這行找徒弟是越小越好，聽說育才要擴建，我這才想到這個辦法。」他轉過頭跟我說：「蕭領隊，至於我以前那幫徒弟，你隨便給他們找個活幹，掃地刷廁所就行，這幫人雖然廢柴，倒也耗費了我不少心血，我更不想看著他們半途而廢。」

我不由得暗罵，不管什麼情況都改不了那牛烘烘的架勢，聽他口氣，倒像我是他武館掃地刷廁所的一樣，但同時也很佩服他這種偏執狂一樣的精神，他和顏景生一武一文倒是挺相像的兩個。

話說開了，事也定了，我們和段天狼的徒弟們呼呼啦啦地往外走，只聽對面陽臺上一聲暴喝：「喂，你們是梁山的人嗎？」

我跟好漢們一聽，悚然回頭，見從我們對面的二樓上，站著條鐵一般的大漢，身高應該在一米九開外，三十多歲年紀，頭皮發青，站在那裡把樓板壓得嘎吱吱直響，手裡端著刷牙杯。

好漢們一起向上觀望，林沖和盧俊義最先認出了這人：「鄧元覺！」

二人話音剛落，張清不由分說就打出去一塊石頭，那石頭帶著勁風在空中只能依稀看到一條微渺的細線，眨眼間就到了鄧元覺的近前，鄧元覺舉起刷牙杯一罩，「啪」的一聲，那石頭在鐵質的杯子裡發出巨響，哧楞楞在杯底直轉。

段天狼本來在我們前面走著，這時回頭說：「怎麼了？」

吳用淡然道：「遇到一位老友，看來暫時不能和段先生同回了，失禮莫怪——時遷，你帶著段先生他們先回學校，我們隨後就來。」

時遷明白這是軍師讓他回去通風報信，點點頭，領著段天狼他們快步走出大院。吳用輕輕掩上院門，向林沖他們點了點頭，我知道這是他們已動了殺機，果然，張清和楊志一起邁出一步，衝上面厲聲喝道：「下來受死！」

鄧元覺把杯裡的石頭倒掉，朝我們道：「上來說話。」說罷一轉身，回自己屋了。

楊志看看林沖道：「難道上面有埋伏，或者是屋裡八大天王都在？」

張清叫道：「管他什麼詭計，先上去再說，總不能叫他將住！」

我搶先跑到樓道口，跟他們說：「諸位哥哥，一會兒上去先聽他說什麼，就算掰了也不能在這動手。」

如果打起來，鄧元覺一個人總不可能抵擋住林沖他們三大高手，真要犯了命案，那可不是說著玩的。

我把板磚包橫在胸前，一馬當前先進了那屋，這跟對面段天狼那屋格局是一樣的，很狹窄，只擺著一張床一條破沙發和幾個板凳，我進來一看，鄧元覺正在放刷牙杯，那杯的杯底被張清用石頭打過，雖然沒漏，但鼓起一個大包，怎麼放也放不穩了。

鄧元覺掃了我一眼，問：「你是哪個，我怎麼沒見過你這麼一號？」

我陪笑道：「我是小強。」

鄧元覺點點頭說：「聽說過，坐吧。」

我邊找地方坐邊說：「李師師是你救的吧，我替她謝謝你。」

鄧元覺一揮手，再不理我，向第二個進門的林沖說：「林教頭吧，坐！」

林沖之所以打頭，是怕裡面有什麼暗算，見只有鄧元覺一個人，而且人家沒什麼敵意，反倒無措了，只好挨著我坐下。

接著張清一進來，鄧元覺依舊是那一句話：「張清吧，坐！」然後又指了指那杯道：「這個得你賠。」

後面不管誰進來，鄧元覺都是那一句話，先叫出來人的名字，然後一個「坐」字。好漢們也都是些桀驁不馴的主，這時要動手反顯得小氣了，一個個坐下。

人到齊了，鄧元覺走到坐在床邊的楊志跟前說：「抬腳。」然後從床下抱出一顆大西瓜來，兩指頭彈成幾瓣，每人面前擺了一塊，道：「吃吧。」

這一下徹底把我們搞得哭笑不得，鄧元覺面對著我們，沉聲說：「我認識你們，你們可能也認識我，雖然我的樣子有些變了，沒錯，我就是寶光如來鄧元覺。」

張清厲聲道：「你待怎樣？」

鄧元覺擺擺手道：「我不和你們吵架，更不和你們打仗，我只問你們，梁山上的魯智深和武松何在？」

我怕他們越說越僵，於是解釋道：「他們兩個沒能來，你怕是見不上了。」

鄧元覺抄起一塊西瓜啃著，一抬屁股坐到桌子上，道：「說說我吧，我在你們眼裡是鄧元覺，可我還有一個名字叫寶金，是一個機械廠的工人，一九七二年生，今年三十五歲。」

楊志道：「你跟我們說這些幹什麼，你放心，我們不會群毆你的，但是你今天也跑不了！」

鄧元覺哈哈大笑，震得屋頂塵土簌簌而落——我手裡那塊西瓜就此吃不成了。

鄧元覺朗聲道：「青面獸，你也太小瞧我了，我跟你們說這些，意思是我和你們的恩怨本來是上輩子的事情，但這輩子既然又想起來了，我也沒打算不認，可我現在是一個普通工人，殺人是要犯法的……」

我小聲說：「你上輩子殺人也是犯法的。」

鄧元覺瞪了我一眼，繼續說：「上輩子我有一個最大的遺憾，那就是沒能和魯智深分個勝負，現在我既然又是我了，就一定要把這個心願完了，就算殺人挨槍子兒，我也得挨在魯智深身上。你們明白我的意思了嗎，如果你們答應，我保證在這期間絕不與你們為敵，更不與你們的人動手，直到我和魯智深把上輩子的架打完，咱們該怎麼還怎麼；如果你們不答應，」說著話，鄧元覺擼擼袖子，大聲道：「也不用一個一個上，大和尚我奉陪。」

聽完鄧元覺的話，張清第一個跳了出來，指著他鼻子叫道：「姓鄧的，明白告訴你吧，你說的人來不了了，我們還是那句話，今天是不死不休，我第一個領教！」

我急忙也跳了起來：「慢著！」我轉頭問鄧元覺，「你既然是一九七二的人，怎麼又變成鄧元覺了？」

鄧元覺瞪著大眼珠子說：「我怎麼知道，一覺醒來像做了個長夢一樣，什麼都記起來了。」

我問：「那你怎麼知道跟蹤李師師的？」

鄧元覺道：「我剛醒沒多久，就有人給我送了張條子。」

「那人呢？」

「那人明顯就是個送信的，啥也不知道。」

我又問：「那你是怎麼想的？」

鄧元覺道：「我想，既然我能突然想起這些事來，魯智深也能，到時候他肯定得先找你們。」

盧俊義苦笑道：「我們也希望你說的能成為事實，你還別說，我真有點想那和尚了。」

鄧元覺說：「所以我只要守住你們，肯定能見到他。聽說你們辦了一個學校，這樣吧，算我一個，一來方便我等魯和尚，二來你們誰氣不過想殺我的，還能就近動手，省得說我鄧某人怕了你們。」

林沖淡然道：「你既然有這麼一個心願，我們再死氣白賴地跟你過不去倒小氣了，再說我們只有一年好活，非要跟你決個生死，也不是英雄行徑。」

鄧元覺哈哈一笑：「不必有這種顧慮，咱們兩家上輩子乃是死仇，該我擔的我絕不推卸。」

好漢們相互看了看，一起起身，盧俊義說：「既然如此，我們一起祝願你目標早日達成，在此期間，我會知會兄弟們不要跟你為難，告辭了。」

鄧元覺一拍桌子：「別走！」

好漢們一起回頭，鄧元覺指著打開的西瓜說：「吃完再走，這可是我身上最後幾塊錢買的……」

結果就是我們每人手裡捧塊西瓜邊吃邊走，等鄧元覺把房錢結了，他衝我聳聳肩：「知道我為什麼跟著你了吧，我沒錢吃飯了。」

盧俊義跟我說：「我們先走一步，」說著，他看了一眼鄧元覺，「如果他真的也來育才，還有很多事我得先回去囑咐。」

林沖過來說：「小強，小心點。」

我瞄了一眼鄧元覺那烏雲壓頂的身材說：「算了吧，他要想弄死我，我再怎麼小心也白搭。」

好漢們先搭車走了，鄧元覺用一個袋子把自己的東西都歸整好，跟著我上了麵包車，我瞅了瞅副駕駛座上的他，尷尬地說：「該怎麼稱呼你呀，鄧哥？國師？」

鄧元覺豪爽地拍了拍我的肩膀說：「兄弟，不管怎麼說，沒咱倆什麼事，既然都是現代人，你就叫我寶哥吧，以後我在你面前就是那個機械廠的寶金，不是什麼八大天王。」

我說：「寶哥，咱都是現代人，起碼上過九年義務教育吧，你不覺得投胎轉世這種說法有點不靠譜嗎，你就沒當自己真的做了一個夢？」

鄧元覺嘆了口氣：「哎，該怎麼跟你說呢，我也希望是這樣，你知道我這人好打架，得罪過不少人，那天——就是我剛做完夢的第二天，也不知怎麼那麼巧，我得罪過的人都湊一塊了，能有三十多個，要平時跑還來不及，可那天不知怎麼就跟中邪似的衝上去了，結果你猜怎麼著？三十多個人全讓我扔路溝裡了。」

我知道這些人八成是我那個對頭花錢搞的鬼，就問：「後來沒人找你嗎，給你點錢什麼的？」

鄧元覺詫異道：「你都知道了？後來確實是有人找過我，也給過我錢，讓我跟你們對著幹，可是我把錢退給他了。」不等我開口他就搶先說，「不用問了，那人也是雇來的，什麼都不知道。」

「那你為什麼不跟著去呢，省得你坐吃山空。幫你恢復記憶這人很有錢的。」

鄧元覺笑了一聲道：「這不叫幫我恢復記憶，這是他媽在害我。」

「為什麼這麼說？」

鄧元覺嘆了口氣說：「本來過得好好的，可商量也不跟我商量一聲，就把老子變成另外一個人了，你說我招誰惹誰了？」

「這麼說你不願意變回鄧元覺？」

「也不是不願意，可你總得問我一聲吧，『哥們，你上輩子是誰誰誰，你想變回去嗎？』我想想，哦，上輩子是個和尚，變回去不吃肉還省錢，八成就同意了，可現在倒好，一覺醒來就多了一百零八個死敵，好麼，這不是害我嗎？」

我也笑了起來，我發現這鄧元覺還挺能聊的。

鄧元覺鄭重道：「我後來想起來了，頭天晚上我喝多了，睡到半夜渴醒，就發現桌上有杯水，毛病就出在那杯水裡了，可已經到這份上了你還能怎麼辦，就是那句話：該你擔的你還得擔，但這不意味著誰都可以拿我當槍使，為了上輩子那點事就讓我跟人拼命去？我沒那麼傻。」

我笑道：「寶哥活得夠明白的。」

鄧元覺撇嘴道：「屁！你沒發現我都有點人格分裂了嗎？」

確實，剛才豪氣干雲的鄧元覺和現在的普通工人寶金，像一個演員的舞臺表演和現實生活一樣涇渭分明，我想他也確實不容易，尤其是每天一睜眼，肯定得先想半天自己是誰，在哪個朝代，出了門迎面碰上拿刀的是官兵呀還是隔壁王屠戶，碰上手裡拿棍兒的是梁山的槍兵呀還是瞎子……

我把從劉老六那裡知道的情況大略跟他說了說，鄧元覺嘆道：「你說我們這些人不就是炮灰嗎，都上千年的事了，翻出來有意思嗎？」

我也嘆道：「八大天王要都跟你似的，就沒那麼多事了。」

鄧元覺道：「他們跟我不一樣，他們可能死得很慘，怨氣重，而且他們手上都有梁山的人命官司，就算他們不找梁山的人報仇，梁山的人也會找上他們，只好索性再拼一把。」

我說：「那你能勸勸他們嗎，我也說說那幫好漢們，咱們都到此為止，要不這仇還得結幾輩子去。」

鄧元覺搖搖頭：「八大天王那可不是聽人勸的主兒，再說，我們八個之中，我只和龐萬春關係還不錯，其他幾個我都看不順眼，他們看我也彆扭。」

八大天王內部不合，這我還是第一次聽說。

我邊開車邊說：「對了寶哥，你是怎麼死的？」然後馬上補充了一句，「我是說上輩子。」

鄧元覺馬上醞釀出一臉的豐富表情來，這種表情我很熟悉，正是我們鄰居二哥酒足飯飽後，趿拉著鞋，叼著牙籤準備神侃他當兵那會的事的時候才有的，透過這個細節我決定：以後只當他是現代那個寶金。

寶金像講別人的故事一樣滿不在乎地說：「花榮你知道吧，那小子箭快呀，我剛見他那手一動，箭已經進了面門了，等我再醒來……」

我悚然道：「你還醒過來了？」

寶金笑道：「我再醒來就五六歲了，又過兩年就進了小學，我三年級那年，從外地轉過來個孩子，父母都是博士，那小子八歲就讀過四大名著了，一到下課就給我們講，我還就愛聽這水滸，為了聽他說書，我攢了好幾天零花錢請他吃肉串兒……說起來，我還是梁山好漢們的狂熱崇拜者，從小就好聽這哥兒一百零八個的故事。」

我失笑道：「想不到吧，最後繞回來，你還是這一百零八個哥兒的仇人。」

「哎……我也不怪他們，梁山那些位來咱們這地方也就個把月吧，他們還活在那個硝煙四起的年代，他們的兄弟個把月前才倒下，所以見了我想撲上來那很正常。」

我挑大拇指讚道：「就你是明白人——這麼說，你要跟魯智深決戰也就是那麼一說，目的是拖住好漢們？」

沒想到這下可捅了馬蜂窩了，寶金掄起蒲扇大的巴掌在我的駕駛臺上一拍，只聽嘎巴一聲，這下好了，我那放卡帶的地方以後只能放進去DVD了。

寶金怒道：「你焉敢如此小瞧我和尚？」

我忙說：「鄧國師息怒，小強知罪。」

寶金一怔，有點不知所措地說：「對不起啊兄弟，沒控制住，一想到魯智深，我就變了一個人似的。」

我埋怨道：「你這樣誰受得了啊，以後變身之前說一聲。」

就在這時，我的電話突兀地響了起來，我一邊小心地觀察著路況，一邊用很彆扭的姿勢往外掏，寶金一把從我口袋裡把電話拽出來，徵求我的意見：「我能替你接嗎？」

我納悶道：「你還會接電話啊？」

寶金滿頭黑線地說：「我用電話的時候你還穿開襠褲呢。」

他擅做主張地接起來，哦了兩聲之後就掛了電話，我用目光詢問他，寶金面無表情地說：「你一個叫程豐收的朋友，現在在鐵路派出所呢，叫你去保他。」

「程豐收？」

我一下想起來了，紅日武校的領隊，雖然說跟我們相處時間不長，可交情不算淺，要不是他們主動退出比賽，我們育才未必就能那麼順利拿了冠軍。可是這個老實巴拉的鄉農怎麼會進了局子的？

我問寶金：「他沒說什麼事？」

寶金很門清地說：「局子裡打電話，怎麼可能讓你把話說清楚？」

我笑嘻嘻地問：「寶哥常進去坐？」

寶金羞赧地說：「上個星期還進去蹲了一會兒，幸好我們單位的人跟裡頭的人熟，現在不幹了，再以後就得小心了。」

我說：「你以後乾脆就上我那兒當個武術教師吧，畢竟你還有幾十年好活，我那兒現在可是算國家編制，三險給你交上，每個月也有幾千塊錢拿。」

寶金笑道：「那敢情好，就是不知道我還能活幾天，我跟老魯見了就得死磕，不管誰把誰弄了，以後都沒好日子過。」

我納悶地問：「你跟魯智深真那麼大的仇？」

寶金一揮手說：「你不懂，有的敵人比朋友還值得尊敬，我們這一戰乃是宿命。」

我撇嘴道：「又是決戰那一套，你們倆不打算在故宮房頂上打吧？」

寶金哈哈一笑，跟我聊起了足球……

我們邊聊邊往鐵路派出所走，老程我是肯定得把他弄出來，別說我們欠人家那麼大一個人情，就算是沒打過什麼交道，只要參加過武林大會的，出了這種事我都得管。

鐵路派出所我沒來過，一路問了幾個人，都愛搭不理的，最後我把車停在一家小賣部門口，粗聲大氣地跟裡面那個中年店主說：「老哥，我們是投案自首的，派出所怎麼走？」

店主魂飛魄散，顫抖著說：「你……往前開……見了丁字路口往左，第一個路口再往右……」

寶金把大禿腦袋探出去叫道：「我們要找不著再回來問你啊。」

店主索性拿出一張地圖來到我們跟前，用鉛筆標出我們現在的位置，然後勾畫作戰地圖一樣，把派出所的位置指給我們，最後跟我們說：「祝你們一次成功——地圖和鉛筆送你們了。」

我和寶金這次很順利地找到地方了，這鐵路派出所有一個小院，還種著幾棵槐樹，我把車停在門口，寶金跟我說：「兄弟，我就不跟你進去了，我這樣的進去，容易招人問。」

我進了院，穿過那片樹蔭走進去，一進門我就笑了，只見程豐收帶著他的二十幾個同門和徒弟正在屋子左邊蹲著呢，在他們對面不遠蹲著另一幫人，看來是因為兩撥人打群架進來的，屋子當中的桌子後面，坐著一個青春痘還沒下去的小民警正在焦頭爛額地應付一群辦理日常手續的居民。

我見小民警也沒工夫理我，就蹲在程豐收旁邊問：「程領隊，這是怎麼了？」

這幫人雖然從小練武，不過這種地方大概還是第一次進，一個個垂頭喪氣的，程豐收苦著臉說：「怪我沒忍住脾氣，跟人動了手了，我們在這也沒熟人，出了這種事只能麻煩你。」

接著他把事情的經過一五一十地告訴了我。

原來紅日的這幫鄉農比武完了以後，又在本地逗留了兩天，四處看了看，買點土產，今天的火車回滄州，結果在候車室碰上幾個偷錢的，本來沒偷上錢就算了，誰知道這幾個偷錢的倒不幹了，惱羞成怒之下要「教訓教訓」程豐收他們……

說實話，程豐收本人的確是沒還手，就擋了幾下，他那鐵胳膊鐵腿誰受得了啊？對方痞子頭勃然大怒之下召集了附近所有的手下，於是雙方發生群毆。再後來這群人就被幾個鐵路警帶到了當地派出所。

程豐收他們要跑當然是不成問題，可鄉農們一來是本分人，二來認為自己占理，所以老老實實地跟著蹲著。

我往對面一看，群痞一個個呲牙咧嘴直吸冷氣，還有的半跪半坐，看來鄉農們雖然下手有分寸，這幫軟腳鬼卻傷得不輕。

我往對面看的同時，對面的痞子頭也正好抬起頭來打量著我，這人跟我差不多大年紀，一腦袋白毛，熟人：勒索過劉邦的小六子！

我這氣不打一處來，快步走到他跟前，用指頭戳著他腦門罵道：「怎麼哪兒都有你啊！」小六哭喪著個臉，也不敢還手。

這時那個小民警不幹了，揚著下巴呵斥我：「嗨嗨嗨，你不看看這是什麼地方？」

我忙陪笑說：「對不起啊，那邊的是我朋友——」我指了指程豐收他們，說，「他們那屬於見義勇為，你看……」

小民警打斷我：「別給自己臉上貼金，這案子還沒定呢，你們的事一會兒再深究，一邊待著去！」說著又埋頭忙自己的事。

我湊上去遞著菸說：「警官，那你看是不是能找別的同志處理一下？」

小民警說：「廢話，要有人早處理了，你知道我們四個人管多大一片嗎？」

我只好把菸叼自己嘴上，小民警眼皮也不抬一下就說：「抽菸外邊！」

我一看這事不好辦了，至少這毛頭小子對我沒好印象，再說看他那樣子，一時半會也忙不完，我有心就這麼領著紅日的人偷偷出去吧，怕他們不敢也不肯，我只好想著找人幫忙了。

要說最好使的肯定是找現管——劉秘書，育才弄出這麼大動靜來，這小子都樂瘋了，現在老劉正在忙著自己的仕途，應該是敏感期，這種小破事求到他那去，萬一他一推六二五，以後再打交道就難了。

所以我只能找國安局了，唯一的區別就是找李河還是費三口，幾乎只想了一秒我就決定找老費了。李河這人給我感覺有點過於嚴謹，不好處，而且他好像早有預料我有這麼一天似的跟我表明了態度：凡與育才無關的事情不要煩他，老費就隨和多了，而且我們才剛剛合作過。

我一個電話打過去，老費現在隱藏的那個單位正好下班，我聽見電話裡一個女同志在喊他的名字一起吃飯，老費胡亂答應著，可能是一邊收拾桌子一邊聽我說了情況，沒想到這老間諜為難地說：「這個不好辦呀，你要是私藏槍枝什麼的被抓了反而容易處理……」

我說：「少廢話，趕緊想招，要不我就告訴嫂子去。」

老費愕然：「告訴她什麼？」

我嘿嘿冷笑：「我就告訴你老婆你外面還有人，剛才叫得那個親熱勁——」

老費哼哼一笑：「那個就是我老婆。」

我：「……」

不得不說想威脅這類人真的是很難，他隨口一句話就製造了亦真亦幻的迷霧效果，當然，我並不是真的想威脅他，更沒打算真去調查那位女同志是不是他愛人……

老費笑呵呵地說：「行了，我想辦法吧，抽空介紹一些基層的公安給你認識，對你以後辦學也有好處。」

我這剛掛了電話沒三分鐘，小民警旁邊的電話就響了，他一邊忙著手裡的事，一邊對著電話說：「哦，哦，你是誰？好。」

他放下電話，抬頭看看我說：「你們走吧。」

我也很納悶，不知道老費想了什麼辦法，我拉起程豐收往門口走，走到半路，只見那小民警像猛地反應過來什麼事一樣站了起來，發怔道：「剛才那個……好像是我們局長。」

現在我知道老費所說的基層同志是誰了，不過想想也是，能接觸到他們國安一個皮毛的，也就是局長這個級別的了，他要真找基層的員警來處理，那事情就越搞越複雜了。

程豐收他們跟著我出來都有點訥訥地不好意思，這個老實的農民拉著我的手抱歉地說：「蕭領隊，給你添麻煩了。」

我邊從他鉗子一樣的手裡抽回自己那隻手，邊說：「應該的應該的，接下來你怎麼打算？」

程豐收說：「火車也誤了，只能是再訂票了。」

我看了看他們簡單的行李，知道他們囊中羞澀，說：「這樣吧，跟我去學校住幾天，火車票的事你也別管了。」

程豐收：「這……合適嗎？」

這時，我就見一串人正順著派出所牆角貓著腰偷偷摸摸往外踅摸，我高喊一聲：「站住，讓你們走了嗎？」

小六驚悚地回頭看著忙碌的小民警，緊張地說：「強哥，別喊呀。」

我笑嘻嘻地看了一眼摩拳擦掌的鄉農們，說：「好，我不喊，你們最好也別喊。」

程豐收他們有意無意地把小六他們圍在了當中，這些農民們無比珍惜自己的名譽，這次因為小六，他們誤了火車不說，還進派出所練了半天馬步，僅憑後面一點對他們來說就是十足的切齒之恨，現在雙方既然都出來了，這群蔫豹子看來是來脾氣了。

小六眼珠子骨碌碌轉著，鄉農們以二十圍二十，在他正面還有一個缺口，看來他還想打主意從這個口子裡溜之大吉。這時從對面的麵包車裡跳出一條大漢，這人下了車，嘴裡叫道：「強子，人弄出來了，怎麼回事啊？」

寶金走過來恰好堵在那個缺口上，抱著膀子聲若洪鐘問：「誰跟誰啊？」

小六抬頭看了看這個遮天蔽日的壯漢，帶著哭音說：「我們回去還不行嗎？」說著又帶頭往派出所裡走，兩個鄉農幸災樂禍地讓開了路——看來他們也有不厚道的一面。

我見小六子一群人悲壯地向小民警走去，想想他們無非也就是幾個小痞子，沒犯什麼令人髮指的罪過，再說也沒必要把這仇坐死，就揮揮手說：「算了，你們滾吧。」

小六他們急忙感恩戴德地衝我彎了幾下腰，他剛走出去幾步，又回頭問我：「強哥，育才是你開的？」

我板著臉說：「怎麼了？」

「……你那缺人嗎？」

我打量了他幾眼：「我那缺燒火做飯的，不是你想來吧？」

小六一拍大腿：「燒火做飯我們本行啊。」說著，他拉過一個很眼熟的混混跟我說：「看見沒，這是我們阿湯哥，他們家『祥記餛飩』那可是祖上傳下來的手藝。」

我仔細看了看「阿湯哥」，認出來了，就是那天被荊軻推湯鍋裡那位，看來這百年老湯確實很養人，這阿湯哥現在細皮嫩肉的，我笑道：「百年老號就出了你們這麼些東西？」

小六苦著臉說：「這不是生活所迫嗎？上次你們走了以後，我們在那也待不下去了，要說找個正經活幹吧，也沒人願意要我們，只能是幹起這個了……」

我依舊板著臉說：「去了我那兒能保證好好幹嗎？」

小六拍著胸脯說：「以前我們混那是沒辦法，誰不想過正經日子呀，你只要收了我們，那沒說的，士為知己者死——」說著捅捅旁邊的阿湯哥，「下一句是什麼來著？」

阿湯哥：「一女不侍二夫。」

小六道：「對，一女不侍二夫！」

我笑道：「別扯淡了，去雇車去，都跟我回學校吧。」

既然小六已經歸順，鄉農只好放下架勢，小六特意雇了兩輛中巴，他和一幫痞子坐在後面一輛裡，我把紅日隊的行李都放在麵包車上，帶著程豐收和寶金在前面開路。

程豐收看看寶金，問：「這位兄弟也是練家子吧？」

寶金呵呵一笑：「好些年沒練了。」

程豐收道：「肯定是家傳的功夫吧？剛才看你那一下，絕對是下過苦功的。」

寶金搔搔頭皮道：「就算是吧。」

然後一路上，這兩人從外五門到內家功夫聊了個不亦樂乎，說到高興處，程豐收拉著寶金的手問：「兄弟，你現在在哪高就呢？」

寶金不假思索地回答：「我是機械廠的工人，緊螺絲的——」

程豐收張著嘴無語了半天，最後嘆道：「蕭領隊的朋友真是藏龍臥虎啊。」

第十章

通靈太后

金老太說：「我這個人吶，眼睛偶爾能看見些不該看見的東西，

老人們說這叫通靈。我跟那些真正能通靈的人還不一樣，

我只是能在夢裡預見到幾天以後的事情，十有八九還算準。」

我不禁身子一板，還真有點毛骨悚然的感覺。

車到了學校，程豐收和寶金把紅日隊員們的行李往外搬的工夫，從旁邊的工地上一個黑大漢捂著兩塊超級板磚暴叫著殺了上來，後面兩個工人邊追邊喊：「把臺階還給我們——」等那黑大漢殺到近前我才發現是李逵，他手中綽著兩塊四十乘六十的板磚，不由分說一磚向寶金頭頂蓋了下來，嘴裡罵道：「姓鄧的，找死！」

我愣了幾秒鐘才反應過來，寶金在他眼裡完全就是鄧元覺，讓小六他們的事情一攪，我把這事給忘了。

寶金向旁一閃，在李逵招式已經用老的手腕上一磕，滿以為能把地磚磕掉，沒想到李逵打定拚命的主意，死攥著不撒手，匡啷一聲，那磚就此把麵包車的車門砸成流線型了。這時李逵另一隻手上的磚也已殺到，卻被程豐收架住了，他勸道：「這位兄弟，有話好說。」

急了眼的李逵早不認識程豐收了，兩條胳膊一掄，喝道：「誰跟你是兄弟？」使出板斧的招數生砍硬剁起來。

程豐收和寶金都不想傷他，只能是從兩邊夾擊，侍機奪磚，李逵拿著地磚當板斧，雖然不順手，但憑著一股勇力和這兩人打了個旗鼓相當，這三人兩磚，團團亂戰，塵土飛揚。

小六子一下車就有熱鬧看，不過他既然已經把自己當了育才的人，就邊往前湊合邊說：

「哥幾個怎麼回事啊？」

我躲在車裡衝他大喊：「滾回去，不想要命啦？」話音未落，李逵一磚從他頭上掃過，掃起幾簇白毛迎風飄揚，小六「哎喲」一聲，立刻臥倒，反向匍匐前進，逃跑的本事相當過硬。

這時林沖從遠處飛跑而來，順手提過一個工人手裡的鐵鍬，他來到李逵身後，把鍬頭放在李逵腿旁，揮手一撩，李逵猝不及防摔了個仰面朝天，等在後面的兩個工人手疾眼快，一邊一個搶過地磚，飛也似的跑了。

林沖拄著鍬，怒視李逵道：「鐵牛，俊義哥哥和你怎麼說來著？」

李逵爬起來拍拍身上的土，瞪著寶金道：「老盧說現在為難你不算好漢，但你切莫惹俺！」說著悻悻地回去了。林沖向寶金微一點頭，也跟著走了。

寶金遙遙望去，見對面的宿舍樓各個窗口站滿了梁山好漢，都靜靜地向這邊張望，雖然看不清他們的眼神，但那敵意卻是十分明顯的，寶金依舊衝那邊抱了抱拳，苦笑了一聲。

程豐收拉拉寶金衣角問道：「兄弟，你和他們有過節？」

寶金嘆道：「都是幾十年以前的事了。」

程豐收看看好漢們，納悶道：「那時候你們還都是小孩子吧？我和這些人切磋過武藝，個個都是性情中人，想不到這麼記仇。」

程豐收打量著遠遠近近一片熱火朝天的校園，感慨道：「這以後肯定是個好地方啊。」說著又笑道：「喲，他們也來了。」

我順他目光看去，只見徐得龍正在教小三百蹲馬步，段天狼和十幾個徒弟穿梭其中，不斷糾正孩子們的動作，別看段天狼平時冷冰冰的，現在卻是兩眼放光，一副勁頭十足的樣子。

我見程豐收滿臉嚮往的樣子，把手搭在他肩膀上說：「老程，你們也來吧。」

程豐收想不到我會提出這種要求，頓了一頓才說：「學校裡的孩子們還等著我們回去呢。」

「有多少人？」

「也有個三四百號吧。」

我乾脆地說：「接來呀。」

程豐收看著我說：「這……合適嗎？」

我說：「育才能有今天，你們也有一半功勞，有什麼不合適的？讓孩子們都來吧，咱們這管吃管住不收學費。」

程豐收興奮道：「光憑這一點，他們就肯定都願來。」

這時驚魂未定的小六湊過來說：「強哥，我們幹什麼？」

我一指說：「食堂在那邊，什麼都齊備，做完飯還宿舍，四個人一間隨便住。」

小六一揮手，大聲道：「兄弟，老本行動起來。」

一個混混把腦袋湊上來問：「六哥，這回咱們陰誰，鬥地主還是詐金花？」

小六狠狠給了他一下：「做飯！」

「初，育才之成，多以蔑世強梁市井之徒充斥其間。」——《史記・育才本紀・司馬遷》

上面那句翻譯過來就是：最初的育才，是由一幫土匪和混混支撐起來的，我對司馬遷的措辭感到遺憾。

我帶回來的幾批人給現在原本就熱鬧非凡的育才又加了幾分催化劑。

段天狼和好漢們本來是頗有芥蒂的，經過解釋，現在看來還算能融洽相處；程豐收和小六他們的摩擦已經不在我的考慮範圍之內了，目前最要命的是寶金和好漢們的恩怨，寶金根本無意與好漢們為敵，可執拗的寶光如來鄧元覺卻不願意主動和解，這讓人非常棘手。他謝絕了程豐收提出和他住一間宿舍好有個照應的好意，自己一個人住了單間。

把程豐收他們安頓好以後，我才有時間檢查我那台車，它的右側車門完全被砸扁了，開始是關不住，我站在後面踹了半天終於能合上了，可新的問題是，在合上以後只要車身有輕微的顛簸，它就嘩啦一聲自己敞開，非常嚇人。後來還是湯隆在車門和緊挨著它的車身上各鑽了一個孔，這樣就可以用鎖鎖住，從此以後，我這個車鎖就成了全手動人性化設計了。

這時扈三娘拉著佟媛的手風風火火地從我身邊經過，我詫異地問佟媛：「你還沒走啊？」

扈三娘這才發現我，她把假髮摘下來拿在手裡扇著風，說：「是我把妹子硬留下來的，幫我教那些女孩子幾天功夫，你可要給她發工資哦。」

我看看段天狼又看看佟媛，嘿嘿一笑，佟媛也正好往那邊看去，皺眉道：「他怎麼也來了？」她隨即瞪我一眼道：「你笑什麼笑？我本來是著急回去的，既然姓段的也在，我還就不走了！」

我懶洋洋地說：「好啊，舊圍牆拆下來不少磚，你領著孩子們都劈了吧。」

以現在育才的人員成分，三天內要不打起來，足夠開門「卡內基人際關係學」的課了。

我回了當鋪，正巧碰見李師師在收拾東西，我問她去哪兒，李師師停下手道：「正要跟你說呢，我可能得出去一段時間，我接了一部戲。」

我笑道：「動作不慢嘛，演什麼？」

李師師道：「女一，也就是主角，這是部女人戲。」

我端了杯水邊喝邊問：「叫什麼名兒啊？」

李師師把一個塑膠皮本子扔過來：「自己看。」

我漫不經心地揭開第一頁，一口水就全噴出來了，上面赫然五個大字：李師師傳奇！

李師師搶過劇本，擦著上面的水，嗔怪地說：「怎麼了你？」

我邊咳嗽邊說：「這麼大的事你也不跟我說一聲？」我還以為她是跟我開玩笑的呢，但一看劇名就知道八成是真的了，不說氣質外形，光對宋朝的瞭解而言，誰能比得上李師師自己？導演沒理由不選她當主角。

李師師邊收拾東西邊說：「這事挺急的，我也是剛簽了約，明天就得到劇組報到。」

我又拿過劇本往後翻著，突然驚訝地說：「投資方金廷影視，這不是金少炎那小子的公司嗎？」我問李師師：「那你見過這小子沒？」

李師師淡淡道：「這是一部小成本的作品，他是不會親自探班的，其實我之所以選這部戲就是因為它投資成本小，拍攝期短，本來還有一部《赤壁》也叫我去的——可我時間不夠了，我要了最低的片酬，唯一的要求就是在十個月內殺青。」

我苦笑：「自己演自己不彆扭嗎？」

李師師好像看透了我的心思，微微笑說：「劇本的每一個字我都看了很多遍，還算忠於事實，我想詮釋一個真正的我自己——李師師，並不完全是一個……」

後面的話她沒說出來，但我也明白了她的意思。

晚飯當我把這個消息宣布了以後，包子最先歡欣鼓舞起來，她開了兩瓶啤酒給每人倒了滿滿一杯，連曹沖都有小半杯，包子舉起杯說：「表妹，等你成了明星可別忘了我們，你在家這段日子，嫂子都沒好好陪過你，以後找你要簽名，你可不要說不認識我哦。」

李師師端著杯，動情地說：「表嫂，你在我眼裡是全世界最好的女人，表哥有了你，真是他的福氣……」

李師師看看項羽他們，本來還想說點什麼，卻哽咽得再也說不下去了，我知道她是因為這一去以後相見的時間越來越少，所以傷感了。

包子笑嘻嘻地說：「你看你哭什麼，這是好事呀，不說別的了，祝你成功，來，乾杯！」

一桌人集體站起，碰杯，劉邦項羽他們都明白這一杯酒的含義，他們默默地喝乾，一切祝福盡在不言中。

只有小曹沖抿了一口，皺著眉說：「好苦——」把我們都逗得笑了起來。

李師師放下酒杯說：「至於小象的文化課以後就拜託……」說著話，她的眼睛在桌上挨個逡巡一一掃過，最後目光回到曹沖身上，鄭重地說：「小象，以後就全靠你自覺了。」

我們均感無地自容，一起說：「喝酒喝酒……」

我忽然靈機一動說：「其實小象可以去咱們育才嘛。」

包子猶豫著說：「我看還是去一般的小學吧，你們那是個正經地方嗎？」

她這一說更堅定了我的決心，李師師一走，與其讓曹沖每天跟著嬴胖子打遊戲機，還不如把他送到育才去磨練磨練；至於普通小學，那根本不用考慮，沒有誰比我更明白哪才能學到真東西的了。

項羽放下筷子說：「明天我和你一起先去看看。」

劉邦也不知道想起了什麼美好往事，瞇著眼睛說：「能再做一回自己也不錯啊。」

秦始皇感慨道：「餓也有些兒想回起（去）。」說著看了看一旁嘿嘿傻笑的荊軻，「歪要絲摸油膩就更好咧（要是沒有你就更好了）。」

看來當年二傻給他造成的心理陰影確實是不小。

包子湊在李師師跟前，很小聲地問：「表妹，你演的這個有沒有激情戲呀？」

李師師臉一紅，說：「劇本我看了，都是用一些遠鏡頭和道具代替的。」

這個問題我還真沒想到，按說現在的商業電影不是特技大製作，就是用情色吸引人，要按李師師說的那樣，拍小成本文藝片，又沒著名導演撐著，十有八九拍出來的就是賠錢貨，金少炎難道真的被我那一磚拍傻了？

第二天九點多，我才剛起床，小傢伙已經漱洗好，穿戴整齊了，看來曹操真是想把自己的孩子培養成一個小政治家，至少在嚴於律己上他已經成功了。

我特意地要把曹沖放到集體裡就是想讓他明白，不管在什麼時候什麼朝代，從小就要適應競爭和勾心鬥角，這樣總好過他三哥被他大哥逼得作七步詩。

我們來到外面，項羽看了看自己開的那輛現代，又看看我開那輛麵包，最終還是忍不住走到麵包跟前，愛憐地摸著它的車身說：「我們還是開這輛吧，那輛車也該還給人家了。」

他拉著曹沖的手習慣性走到右側的後車門，一看門上掛的鎖就笑了：「小強，你這高科技呀，來，把鑰匙給我。」

我說：「從那邊上吧，這邊進去以後還得拽著，等有工夫了再在裡邊安個插銷就好了。」

曹沖站在車外看著，忽然伸出小手指著駕駛室說：「我想坐前面。」

我說：「小不點兒不能坐前面。」

項羽道：「你抱著他坐前面，我來開車。」

曹沖這還是第一次見人開車，眼睛眨也不眨地看項羽操作，項羽問他：「想學嗎？」

曹沖目測了一下座位和油門之間的距離，奶聲奶氣地說：「我的腿不夠長。」小傢伙天資過人，居然這麼快就看出來開車是要手腳並用的。

項羽一把把曹沖提在自己腿上，說：「現在我教你一遍怎麼開，我的腿就是你的腿，你踩一下就行，我的手就是你的手，你命令我怎麼幹我就怎麼幹。」

曹沖興奮道：「好啊好啊。」

項羽重新拉上手剎車，熄了火，然後從頭示範給曹沖看，當車子發動剛跑出不到三米的時候，曹沖拍著方向盤說：「好了好了，我會了。」項羽又把車熄了，剛拉上剎車，曹沖自己伸出小手又把車擰著，指著手剎說：「給我放下。」

項羽笑呵呵地照做，曹沖左腳踩著項羽的腿，說：「我現在已經踩住了離合器，你幫我掛在一檔上。」

項羽笑道：「明白。」

曹沖的小腳在項羽右腿上一點，車就慢慢啟動了，曹沖興奮地揮手大叫，項羽忽然把他的兩隻手都按在方向盤上，說：「小象，現在方向盤由你來把，我和你爸爸的性命都交到你手上了，你能保障得了我們的安全嗎？」

曹沖鼻尖冒汗，卻還是執拗地點了點頭，項羽就居然真的放開了手，我本來還笑嘻嘻的不以為意，此刻不禁魂飛天外，叫道：「羽哥，玩過頭了吧？」

項羽朝我微微搖頭，說：「要相信小象。」

就這樣，在我的指揮下，曹沖居然就那樣摟著方向盤把車開出了小巷，上了馬路，曹沖更捨不得下來了，小孩子天生的好奇心和操控欲在方向盤上得到了最大的滿足。

開始他還能慢慢地調整方向，後來玩性大發，索性在平坦的馬路上把車開出一溜蛇行。我臉色慘白頭皮發麻，幾次要求下車都被這爺倆無視了，項羽則乾脆把雙手枕在腦後，悠然自得地隨曹沖折騰。

因為速度的刺激，曹沖的小臉兒已經通紅，但不得不說他掌握方向盤的技巧已經非常熟練了。

就在這時，前方出現了一個繁忙的十字路口，交警正在指揮臺上打著手勢，各種車輛川流不息地從他眼前經過，雖然離著還有一段距離，但項羽絲毫沒有放慢速度，我勉強笑道：「羽哥……還玩啊？」

項羽根本不理我，好整以暇地看著腿上的曹沖，絲毫沒有要干涉的意思。

這時曹沖卻有點慌了，他的小手死死地抓著方向盤，眼睛瞪得溜圓，卻一點也沒想起該採取什麼措施，向路口的中央發起了自殺式的衝鋒。

我只覺得不管是腦子還是身體，處處是一片空白，這個時候曹沖就比我強很多，在我們的車就要衝出停車線那一刻，曹沖帶著哭音大喊了一聲：「停！」

嘎——刺耳的剎車聲傳出老遠，背對著我們的交警愕然地回過頭來，但不明所以的他馬上又進入了忙碌狀態。

前頭的交通燈紅得發亮，眼前的車流有條不紊地穿梭，我一拳砸在車窗上，大叫了一聲：「靠！」我們心裡都清楚只要曹沖晚喊兩三秒，我們現在就已經和其中的某輛車撞成了一團火焰。項羽連自己的命都不珍惜，當然更不會把別人的命當回事。

曹沖神經質地抓著方向盤，眼睛一動不動地盯著前面。

項羽慢慢把方向盤握在自己手裡，曹沖抬起頭來，眼眶裡已經滿是淚水，他委屈地說：

「你怎麼不早停呢？」

項羽微微一笑，把他抱起來放在我懷裡，綠燈亮了，過了路口把車停在邊上，這才輕鬆地扭頭對曹沖說：「我們說好了車是你開，我只是你手裡的機器，你不叫停我怎麼敢停？」

曹沖擦擦眼淚，毫不示弱地再次抬頭盯著項羽。

項羽半趴在方向盤上，淡淡地跟曹沖說：「我教你開車是為了讓你明白：第一，沒什麼事情是幹不成的，給自己找理由的人都是懦夫；第二，答應別人的事情就一定要做到，你答應過保障我和你爸爸的安全的，你可能以為我是在和你開玩笑，可是作為男人，君無戲言；最後，永遠不要依賴別人來幫你解脫困境，你都明白了嗎？」

曹沖仰著小腦瓜若有所思，最後使勁點了點頭：「我明白了，我不怪你了項叔叔。」

項羽哈哈一笑，這才發現我鐵青著個臉，問我：「小強，你怎麼了？」

我兩眼直勾勾地望著他，不說話。項羽不禁也被我盯得毛毛的，小心地拍了拍我說：

「喂？」

我打開車窗哇的一聲吐了，好半天之後我抽出面紙擦著嘴，狠狠地說：「以後再坐你的車我就是你孫子！」

項羽和曹沖都笑了起來。

其實我也明白，項羽這是在把曹沖送出去之前，給他上了最重要的一課——也是玩命的一課。

我們到了育才之後，這裡依然是一片生龍活虎的景象，到處是灰濛濛的鋼架、作業的工人，吊車和壓路機轟隆隆的聲音震得人腳底發麻，這種大型聯合作業的方式在民間應該還是頭一次見。

下車以後，曹沖牽著我的手東張西望，眼睛都不夠用了，不停問我這是什麼那是什麼，別說他，就連項羽看到這番景象都有些失神，當他看到起重機輕巧地把幾噸重的鋼筋抓向十多米的高空時，發出了似有似無的一聲嘆息，他可能這才意識到在這個時代「力能扛鼎」不過是個普通苦力的料罷了。

我領著他們來到舊樓前，雖然旁邊的建築還沒有起立，但在這一片恢弘之中，這幾棟小矮子已經相形見絀，孩子們剛散了早操，但都沒閒著，三五成群地圍著各自的教師劈叉練拳。

我問曹沖：「喜歡這嗎？」

曹沖點點頭：「喜歡。」

「去找個師父學本事吧，你看看你想學什麼。」

現在因為還沒有形成系統的學習班，孩子們都是根據自己的興趣愛好跟老師，經常有小孩在這邊聽著聽著，看那邊有趣就自己跑了過去，人脈最旺的倒是憨態可鞠的小胖子段天豹的輕功班。

曹沖左看右看，忽然撒開小腿，跑到跟前人數寥寥無幾的程豐收跟前，跟著蹲起了馬步。

這時程豐收也看見了我，走過來跟我笑了笑，他看看曹沖，問我：「這是……」

「呵呵，我兒子，來學本事的。」

這句話一出口可不得了，周圍的好漢們頓時圍上來十多號，紛紛問道：「你哪來的兒子？」

戴宗正領著王五花繞著操場一圈一圈套呢，經過我們身邊時喊：「小強，讓你兒子跟著我跑吧，保證一年內一百一十米跨欄突破九秒大關。」

王五花邊跑邊說：「師父，九秒不算什麼，我一定突破十秒！」……

張清搶上來說：「別爭別爭，讓他自己選。」說著，炫耀似的命令身邊的放羊孩子，「徒弟，給他們表演一個，就打那棵樹上的鳥。」

放羊孩子掂了掂手裡吃剩的半個豆沙包，向著十五米開外樹上那隻鳥瞄了瞄，揮手一拋，彈去如流星，我們就眼睜睜地看著那隻小鳥……繼續整理羽毛。

眾人愣怔了片刻，就聽離我們老遠的食堂門口「哎呀」一聲慘叫，轉頭一看，只見阿湯哥鼻血長流，在他面前的地上，骨碌綠轉著半個豆沙包……

小六身在育才，早已練就了敏銳的危機意識，他順手抄起一口鍋頂在頭上，喊道：「今天的豆沙包蒸壞了是我的錯，也不至於這樣吧？」

張清在放羊娃後腦勺拍了一把，尷尬了片刻之後才給自己找到場子：「雖然準頭差了點，但力道已經有了嘛。」

董平伸手去拉小曹沖，一邊哄著說：「乖，叔叔帶你看金魚。」

曹沖扒拉開董平的手，繼續蹲好馬步，揚著臉說：「學功夫要打好基本功，你們懂不懂？」

眾人一愣，隨即都哈哈大笑起來。

程豐收笑道：「這孩子跟我有緣，我收一個入室弟子吧。」

我蹲下身子跟曹沖說：「以後你就住在這裡，怕不怕？」

曹沖依依不捨地看了我和項羽一眼，但仍舊說：「我不怕，但我會想你們還有包子姐姐的。」

我說：「沒關係，爸爸每個週末接你回去住。」

這時戴宗領著王五花已經又跑了一圈了，聽見我們說話朝我們喊：「接什麼接，跟著我練吧，到時候跑兩步就回去了——」

就這樣，我們把小曹沖託付了下來，跟好漢們，我也沒有說出曹沖的真正身分，我想讓他跟著程豐收這個現代人，對他以後的生活應該有幫助。

當我和項羽走回到車邊正準備回去的時候，一個騎著輛電動自行車的三十歲上下的男人正好從我們身邊過，他見我們剛從那邊走過來，就用腳支著地問：「喂，前面就是育才嗎？」

「是啊。」

這男人一言不發騎起車就要走，我忙叫住他，問：「哥們，電動車多少錢買的？」

這男人眼神裡有些乖戾，本來正在出神，聽我這麼一問，愣了愣，只得無奈地說：「一千六。」

我扭頭跟項羽說：「我一直想給包子買一輛呢。」

那男的剛想走，我又把他叫住，問：「幾天充一次電呀？」

「……三天。」這哥們已經滿頭黑線了。

我也挺不好意思的，就說：「謝了啊，貴姓啊？」

這人再也耐不住性子，雙腳一蹬離我們而去，只遠遠地丟過來個名字：「厲天閏！」

厲天閏騎著電動自行車跑我們育才鬧事來了！

「厲天閏？」項羽喃喃地念叨了一遍，然後拍了我一把說：「去看看，我找他很久了。」我這才想起來，他答應過張順幫他報仇的。

項羽大步流星向我們來的方向走去，我在後面邊攆邊喊：「羽哥，一會兒先別動手……」

項羽邊走邊說：「你不是想要輛電動自行車嗎？不用買了！」

我滿頭冒汗，你說我要啥自行車啊？

沒走幾步，就見前面一幫好漢已經把厲天閏圍在中間，看來他們已經認出了他，林沖和戴宗站在張清身邊，顯然是為了防止他一時衝動。

盧俊義站在頭前，不斷用手勢制止人群裡隨時想衝出來挑戰的人，他看著厲天閏說：「你敢一人前來，所為何事？」

厲天閏被圍在當中，不急不慌，他一腳蹬著地，雙手放在車把上，冷冷地打量著好漢們，好半天才說：「我是來下戰書的。」

張清跨前一步，厲聲說：「拿來，然後引頸受死吧！」

厲天閏哈哈一笑道：「你也配？小強呢，叫他出來見我。」

我聽他喊我名字，不由得小吃了一驚，沒想到這裡頭還有我的事，急忙上前問道：「叫我幹啥？」

厲天閏回頭見了我也是一愣，疑惑道：「你就是小強？」

我叼了根菸在嘴上，渾身摸火才發現打火機落車上了，就地撿個還沒滅的菸屁點著，噴了個煙圈說：「我就是。」

厲天閏都看傻了，半天才緩過神來，朝我抱了抱拳說：「剛才走眼了。」

董平叫道：「姓厲的，廢話少說，你到底幹什麼來了？」

我看了看越圍越多的人，跟厲天閏說：「這裡不方便，咱們借一步說話。」

厲天閏下了自行車，然後貓著腰上鎖，我嗤地笑了一聲，說：「就放這兒吧，沒人偷。」

厲天閏抬頭看了看四周說：「不行，你這淨是民工啊。」

我鄙夷地看了他一眼，我這的民工哪個不比他有錢？真給八大天王丟人，想不到把張順打成重傷的人居然是個小男人。

這時時遷在我背後捅了我一下馬上走開，很快我就會意了，指著厲天閏的車，衝小六他們使了個眼色，這時小六充分表現出了他沉穩的一面，用不易察覺的幅度向我點了點頭……

厲天閏鎖好車，忽然一眼見到寶金，愕然道：「鄧國師，你怎麼和這些人混在一起了，頭兒叫你前去相會，你怎的不去？」

寶金道：「頭兒？是方大哥嗎？」

厲天閏搖搖頭：「不是，是另一個……」

寶金打斷他道：「除了方大哥，以前的人我誰也不見，兄弟，上輩子的事我勸你也看開些吧。」

厲天閏嚴厲地瞪了寶金一眼，向地上吐了一口唾沫，再不說話，跟著盧俊義他們向階梯教室走去。這厲天閏一旦想起前塵往事，就又變成了一條狠辣的漢子。

寶金也不以為意，跟在我們後面一起走了過來。

好漢們進了階梯教室，把無關人員擋在門外，拉上窗簾，有的堵在門口，有的站在窗前，林沖他們圍護住吳用和盧俊義，厲天閏見好漢們嚴陣以待，冷冷笑道：「你們還怕我跑了不成？」

他從口袋裡掏出一封信，朝我揚了揚道：「小強，這場恩怨不單單是我們八大天王和梁山之間的，更是我們頭兒和你之間的。」說著厲天閏一抖手，那信就平平向我飛來。

我雙手一拍接住，先習慣性地舉著在光線下看了看，然後撕開，裡面寫著：

「小強閣下，鄙人攜八大天王及余同人頓足有禮，前世餘怨今世了結，我等躬逢其盛不甚榮幸，自今日起，以一旬為界，願雙方各出三英為戰，生死由命……」

看到這裡，我不禁皺眉道：「這寫的什麼亂七八糟的？」

厲天閏指了指那信封說：「裡頭還有一封白話文的……」

我照著他的話又從信封裡掏出一張紙來，展開一看，寫著：

「小強，你好，跟梁山好漢們處得還算融洽吧？替我和八大天王問候他們，當然，還有些其他英雄，在這裡就不一一詳說了。你可能也知道了，他們上輩子發生了一些不愉快的事情，既然有機會在現代又重逢了，我們就應該幫助他們做個了斷，有這種熱鬧看，真是件值得高興的事啊！

「我有一個想法是這樣的：咱們以後每十天作為一個期限，各派三個人出來比試，至於出手輕重，那就由不得咱們了，為了增加遊戲趣味，我建議每一次我們各拿出筆錢來下注，暫定為一百萬吧，我知道你手頭不寬裕，但這麼點錢應該還是有的，你要是不同意我也沒辦法，我先為前段時間劉邦和你酒吧的事情道個歉，如果你把這當成是威脅，那我只好跟你說，對，這就是威脅！你要不答應我就不停地騷擾你。

「最後，關於我是誰的問題，這並不重要，劉老六遲早會告訴你的。另：決鬥的時間地點以及方式，我們可以雙方面進行磋商以後再實行。」

我看完了信，把文言文那份傳給好漢們看，他們看完之後有的暴跳如雷，有的嘿嘿冷笑，還有的面無表情──那是不識字的。

看來劉老六說的那個人終於不甘於做幕後黑手跳出來了，只是我沒想到他用了一種看似很直接的方法。從這人的遣詞用句上看，他雖然有點玩世不恭，但年紀應該不小了；還有很明顯能看出來，他就是想借我這些客戶們的特殊身分給我製造大麻煩，對我本人倒還沒有要趕盡殺絕的意思。

我看了一眼厲天閏說：「你還有別的事嗎？」

我這麼問他，其實是想暗示好漢們厲天閏的信使身分好讓他走，我看出來了，土匪們被仇恨激紅了眼睛，根本不顧忌在任何地方殺個人；尤其是張清、董平，李逵這些刺頭，老成持重的如盧俊義和林沖他們也在猶豫之中。

這時，階梯教室的大門被人一腳踹開，有人高叫道：「厲天閏，不管你是什麼身分，今天再也別想走出這個大門！」

正是在阮家兄弟攙扶下的張順，他們後面跟著一瘸一拐的段景住。

厲天閏此刻也完全變了一個人，瞪著血紅的眼睛狂妄笑道：「我本來哪也沒打算去，十天之內第一個和你們決鬥的人就是我，早聞梁山賊寇個個稀鬆，徒仗人多勢眾耳，你們是一擁而上呢還是一個一個來受死，我厲某何懼？」

這人居然說變身就變身，剛才的小男人現在猖狂起來，竟要以一人之力挫平整個梁山的士氣。

一時間好漢大嘩，張順忽然衝著眾人深深一鞠躬道：「兄弟們，拜託你們了，今日此人不死，我張順也沒臉活著了。」

好漢們雖怒，但也沒有人貿然上前攻擊，這不是在戰場上，要他們這麼多人群毆一個，那是絕對幹不出來的，但要選出一個能讓人放心又服氣的頭領上前挑戰也頗有點為難，八大天王個個勇不可當那是人盡皆知，梁山這回來的人裡能征慣戰的大將並沒有多少，就算林沖董平之流都是善於馬戰，此時要在地上單打獨鬥卻是誰也沒有把握能贏，到時候個人安危事小，丟了梁山臉面可是要遭兄弟唾罵的。

寶金忽然站在厲天閏身邊，朗聲道：「各位，我雖無意與你們為敵，但怎奈也位列八大天王，總不能眼睜睜地看著昔日盟友戰死，眾位如果想倚多勝少，我鄧某只好捨生取義了。」

這時一直沉默的項羽走到張順跟前拍了拍他的肩膀，往前走了兩步，指著厲天閏道：

「我同你打。」

厲天閏見天神一般的一條巨漢同自己叫陣，不禁問：「你是何人？」

項羽不耐煩地擺擺手，又指了一下張順道：「他是我的朋友，我許諾他要替他報仇，你打便打，不敢便算了。」

厲天閏見項羽臉生，直當他是一個普通的大個子，一拍桌子道：「好，我先收拾了你。」

項羽朝擋在厲天閏前面的寶金微微點了點頭，示意他讓開，寶金見他也是一個，只好向旁走開。

張清上前一步道：「項大哥，這是我們梁山和方臘之間的事，你的盛情我們領了，但……」

項羽打斷他道：「答應別人的事情就一定要做到，你放心，我不殺他，你們還有機會。」

厲天閏見有人口氣比自己還大，怒極反笑，朝項羽一抱拳大聲道：「外邊請！」

項羽踢開幾張桌子，淡淡道：「就在這吧，不過三招兩式的事，何必那麼麻煩？」

厲天閏再也耐不住性子，「呼」一拳砸向項羽的面門，項羽伸出大手抓住他的拳頭，同時朝後退了小半步，向回一拉，厲天閏的身子頓時被扯得凌空飛起，項羽那巨大的拳頭也捅了過去，厲天閏沒料到這大個子生猛如此，眼見那鍋底大小的拳頭掄了過來，情知不妙，急忙用整條胳膊纏上去化開這一下，但身體已有下沉之勢，等著他的，將是不可避免的一腳。

好個厲天閏，狠中有巧，情急之下居然抬起一條腿掛在項羽腰上，隨之整個人都跌進項羽懷裡，話說他也是將近一米八多的身材，此刻撲到項羽臂膀上，竟如嬰兒被大人抱著一樣，狀極詭異。

項羽見對手猱身近戰，將雙臂交於胸前摟了過來，這一下要是摟上，只怕電線桿也得折斷，厲天閏清喝一聲，用雙肘抵住項羽的肩膀窩，別在對手腰上的兩腳一使勁，項羽的手沒來得及摟到他，已經被直挺挺地勾得倒了下去，旁觀的人無不大驚失色。

只聽喀吧一聲脆響，二人已經壓塌一片桌椅，下一刻，項羽一躍而起，厲天閏卻倒在一堆殘木之中呻吟不已。

原來本被壓在下面的項羽在間不容髮的一瞬間，腰身一擰已經和厲天閏互換了位置，這個先著地的倒楣鬼被項羽那巨大的身體一壓，一條胳膊脫了臼，胸腔裡的氣兒也吭哧一下跑光了。

厲天閏躺在地上頭暈目眩了半天才勉強站起，一條胳膊掛在肩膀上晃盪著，眼神裡全是迷茫，好像竟不知身在何處。

項羽指著他鼻子道：「兩國交兵不斬來使，你滾吧。」

厲天閏在原地踉蹌了幾下才站穩，再也沒了剛才的囂張氣焰，一言不發地向門口走去。好漢們見他已經這樣，也沒人再動手傷他，任憑他單手拉開門，走了出去。

沒想到他剛一出走廊，就跟一個黃臉漢子走了個對頭，厲天閏正是最窩囊的時候，就用那條好胳膊一推來人，惡狠狠道：「別擋路！」

迎面那人卻是段天狼，他什麼時候吃過這個虧，隨手一格，把厲天閏的手打開，厲天閏大怒，用肘撞向段天狼面門，段天狼又是一擋，沒想到這一招是虛招，厲天潤的手掌已呈雞嘴狀點向他的胸口。

段天狼終究病沒痊癒，慢了一步，眼看又要再次受傷，忽然，一雙纖纖玉手在厲天閏的手背上一引一推，厲天閏招已用老，把持不住，一頭撞在了牆上。

救段天狼的卻正是善打太極的佟媛。

又吃了一癟的厲天閏看看眼前的兩人，慘然道：「育才果然是藏龍臥虎。」說罷頭也不回地走了。

剩下的兩個人互相看看，佟媛有點冷淡地說：「雖然我跟你不對盤，但畢竟現在都是育才的人。」

段天狼聽完沒有什麼表示，只是朝佟媛點了點頭，背著手也走了。

寶金嘆了一口氣，拿過那封戰書又看了一遍，跟我說：「這人把我們八大天王都變了回來，看來就是為了跟你死磕，你打算怎麼辦？」

「還能怎麼辦，見招拆招，順其自然吧。」

寶金訥訥地說：「那咱們說好，打起來，我只能是兩不相幫。」

我把階梯教室的窗簾拉開，盯著剛進入我們眼簾的厲天閏，眼睛一眨也不眨地道：「先不說這個，還有好戲看。」

只見厲天閏垂著一隻手唉聲嘆氣地來到電動自行車旁，開鏈鎖，然後騎上去開把鎖，擰電門，過了一會才發現有點不對勁，低頭看了一眼立刻叫了起來：「我的電瓶呢，電瓶哪去了？」

小六他們蹲成一排，嘿嘿壞笑。

厲天閏問他們：「你們看見我電瓶了嗎？」

小六們馬上一起搖頭。

厲天閏這時又變成了那個世俗的小男人，他急道：「這車電瓶是帶鎖的，一般人哪能這麼快就偷走，再說你們不是一直在這嗎？」

小六盤腿坐在地上，一攤手說：「我們一幫廚子拿你電瓶幹嘛？你要不信進廚房搜，不過我們也得派人跟著你，早上還剩下不少豆沙包呢。」

厲天閏一跺腳，就那樣騎著沒有電瓶的鐵架子，用一隻手推著車把，搖搖晃晃地上路了。他這一趟來育才，連丟人帶丟電瓶，從精神上到物質上，被我們欺負慘了。

我拍了拍時遷的肩膀：「怎麼樣，這比把他的車扔溝裡損多了吧？這次你要再跟丟了，可就說不過去了。」

時遷嘿嘿一笑，飛身上房，轉瞬即逝。

小六看了看日頭，從屁股底下抽出一個電瓶拎著，懶洋洋地回食堂給孩子們做午飯去了。

對於跳出來的這個幕後黑手，好漢們沒什麼特別的感覺，他們更關心的是和八大天王的對決，雖然他們未必不知道這是對方利用他們的恩怨在做文章。

寶金的立場很明確：兩不相幫，雖然前幾分鐘他就跟厲天閏站在一起過，但好漢們並沒有為此為難他，相反對他親熱了很多。

寶金說：如果他剛才沒有站出來，好漢們肯定倒會瞧不起他，末了，他拍了拍我的肩膀說：「這就是江湖兒女。」

不得不說，我還是沒辦法真正特別深入地瞭解這些土匪。現在，我就希望時遷能快點查出個結果，至少我得先知道是誰在跟我過不去。

回到當鋪一進門，居然發現李師師坐在那裡發呆，我納悶地問：「你怎麼還沒走？」

李師師托著香腮，出神地說：「回來了，剛集合完畢的劇組又解散了。」

「為什麼呀？」

李師師苦笑道：「是金少炎，在最後一步審批的時候，他居然說自己甚至都不知道有這麼一個拍攝計畫，經過業內人士的分析，認為這個項目鐵定會賠錢，然後半小時之內，我們劇組就煙消雲散了，現在導演已經被派去了雲南……」

說著她的手一張，把握成一團的支票丟在桌子上，「這是他們賠給我的違約金，十五萬。」

如果李師師真的是一個新人，就算戲沒拍成，拿到了這麼一筆錢並不吃虧，畢竟沒有任何損失，以後還有的是機會。但是我知道這部戲對她而言，就是以後這段日子的所有寄託。

我湊到她身邊，低聲問：「那你見到金少炎了？」

李師師搖搖頭：「他可能甚至不知道我參加這個劇組了。」她忽然抓著我的手說：「你不是說他去國外了嗎？這到底是怎麼回事？」

我嘆了一口氣說：「其實他和你一樣是我的客戶。」

「……這個我已經隱約猜到了一些，只是其中有些細節怎麼也對不上，你們曾是那麼好的朋友，為什麼現在連個電話也沒有了？」

我又嘆了一口氣：「唯一不同的是他來自未來，我們第一次見是六月十二日，可當時的他是從六月十七日來的……」

我把詳細的經過跟李師師講了一遍，她的眼睛裡不時地閃過恍然的神色。

李師師捂著嘴道：「難怪我總覺得有兩個金少炎，你還說他們是雙胞胎……」

我說：「我管來自以後那個金少炎叫金二，看樣子他是真的很喜歡你，他在和金一合併的前一夜也請求過我把你介紹給現在的金一，可是你要知道，金二和金一雖然是一具身體，但他們的經歷性格完全不同，現在的金一根本就是個花花大少。」

李師師有些失神道：「這麼說，現在的金少炎還是認識你的，只不過唯一的記憶就是你把他打暈了，所以你們是仇人？」

我點點頭：「所以我一直挺擔心他見到你，他知道我們有關係，我就是怕他因此連你也恨上了……」我看李師師有些黯然，說：「你真的很想拍那部戲？」

李師師朝我勉強一笑：「你的學校不是還缺文化課老師嗎──我目前可以教小學了。」

我知道她雖然這麼說，但那部戲其實已經在她心裡紮了根……我突然也有點想念金二了，那個能和我們就著果醬喝茅臺的兄弟。

凌晨一點多的時候，時遷傳來消息：「厲天閏向著春空山方向下去了，他們有人接應，我沒能再跟著了。」

我聽他聲音很虛弱，忙問：「你沒怎麼樣吧？」

「……一點皮外傷，那個跟蹤過你的人，輕功真的一點也不比我差。」

「是八大天王裡的人嗎？」

「不認識，他的功夫很好，但顯然不是我們那時候的人。」

春空山，很耳熟的地方，而且從有人掩護這一點來看，對方的老窩八成就在那裡。

第二天一早，我一個人開著車上了高速公路，跟著路標的指示，轉了幾個彎終於上了正路，路邊是綿延的綠草地，放眼看去還有遠山的黛影，沒想到風景居然不錯。

我之所以誰也沒帶，是不想太顯眼，好漢們和方臘的那幫手下簡直就是貓狗不和，見面就得拋頭顱灑熱血，而我找這個幕後黑手正是為了徹底化解我們的問題，避免這樣的場面出現；至於安全，他想害我早就害了，還不如磊落一點，我甚至連板磚都沒帶，我不認為我能用它把八大天王都撂倒。

車子跑了好一會兒，前面的路還是筆直一條，連窗外的風景都好像是黏在玻璃上的一樣沒有變化，唯一能感覺到的就是因為遠離市區越來越清新的空氣。

又過了一會兒，我能感覺到路面明顯上升了，與此同時，我隱約看到前面一幢建築巨大的拱頂浮影，這裡清晨的霧氣還沒散盡，也不知是真是幻。

等我來到跟前，才發現這是一幢超級豪華的別墅，兩扇大鐵門緊合，門上鏤刻著古樸威嚴的花紋，由此可以看到裡頭是一棟歐洲中世紀風格的建築物，三分像別墅，倒有七分像座城堡，樓前的花壇裡，一個老太太戴著草帽正在澆水，看來是這家主人雇的花匠。

我停下車，剛走出來，突然兩隻沙發那麼大的藏獒不由分說向我撲來，把擋在我們之間的大鐵門撞得嘩啦嘩啦直響，我不禁往後倒了倒，嚇出一身冷汗，這要是被牠們撲住，正好是牠們的一頓早點啊。

兩條狗在鐵門後一個勁地衝我低吼，那個正在澆花的老太太不知跟誰說：「你們兩個把狗看好行不行？嚷得人頭疼。」

很快就有兩個人走過來，笑嘻嘻地牽著狗走了。那老太太繼續低頭忙她的，也不理我。

我走到鐵門跟前，揚著嗓子喊：「大嬸，這是哪啊——」

老太太沒好氣地說：「還能是哪，春空山別墅。」

我一下想起來了，難怪這名字這麼耳熟呢，春空山——那是有名的別墅區，被人們稱為「有錢人的天堂」。雖然我也號稱住別墅了，但我那小樓跟人家一比，根本就是茅房。

我又扯著嗓子問：「大嬸，這附近有幾戶人家啊？」

老太太忽然直起腰，遠遠地打量著我說：「方圓二十里沒別人了，你找誰呀？」

我說：「不找誰，瞎逛逛到這的。」

我探頭探腦地瞄了半天也沒什麼收穫，只好往車裡走去，那老太太忽然在我背後說：

「你要不進來坐會吧？」

我正這麼想呢，就算不是我要找的人，進去見識見識也不錯，就大聲說：「好啊——」

老太太聽我這麼說，把勺子往花壇裡一扔，摘下草帽扇著風朝我走過來，她剛走到一半，門廳裡的人大概通過監視器聽到了我們的對話，大門上的小入口處，電子鎖嘎噠一響，一個可供兩人並肩穿行的小門浮起一條縫，老太太見狀向我招招草帽說：「進來吧。」

我的車沒鎖，鑰匙都沒拔，我猶豫了一下衝老太太的背影嚷：「車放這沒人偷吧？」

老太太回身看了一眼我那灰僕僕的麵包車，大聲說：「沒人偷，那你也開進來吧，停在那多丟人吶！」……

大門很適時地開了，我又鑽到車裡開了進去，視野一下更遼闊起來，看到像電影裡一樣可供名流派對的草坪和休息室，更遠的地方甚至建有馬廄。連那大型建築的臺階都是光可鑒人的大理石，我估計拆下一塊來都比我這車貴。

我悻悻地下了車，老太太把澆花的工具提在手裡，向我一揚說：「去那坐著。」

我這才發現在花壇旁邊用竹子和葡萄藤搭了一個簡易的涼棚，裡面擺著茶壺茶具，幾個樹墩子做成的凳子。更讓我詫異的是：走到近處，我才看清那花壇裡種的根本不是什麼名貴花圃，而是茄子、番茄和黃瓜。

我不禁嘆道：「菜園子弄得不錯呀。」

老太太搖著頭，像對誰不滿似的說：「就是看著好，這菜呀，得拿大糞澆，化肥催出來的沒香味。」

我邊往涼棚裡走邊說：「住在這兒的上流人怎麼可能讓你拿大糞澆地？」

老太太依舊不滿地說：「再上流的人，小時候還不是吃農家飯長大的？」

我呵呵笑著，坐在樹墩子上，老太太把噴壺和草帽往手邊一扔也坐了下來，我這時才很清楚地看到她的樣貌，這是一個在鄉下隨處可見的老年人，白頭髮裡攙雜著些灰色，穿著一件寬鬆的碎花衫，露在外面的皮膚曬成健康的棕紅色，歲數不好估計，看她的皺紋和老年斑像是有七八十歲，但從舉止和步態上看卻最多六十來歲。

難得的是老太太的眼睛格外明亮，而且在她身上，有一種真正的老年人的淳樸和洞察，雖然她說話一直沒有好聲氣，還是讓人覺得親切，像是被遺忘了的鄉下祖母在向來探望她的孫子抱怨。

我忽然想起一個事來，小心地問：「大嬸，你把我放進來，主人不會說你吧，別因為我，你再把工作丟了。」

老太太滿不在乎地說：「沒事兒，這就我一個人。」

我以為老太太說話有些不清楚了，剛才牽狗的現在不知道哪去了，門廳裡明明就有人。不過她既然這麼說，大概是主人不常在家。

我放鬆地掏出菸來叼上一根，老太太麻利地一探手從我菸盒裡捏去一根，不知從哪摸出盒火柴來擦著一根，把金黃的火苗伸到我跟前晃了晃，示意我點，我忙道：「您先吧，我自已來。」老太太嘴裡含著菸不能說話，只把火苗又向我揚了揚，我只好湊上去抽著，老太太也點上，把火搖滅，熟練地噴了一口煙。

我笑道：「看不出，老把式了。」

老太太抽著菸，伸手去提茶壺，我忙搶過來，先給她倒上，給自己也倒了一杯，喝了一口。她跟我點點頭表示謝意，捉起杯抿了一口放下，說：「他們跟我說，要抽抽水煙，水煙有什麼抽頭？軟綿綿的。」她回身一指別墅，「還有這房子，這叫什麼——巴洛克風格？哪有咱們鄉下的大瓦房住著舒服？」

我笑道：「我覺得這家主人不錯了，還讓您種菜。」

老太太擺擺手：「他們就沒同意過，是我自己要種的。」

我心說這老太太可夠跩的，大概是電視劇裡演的那種從小把少爺帶大的奶媽級人物，有點功高蓋主的意思，要不憑她的面子怎麼能把我這麼一個外人放進來呢？

我問：「這主人家姓什麼呀？」

老太太看了我一眼說：「姓金。」

「金？」姓金的，又這麼有錢——我頭上冒汗道，「這不會是金少炎他們家吧？」

老太太說：「可不就是嗎，你認識我們家孫子啊？」

「認……識……」這裡居然就是金少炎的家，我不禁苦笑，這該叫緣分呢還是冤家路窄呢？

比起這個，更讓我吃驚的是「孫子」這倆字，我忽然想起金少炎跟我說起過他的奶奶，說這老太太吃菜自己種，雖然住在別墅裡，還是把洗手間叫茅房，脾氣還不太好……難怪這老太太一句話就敢把我放進來，難怪我老覺得她雖然可親但身上還是帶著一股威儀，敢情是金家老太后啊。

金老太聽說我認識金少炎，隨口問：「你叫什麼啊？」

「我……小……小強。」

本來我以為金老太不會知道我，誰想這她一放茶杯，很嚴厲地說：「就是你這個混帳小子在我八十歲大壽那天把我孫子拍進醫院去了？」

我急忙支稜起身子，慢慢往外溜：「那什麼……您忙吧，我先走了。」

金老太后一拍桌子，那倆拉狗的不知道從哪又踅出來了，虎視眈眈地盯著這邊，我估計太后一發話，這倆奴才比狗攆得還快。

金老太指著我很簡潔地命令道：「坐著！」

我乖乖坐好，一邊四下張望看有沒有別的出路。

「你為什麼拍他呀？把你奶奶我這挺好的喜事攪得亂七八糟。」

金老太暴露了兇猛的本來面目，我也只得很光棍地說：「因為你孫子得罪我了。」心說我要不拍那一磚，恐怕就不是亂七八糟那麼簡單了。

沒想到金老太忽然嘆了一口氣道：「我孫子我知道，是不太會做人，像他這樣遲早得吃虧，應在你手上，倒也算了了一樁心病。其實我的意思，以後還叫你們交朋友，要我看你也不像他們說的那樣，雖然說話貧不溜丟的，可也絕不是壞人。」

我估摸著太后不會放狗咬我了，立刻挺起腰說：「是吧，就您是明白人——他們肯定集體說我是流氓來著！」

金老太抽著菸，樂呵呵地說：「好些年沒人叫我大嬸了，你這個孫子開始不認識我，但能把我一個『下人』當人看，那就不會太壞。」

金老太捏著菸問我：「我叫你孫子，你沒有意見吧？」

「……呃，沒有，您叫吧。」

金老太繼續說：「自從你拍完小金子，這小子嘴上不說，可我知道他恨著你呢，我呀，就給他放了個話——」老太太把菸灰磕了磕，「我說他要是敢難為你，我就饒不了他。」

這下我明白金一在醒了以後為什麼沒找我麻煩了，原來是背後有太后撐著我呢！

我問：「我學校開業那天那塊匾也是您送的吧？」

金老太點頭。

「為什麼您肯這麼幫我呢？」

金老太把菸屁在桌角擰滅，想了老半天才道：「有些話我不知道該不該跟你說，說出來怕嚇著你，或者聽完你也該叫我老神經病了。」

我哈哈一笑：「您說吧，現在還真沒有什麼能嚇著我的。」

金老太頓了頓，悠然道：「我這番話，你最好聽好就忘，我之所以跟你說，是不想讓你認為我們老金家恩寡義絕，受著人家的恩還當白眼狼。」

我心一動，這話說得有點玄妙啊。

金老太繼續用那種悠長的語調跟我說：「我這個人吶，從小沒幹過壞事，但是眼睛不太乾淨，偶爾能看見些不該看見的東西，老人們說這叫通靈。」

我不禁身子一板，還真有點毛骨悚然的感覺。

金老太一樂：「看，嚇著了吧？聽我跟你說，我跟那些真正能通靈的人還不一樣，我只是能在夢裡預見到幾天以後的事情，十有八九還算準，在我八十大壽的前幾天，我老夢見小金子那天要出事，好像是開車撞了，哎呀那個腦袋呀——」

我忙一擺手：「您不用說了，像沙其瑪一樣。」

這回輪到金老太吃驚了，她愕然地說：「你怎麼知道？」

我自知失口，忙說：「我瞎猜的。」

金老太深深地看了我一眼，道：「你猜對了，就是像沙其瑪一樣，我甚至還夢見給他辦喪事，一切都像是就在眼前一樣那麼真實，而且這夢怎麼都醒不來，那幾天我一直都是這麼過來的，好像活在兩個世界。」

我心裡的驚訝簡直不能用言語表達，只能下意識地勉強安慰說：「那是您疼孫子，想多了。」

金老太的目光裡突然閃出一絲敏銳：「是嗎？等正日子那天，我聽說小金子在上車前被你拍過去了，我忽然是一陣輕鬆啊。」金老太死死地盯著我，一字一句說：「我覺得你是我們金家的貴人。」

話說到這份上，我忽然無語了，最後我只得敷衍她道：「我說句您老不愛聽的話吧，您這是迷信。」

金老太冷丁道：「你早點是不是吃的素合子？」

我大驚失色道：「你怎麼知道？」我很快意識到，既然人間有劉老六這樣的神仙，這老太太該不會是又一個天庭臥底吧？

沒想到金老太后慢條斯理地說：「你牙齒上那個韭菜葉，我看得彆扭了很久了……」

金老太橫了我一眼，說：「你這個小子的事情我也知道一點，你和小金子賭馬，讓他在公司裡丟了人，可我就奇怪了，為什麼不遲不早他要領著你來給我拜壽，你倒把他撂倒了？」

我用茶水使勁漱著口在想托詞。金老太意味深長地看了我一眼：「還有你不知道的呢，那天出了事以後，我一直陪在他身邊，半夜十二點的時候，我恍恍惚惚看見一個人影走過來想對我說什麼，可惜又說不出來。」

我吐掉茶水，問：「那您不害怕啊？」

「我孫子我怕什麼？再然後小金子就醒了，他坐起來喊了一聲。」

「……他喊的什麼？」

金老太端端正正坐在那兒，好半天才說：「強哥。」

我被茶水嗆得咳了起來，眼眶卻暫態間濕潤了，我的金二好兄弟，在最後時刻終於還是沒忘了我——我還以為他喊的是李師師呢。

金老太看著不住彎腰咳嗽的我，慢慢說：「我老了，沒幾年活頭了，還有什麼不能跟我說的呢？」

我拍著胸口，偷眼看老太太，卻發現她也正在盯著我，我乾笑道：「除了小金，您還有幾個孫子？」

「我們老金家這一代千頃地一棵苗。」

「那恭喜您，在六月十二日到六月十七日期間，您有兩個孫子，我管他們分別叫金一和金二……」

既然瞞不住，我索性一五一十都跟老太太說了，反正又不是什麼丟人事，再說這老太太也不是一般人，捅破就捅破吧。

這回輪到金老太目瞪口呆，她沒料到故事會這麼離奇和曲折，不過到底是從小有底子的人，呆了一會嘆道：「你這個混帳小子真是我們金家的恩人呀──」

我臉一紅──要不是臉皮厚就看出來了，說道：「別這麼說，您二孫子給錢了。」我咂咂嘴說，「錢雖然是老二花的，可救的卻是老大，真替他不值。」

金老太道：「他們本來就是一個人。」她倒是很明白。

我們靜靜地坐了一會，我問：「那天小金醒了以後，還說什麼了？」

「他喊完那一聲之後就徹底明白過來了，除了腦袋受了點外傷，跟以前沒什麼兩樣，而且他根本不知道自己喊過什麼，照你說的，大概就是我那『二孫子』沒有了，不過自從著了你那磚以後，小金子穩重多了，從這上說他也得感謝你，我希望你們哥倆以後能多親近，能做到嗎？」

我苦笑道：「我倒是沒問題，可是小金都不知道把我恨成什麼樣了，他現在只記得我當眾羞辱了他，再有就是拍了他一磚，換您能跟這樣的人多親近嗎？」

金老太也為難地點點頭：「……慢慢來吧，畢竟這種事不是人人都能接受的，我先保證他不去禍害你就是了，你有什麼需要幫忙的也儘管開口，你奶奶我老是老了，可把老骨頭扔在哪，秤桿子還是得彎一彎。」

我汗了一個，看老太后那睥睨天下的架勢，在金家應該沒什麼能難住她的事。

我馬上想到李師師的戲，忙跟老太太說：「我有個表妹叫王遠楠……」我只說我這個叫王遠楠的表妹想拍一部叫《李師師傳奇》的戲，並沒有再說太多。

金老太瞇著眼說：「小金子工作上的事，我不懂也從來不問，不過既然是你說出來的，我總得給你辦了不是？要不還不讓你這個混帳小子說我越老越沒出息，光會空口說白話。」

我怕老太太為難，要不是特殊原因，其實我也不想走這個後門。我明白老太太雖然看上去鄉下婆婆似的，可絕對是那種真正明事理顧大局的老人家，否則她怎麼能培養出金廷這樣的影業大亨來？我問：「您打算怎麼跟小金說呢？」

老太太一攏白髮，霸氣十足地說：「我想辦法，你不用管了。」

然後我陪太后聊了會兒天，從看菸盒辨別真假菸到過去家裡打火筒子，我發現老太太特別愛說那些家長里短的瑣事。當然我也一樣，這幾個月，身邊不是秦始皇就是梁山好漢，很久沒這麼坐下來跟人暢快地聊天了。

直到老太太吩咐備飯，我才發現時間已經不早了，我急忙告辭，老太太見留不住，有點不高興地說：「大老遠來了，連家門都不進？」

我笑道：「您也說了，這什麼克風格的房子沒什麼好的，等我那新房住人了我請您去，絕對有大瓦房的意思。」

老太太把我送到車旁，捏著我的膀子說：「小子，常來看你奶奶我，聽見沒？」老人忽然動情地說：「以後我就又有兩個孫子了。」

我忙撣撣袖子，躬身道：「謹遵老佛爺懿旨。」

當我的車緩緩開出金家別墅，還能從後視鏡裡看到佇立在原地的老太太，除了住在這幢金碧輝煌的建築裡，她其實就是一個孤獨的老人……

請續看《史上第一混亂》卷五　水滸決鬥

史上第一混亂 卷四 尋找岳飛

作者：張小花
發行人：陳曉林
出版所：風雲時代出版股份有限公司
地址：10576台北市民生東路五段178號7樓之3
電話：(02) 2756-0949
傳真：(02) 2765-3799
執行主編：朱墨菲
美術設計：吳宗潔
行銷企劃：林安莉
業務總監：張瑋鳳

初版日期：2019年7月
版權授權：閱文集團
ISBN：978-986-352-709-1
風雲書網：http://www.eastbooks.com.tw
官方部落格：http://eastbooks.pixnet.net/blog
Facebook：http://www.facebook.com/h7560949
E-mail：h7560949@ms15.hinet.net
劃撥帳號：12043291
戶名：風雲時代出版股份有限公司

風雲發行所：33373桃園市龜山區公西村2鄰復興街304巷96號
電話：(03) 318-1378
傳真：(03) 318-1378
法律顧問：永然法律事務所 李永然律師
北辰著作權事務所 蕭雄淋律師

行政院新聞局局版台業字第3595號 營利事業統一編號22759935

國家圖書館出版品預行編目資料

史上第一混亂 / 張小花著. -- 初版. -- 臺北市：風雲時代, 2019.03- 冊； 公分

ISBN 978-986-352-709-1（第4冊：平裝） --

857.7 108002518